跨度小说文库

Kuadu Fiction Series

原装爱情

崔隐尘 崔隐墨 著

中国文史出版社

图书在版编目（CIP）数据

原装爱情 / 崔隐尘，崔隐墨著．—北京：中国文史出版社，2020.10

（跨度小说文库）

ISBN 978-7-5205-2191-8

Ⅰ．①原… Ⅱ．①崔… ②崔… Ⅲ．①长篇小说－中国－当代 Ⅳ．① I247.5

中国版本图书馆 CIP 数据核字（2020）第 154981 号

责任编辑： 牛梦岳

出版发行： 中国文史出版社

社　　址： 北京市海淀区西八里庄路 69 号院　邮编：100142

电　　话： 010-81136606　81136602　81136603（发行部）

传　　真： 010-81136655

印　　装： 北京新华印刷有限公司

经　　销： 全国新华书店

开　　本： 787mm × 1092mm　1/16

印　　张： 18

字　　数： 275 千字

版　　次： 2021 年 1 月第 1 版

印　　次： 2021 年 1 月第 1 次印刷

定　　价： 59.80 元

目录

第一章 龙脉之外

南七条地处北京市区的最南端，历来属于城市建设的神经末梢儿。国家许多次翻天覆地的大动作都没有波及这里，绝大多数居民仍旧住着颇有些考古价值却拥挤逼仄的平房，没能及早享受到真正意义上现代化大都市的生活方式。有人促狭地说，这里是被北京的龙脉甩出来的地方儿，一点地气儿也接不上。

想想也是，这儿的居民就老八辈儿来说还真没出过什么大人物。尽管此地也属于历史上风云变幻如今更是日新月异的北京城，但除了胡同里的刘大爷前两年曾吹嘘过自己祖父的表哥曾在前清内务府领过五品顶戴外，这些年干脆连个正经的副处级的干部也没出过。后来刘大爷还突然放话出来，连他那位曾经给南七条带来过心理安慰的长辈也不叫再提了。人们事后才得知，这是因为他跟来进行地方志调查的人打听到了自己的那位长辈，那人虽然在历史上确有其人，却是个太监。

这里没出过惊天地泣鬼神的历史人物，也没经历过可歌可泣的英雄事件好拿出来显摆，但这些因素也丝毫没有妨碍到住在这儿的人们年复一年顽强地活着。他们跟同城其他地方的男女一样，起早贪黑地为各自的理想和生计而奔波，品尝着生活中一样不比别人少的酸甜苦辣。就如同那些长在北海抑或是故宫琉璃瓦间的野草一样，多年来也一直随着时光的流转而花开花落，顽强地生活着，而且能活出自己的精彩来。

比方说街道积极分子刘大妈家的傻儿子小庆儿，没事总是抱着吉他坐在胡同口儿弹唱，并不时发表一些谶语似的言论，具有强烈优势的心态丝毫不比哪个大款差。

叶雨彤也是南七条脱颖而出的人才。他不仅年纪轻轻就获得了市里跑酷比赛的金牌，还因此得了个“南城跑酷王”的美誉。随着叶雨彤名气的增长，连他的学名也渐渐被人忘却，倒是好叫又显得亲近的小名叶三儿慢慢地在这一片儿叫响了。

叶雨彤之所以有这么个小名，是因为他家里一共有三个孩子：俩哥哥一个被人称为叶老大，一个则按照排行被唤作叶老二，因此他也被人们按照老北京的习惯理所当然地称呼为叶三儿了。没钱也没太多墨水儿的老百姓懒得记那么复杂的学名，他们觉得学名是用来填表的而不是用来叫的。

其实叶三儿自打上中学时，大名就在南七条达到了无人不知、无人不晓的地步。十三四岁的时候，他不仅能赤手空拳爬上七条幼儿园那栋三层小楼，还能在园长的斥责和小朋友们的欢呼声中从楼顶一跃而下并且毫发无伤。从那时候起他就不停地在七条的各种建筑上爬高上梯、闪展腾挪。到他最后毕业时，学业虽然没什么进步，但一副灵活的好身板儿倒是练出来了。难怪七条那个姓朱的片儿警曾在酒后深有感触地对人说：“叶小三儿这孙子幸亏是个好孩子，要不真犯起事儿来反正我是逮不住丫的！”

也不知道从什么时候起，叶三儿开始领着这里的半桩小子和一些生性活泼的姑娘们练起了跑酷。他们整天穿着款式宽松颜色鲜艳的服装在胡同的空场上练习。开始的时候每天都有好些人差点把尾椎骨给摔碎了，不得不被人扶着哼儿嗨哟地往居委会里设的医务室跑。但没过多久还真就让他们练出了点儿模样。

在叶三儿的带领下，那些家伙个顶个儿变得身手不俗——要么能一跃而起蹿上将近两人来高的障碍，然后用能让赵奶奶那一帮街道积极分子的血压一下升高好几十毫米汞柱的姿势安然落下。或者干脆像电视里那个著名栏目《动物世界》片头里的长臂猿似的，拽着几根从高高的横杆上垂下来的绳子悠来荡去，丝毫不让美国大片里的人猿泰山。这个动作不仅充分彰显出自己矫健的身姿，也从另一个角度印证着生物学家达尔文的进化论——尤其是那个据说到现在还有争议的论点——人的确是猴子变的。

叶三儿得了“南城跑酷王”的美誉之后，引来了更多和南七条邻近地方的孩子跑来跟他学跑酷。这些人一来是期冀着自己日后能像叶雨彤那样名震南城，二来是巴望自己能落下个好身体，多几下找事儿茬架的本事。

随着学员的不断增加，叶三儿的各种收入也增加了。他先是年节的时候收点礼物，瓜、果、梨、桃、桃酥、蛋糕、萨其马什么的，后来干脆改成了适当地收些学费。因此起先只是把教人跑酷当成业余爱好的叶雨彤，渐渐把它变成了一种生存的手段。

慢慢地，叶雨彤发现这笔收入颇为不俗，便干脆辞去了自己那个“南七条工艺品厂”每天要糊满二百个纸盒才能回家的工作。其实这份儿他瞧不上眼的工作还是接父亲的班儿才有的。生性爱热闹的叶雨彤早就不耐烦糊纸盒了，但他知道自己辞了职在家里闲着肯定得不着好话儿，这才一直腻歪着坚持。可现在不同了，他成了名人赚了钱，家里自然也没话好说了。叶雨彤就堂堂正正地辞了职，收起了学费当起了跑酷王叶三儿。

作为这支人数众多的跑酷大军的头儿，叶三儿自有他的看家绝活儿。他那一手“浮光掠影”就从来没人能学会。每次技痒时他都会即兴表演一番，且看他先是几步助跑，然后双脚点地借助一个支点跃起至少两米来高，接触到障碍后再凌空把小腹一收还能再拔高几尺，最后在旁观者的惊叫声里进入平衡飞行的状态稳稳地落地，真跟一束光影一样让人看不出头绪。

这群人里除了他之外，最出色的还有他的铁哥们儿黄德骥和漂亮的铁姐们儿夏小菲，这两个人也一样都是南七条的小青年们心中的榜样。

黄德骥虽然长得没有叶三儿那么健美，但长相儿也算比较顺溜。尤其是他那一副白净脸皮上，永远带着讨人喜欢的表情。难怪街道积极分子赵奶奶一见他就会说：“看人家黄家那大小子长得多精神！”只可惜这是上半句，每次一到下半句就有点变味了。那下半句主要是夸他脑瓜子好使：“怎么看都跟胡同口卖油饼儿的老孙似的，老像是想着要黑谁两毛钱似的！透着机灵！”

除了这个机灵劲儿胜过卖油饼儿老孙的黄德骥，还有一个跑酷高手叫夏小菲，是南七条一带最出名的美人儿。她身材高挑、皮肤白皙，一双颠倒众生的眼睛好像会说话，只要一眨巴就会有人跟着心肝乱颤。这还不算，她那一头剪得很帅气的短发特别前卫，用时下流行的话说，简直是帅呆、酷毙了！

因为美貌出众的缘故，夏小菲被大家称为南七条之花。南七条的范围虽然是小了点儿，但将她比作花却是一点儿也不为过。她脸上除了美女们通常都具有的那些精致五官之外，还有一样很特别，就是她嘴角儿上总是带着一抹儿感染力很强的微笑。这微笑让谁看见了都会被迷住，却又没法靠近。她身上那种与生俱来的高傲让人有一种距离感，会怯生生地停住脚步。

要说夏小菲在跑酷群里受到大家追捧，可绝不是靠着天生丽质，而是凭着一身真本事。她不仅能把展现女孩阴柔之美的动作做到极致，就连那些男性化的高难度动作也能像模像样地来上几个，令人瞠目结舌、叹为观止。

除了在跑酷场上出尽了风头儿，夏小菲其他各方面也都很优秀。夏小菲上学时学习成绩很好，她那一届南七条周边就只有她一个人考上了一类本科，在这里算得上是个名副其实的文化人儿。最主要的是，她性格豪爽、为人仗义。有一次她为了替胡同里的尤大妈追回被偷走的钱包，一口气追出去三站多地，愣是把那个小偷给累得主动停住了脚，搂着电线杆子吐起了白沫儿。这就是夏小菲：既是无数情窦初开的小伙子梦里的公主，更是南七条年轻人心目中响当当的铁姐们儿。

随着年龄的增长，夏小菲身后的追求者明显开始多了起来。那些含蓄点的只是借故搭个茬儿，藏起手表问个钟点什么的就能心潮澎湃上老半天。有些混不吝的干脆就直白挑明，发誓赌咒愿意替她上九天揽月或者是下五洋捉鳖。但夏小菲既不想要清冷的月亮，也对深海里自由自在的海鳖不感兴趣，愣是把这些热血青年全数给撅了回去。

原来，这种平民公主的日子虽然让夏小菲具有不小的心理优势，但有一桩心事却始终像磐石般压在她的心头——那就是房子。

夏小菲家除了她之外还有一个弟弟，一家四口人至今仍旧挤在一间不到二十平方米的小平房内。除了能跟电视剧《贫嘴张大民的幸福生活》里的张大民比比，还真没谁比她的居住条件更差。夏小菲因此发了誓：这辈子非要嫁个有大房子的不可，不来个鲤鱼跃龙门决不罢休！

闹腾了半天，还没谁能得到夏小菲的垂青。可人就是贱，追她的人照样儿还是有增无减。尤其是近一段，围绕着夏小菲的追求热潮竟然变得更加激烈，几乎形成了燎原之势。这情形把南七条里的那些女孩儿们嫉妒得背地里直撇嘴儿，心里直怨自己的父母模子不好。

第二章 赌约

其实对于追求夏小菲这件事儿，不光是别人那么踊跃，就连天天和夏小菲朝夕相处的叶三儿跟黄德骥也都怀着这样的心思，而且绝不是一天两天了。

这一天到了吃午饭的时候，参加跑酷训练的小青年们全都各自回家吃饭去了，胡同南头的空场上就只剩下了双手托着腮帮子不知道在想什么的黄德骥和忙着收拾东西准备下午接着再练的叶三儿。看着黄德骥那副很少出现的深沉样儿，叶三儿使劲儿在他的后背上拍了一巴掌调笑道："发什么愣？想麦当劳呢？"

黄德骥猛地一惊收回了遐想，不屑地瞟了叶三儿一眼，反唇相讥道："想什么麦当劳呀？最次也得想个麦当娜什么的吧？"

逗贫之后，黄德骥这才望着头顶上灿烂得有点过头的骄阳和因为阳光过于灿烂而颜色有些发浅的蓝天，若有所思地拉过叶三儿问道："你说，像夏小菲那么水灵的姐们儿今后得嫁个什么样的人呀？部长？还是大款？"

叶三儿听了这句话先是心里一惊，他没想到自己的这位发小也存了这样的心思。但他故作深沉地把嘴一撇，拿自己刻意模仿来的硬汉做派用鼻子很酷地哼了一声，带着明显的不屑说道："就你，好好待着吧，想什么呐？"

一向在叶三儿面前唯唯诺诺，总是一副太监相儿的黄德骥今天不知道是怎么了，他猛地站了起来，眼睛盯着叶三儿挑衅地大声回答道：“对了！就我！怎么着？”说完这句话，黄德骥忽然像想起了什么似的望着叶三儿，眼睛里闪动着明显的不安，提高了声音问道：“你丫不会也喜欢夏小菲吧？”

叶三儿微微一笑，没有回答这个问题，依旧目不转睛地看着面部表情急剧变化的黄德骥。黄德骥显然是被叶三儿看毛了，或是已经从对方的脸上看出了自己最不想得到的答案。他极力掩饰着脸上不争气的惊恐，连说话也结巴了：“你丫说句实话，是……是不是想跟哥们儿争？”

叶三儿看着黄德骥那较真儿的样子微笑着摇了摇头。黄德骥长出了一口气刚要表示一下庆幸，叶三儿却已经换了一本正经的样子回答说：“老实告诉你，我早就喜欢夏小菲了！但我琢磨着咱俩之间不会争的！”

黄德骥差点被叶三儿在这一瞬间制造的大喜大悲给弄崩溃了，他气急败坏地大声问道：“为什么不会争？天底下难道还有第二个夏小菲能分吗？”

叶三儿冷笑一声，用不容置疑的语气继续伤害着黄德骥那已经越来越脆弱的自信：“夏小菲当然只有一个，有俩儿的那是天安门前边的华表！”说完这句话，叶三儿得意地看了一眼已经变得有些六神无主的黄德骥，一板一眼地继续说道：“我的意思是跟你根本不用争！因为你压根儿就不是我的对手！”

黄德骥在那一瞬间简直起了杀人的心，但转念一想叶三儿说的的确不错，自己除了嘴皮子利索点、脸皮厚点之外，确实哪点也比不上人家。瞪了半天眼睛之后，他只得无力地垂下了头去。

叶三儿一看自己的哥们儿被刺激成了这样，急忙拍着他的头安慰道：“瞧你这操行！还男子汉呢！是你让我说实话的，到了儿你自个儿又受不了！真没劲……”

黄德骥缓过神儿来苦笑了一声，自我安慰般地摇了摇头，一副绝望的神态。但不知怎的，他忽然又充满了希望地抬起头，很解气地说道：“没事儿，我想起来了！咱俩指不定谁笑到最后呢！”

这回轮到叶三儿不解了，他逼视着黄德骥那忽然间变得很阴险的表情追问道：“你想起什么来了？别跟我说你是哪个大款的私生子！要不就是咱们七条哪个妞儿瞎眼瞧上你了？”

“呸！”黄德骥一脸坏笑，使劲朝地上吐了口吐沫，斜着眼回答说：“你丫别忘了，人家夏小菲可是说过，只嫁给家里有大房子的！就你家那小狗窝儿，再多下两只脚都不成了吧？嘿，嘿……”

在黄德骥泄愤似的笑声中，叶三儿忽然感到有点泄气了。他家的居住条件的确很上不了台盘儿，在南七条说不上最差也差不多排在后几名了。他家甚至比夏小菲家更为紧张。他不仅父母双全，两个哥哥也全都娶了媳妇。虽然大哥婚后搬去了岳母家，但二哥和二嫂却占据了他家仅有的两间房中的一间。自己老大不小了仍旧在父母的房间里瞎凑合着。

但叶三儿就是叶三儿，在倔强的个性驱使下，他马上反击道：“你们家好！你那狗窝儿里还能再下几只崽儿？”

黄德骥一看自己的攻击奏效了，马上得意非凡地回答道：“没错！哥们儿家是不大，但好歹咱自己是个单间！怎么样？没辙了吧？”

这句话击中了叶三儿的要害，但向来不害怕任何挑战的叶三儿自然不肯认怂。黄德骥虽然别处不行，但正如他自己所说的，好歹有个属于自己的独立空间。

叶三儿天生就属于那种越挫越勇的人，字典里压根儿就没认输这俩字儿！他把脖子一梗，目光迎着黄德骥那幸灾乐祸的眼神望去，一本正经地搞起了统一战线：“咱俩别跟这儿瞎呛呛了。说到底，你觉得夏小菲能嫁给咱们这样的住房特困户吗？”

一阵短暂的沉默之后，不知怎的，黄德骥忽然间又坚强了起来。他自我安慰般地望着南七条北面那些在天边隐隐露着楼尖儿的远处，用故意气人的腔调儿对叶三儿说道：“我要挣大钱，往后给她买一套大房子！带前后阳台和落地窗的那种！”

叶三儿听了猛地朝黄德骥把大拇指一伸，眉毛跟着一挑，不无轻蔑地说：“就你那揍性还落地窗呐？你直接落地吧！”说到这里，他豪迈地把手朝着几米外那两人来高的跑酷台说：“别的甭说，有种的照我的样儿先把那个浮光掠影来来！凭这条你就不如我！”

听了叶三儿这句呛火的话，黄德骥马上像要咬人似的跳了起来，几乎是咆哮般地回答说：“来来就来来！”说完他捋胳膊挽袖子地来到了跑酷台前站定，运了口气怪叫着开始了助跑。

到了离台子还有两步远的地方，黄德骥真的跳了起来，整个人如同离弦的箭一样蹿起老高，不顾一切地向台子的边缘抓去。要是换了叶三儿，双手抓住台边的那一瞬间，再把小腹一收来个二次提升，一下子就从台子上飞过去了。但黄德骥偏偏没有这两把刷子，他想收腹但是却没做到，人在半空中明显地慌乱了起来，一阵可笑的凌空狗刨，胡乱踢蹬了起来。

只听得“扑通！”“哎哟！”“你大爷，哎哟！”几声音响效果，黄德骥已经一个嘴啃地摔倒在了台子下边。要不是叶三儿急忙伸脚垫了一下，这小子估计马上就得找人安假牙去了。

没摔着但吓得不轻的黄德骥到这会儿还没忘记抬杠，他趴在叶三儿那只救命的脚上，不服气地翻着白眼发出了挑战书：“你敢不敢跟我打个赌？”

叶三儿自认身为打赌兼抬杠的祖宗，当然不会怯场。他把脚一收，把胸脯儿一挺，一口答应了下来：“没问题，你就说怎么赌吧！”

“呸，呸！”黄德骥吐着嘴里的沙子，用有点悲壮的语气说：“咱就赌买房子！谁先买了大房子，另一个就麻利儿地从夏小菲身边滚蛋！”

叶三儿想也不想就坚决地应了战：“行！就这么着！”说完他又有些不放心似的对刚刚爬起来仍旧吐着沙子的黄德骥补充道：“咱南城的爷们儿，吐口唾沫那就是个钉儿，到时候你可不许后悔！”说完这句话，叶三儿也已经是满脸的庄严，一如即将上阵厮杀的武士。

黄德骥肉烂嘴不烂地回应说：“行，就这么定了，谁变卦谁孙子！”

“定什么呀？去登月还是上火星呀？”随着一个悦耳的女声传来，夏小菲那头很飒的短发已经出现在他们的视野里。叶三儿看见夏小菲，马上恢复了在人前一贯的冷峻，顺手拉起仍旧在吐着沙子的黄德骥，微笑着对心中的公主说道：

“没定什么，就是刚才黄德骥非要跟我打赌，说半个月内要学会我那招儿浮光掠影！”

黄德骥用感激的眼神望了望替自己解了围的叶三儿，带着惯有的那种讨好的表情证实道：“没错！就是这么回事儿！”

夏小菲恍然大悟地笑道：“我当什么大事儿呢，就是为了这个呀！那也不能不吃饭不是？”说到在这里，她大声对这两位伙伴说：“走，今儿我请客，请请你们这两个饿死鬼儿！”

叶三儿望着夏小菲极力地压制着心里的狂喜，故意摆出揶揄的神态问道：“怎么？你发财了？”

夏小菲对他报以一个比太阳更明媚的微笑：“发什么财？不发烧就不错了！”

已经缓过了劲儿来的黄德骥哪儿肯放过眼前这个跟夏小菲穷贫的绝好时机，马上装傻充愣地问道：“上哪儿？是不是门口迎宾小姐旗袍开衩开到胯骨轴子、光喝壶茶就得一二百那种地儿？”

夏小菲听了，对黄德骥做出一副要踢的架势，笑着抢白道：“我惯着你！还鱼翅捞饭吃一碗倒一碗呢！我这不今儿给人家小孩儿当家教刚挣了一百，想着犒劳犒劳你们这两个馋病秧子。没想到你现在心那么野，我这钱可不够你这个败家子糟蹋的。”说到这里，夏小菲看着被自己刺激了一番丝毫不以为忤却兴奋得满面红光的黄德骥和一直冷眼旁观的叶三儿，用手一指胡同口：“就老孙那小吃铺儿，爱去不去！”说到这儿，她瞪起了那双美丽的大眼睛看了两人一眼，抬腿就走。

“去！”“当然去了！”叶三儿和黄德骥异口同声地回答道，也跟着夏小菲屁颠儿屁颠儿地走了。

三个人在明媚的阳光下朝小吃铺走去，正好迎面碰上了抱着吉他回家吃饭的小庆儿。那小子马上停止了弹唱，傻乎乎地望着夏小菲三人说道：“他们俩非得因为你掐架不可！”

夏小菲倒没什么，只是给了小庆儿一个威胁的眼神儿。可被戳穿了心思的叶三儿和黄德骥却都感到有些尴尬。叶三儿瞪了小庆儿一眼就不再吱声了。只有黄德骥笑着骂道：“就你丫冒精。你怎么不考博士后去啊。你大爷！”谁知不说还好，话一出口却换来了小庆儿的激烈反击：“你大爷！你大爷！”

吃饭的时候，因为叶三儿老是拿那个当初卖油饼儿、如今已经开起了小吃店的老孙狠狠地挤对着黄德骥，说黄德骥专爱耍小心眼子，连吃饭都不大气，逗得夏小菲忍不住爆发出了一阵阵银铃般的大笑。这笑声把黄德骥骨子里的血性给激了出来，直接导致了好心请客的夏小菲活该倒霉。

别看黄德骥平时对叶三儿的这类讽刺早已司空见惯，但今天却一反常态，来了个化悲痛为力量，愣是咬着牙连吃了三大碗刀削面，最后撑得都翻了白眼儿，还依旧梗着脖子不肯服软儿，非要再来一碗面汤。从那一刻起黄德骥就暗暗发誓，一定要当这次打赌里那个笑到最后的人。

叶三儿虽然没有像黄德骥一样暗地里先跟自己较上了劲儿了，但也忽然间感到肩头压上了很重的担子。因为他们赌的是看谁先买房子，毕竟比看谁先吃下三大碗刀削面要难上百倍、千倍。一向不知愁为何物的他真的开始发愁了，第一次开始琢磨起该怎么挣钱。

打这顿饭开始，叶三儿和黄德骥就在不知不觉间较上了劲儿。因为彼此除了南城爷们儿之间那种颠扑不破的友谊之外，还有着同样争强好胜的基因。

第二章 寻梦

这几天叶三儿依旧被打赌的事困扰着，显得有些心烦意乱。就在这时候，他忽然听见有人在喊自己。扭头一看，自己的二哥叶老二带着一身二锅头味儿走到了他的身后。正处在烦躁当中的叶三儿猛地转过身去，用不耐烦的语调儿问道：“干吗？”

“干吗？”叶老二看着桀骜不驯的弟弟，用明摆着没事儿找事儿的语气大声重复着叶三儿的话。当他那饱含着质问的长腔拖完之后，便摆出了一副南七条的家长们单独面对自己那闯了祸该收拾的孩子时常有的姿态，大声嚷嚷道：“告诉你，跟你练跑酷摔着了腿的那个孩子家长找到家里来了！”

叶三儿听罢眯起了眼睛不服气地对叶老二提高了声音说道：“就这事儿呀！”

叶老二本来以为自己是以正义伐无道，平时不把自己放在眼里的叶三儿肯定会在现实面前低头服软儿。谁知竟然换来了弟弟这样的嘴脸。他马上讥讽地回击道：“这事儿还小啊？要不是妈和你二嫂跟人家好话说尽，人家能就这么走喽？”

一听事态已经平息，叶三儿心里有了底。马上心不在焉地回答：“走了不就结了？下次我注意点不就得了。”

喝了二锅头的叶老二却不肯就此收场，马上大声说：“妈让我来教训教训你！赶紧麻利儿地收了你这摊子破事儿滚回去！”叶老二在酒精的作用下借着叶三儿理亏的机会尽情地发泄着自己长久以来积压的不满，想当众灭灭这个从不拿他当哥哥看的臭小子的威风。其实来时他妈只是语重心长地叫他找机会劝劝叶三儿而已。

叶三儿最知道二哥的德性，懒得跟他理论。他眯起眼睛轻轻吐出了一个表示极度轻蔑的词儿转身就走。那个词只有一个字：“切！”

叶老二顿时上了火，开始低头满地乱踅摸，好像要找个顺手的家伙跟叶三儿拼命一般。他一边虚张声势地寻找着地上根本不可能有的激光剑或是传说中的神兵利器，一边怒气冲冲地嘟囔着：“你还死硬！看我不砸了你那狗屁台子，省得你再给家里招事儿！”尽管醉了，但他还是尽量把理占住。只要叶三儿说上一句软话或是稍微低低头也就算了。

可他出门前没看皇历，今天正赶上叶三儿气儿不顺，不光不给梯子，连块垫脚砖也没有。他只是用讥讽的眼神看着哥哥越来越尴尬的表演。一向外强中干的叶老二没等来弟弟的道歉或是解释，心里一下子虚了，巴不得这会儿谁能给他垫一步儿，自己好赶紧踩着当台阶使唤。但他很快就失望了，因为叶三儿的脾气不好，他那些徒弟只敢远远地站着瞧稀罕儿，谁也没有凑过来劝架的胆量。最令他不安的是，叶三儿还针尖儿对麦芒儿地和他磕上了。他轻蔑地把跑酷场上唯一一块不知哪个徒弟捡来压衣服的半截砖，朝他面前一踢冷哼道：“别费劲儿了，这儿有现成的！”

本来已是满脸尴尬的叶老二顿时面红耳赤，但依旧不肯就此认怂地叫嚣着：“我早看见了，用你给？要不是看你是我亲弟弟，我……真就……”在这个关键时刻，叶老二只得打起了亲情牌，希图唤起叶三儿对自己是哥哥这一权威的及时认知，避免可能对自己进行的人身伤害。

这个关键时刻多亏一个人及时出现，才避免了这场兄弟阋墙的好戏。“得，得，得！二哥您消消气儿，今儿全看我了！”黄德骥跑过来很认真地抱住了根本没想冲甚至有点想跑的叶老二。就在叶老二有了仗势重新发起飙来的时候，黄德骥一边朝叶三儿挤眼，一边假意呵斥道："你真行！敢跟自个儿哥哥来混的，我真他妈佩服你！"

叶三儿无意中一扭头，看见夏小菲也朝这边儿小跑着过来了，这才收敛了自己奋起抗暴的打算，语气也温和了许多。他走上去戏谑地拍打着叶老二身上并不存在的尘土，好声好气但也绵里藏针地说道："回去吧二哥，晚上我再给你赔礼道歉！你不会是打定了主意要在别人面前折我的面儿吧？"

打发走了心满意足地闹了个全须全尾的二哥，叶三儿喝令看热闹的徒弟们继续练习，然后朝着黄德骥笑着说道："多亏你了兄弟，我这劲儿一上来，呵呵……"

适时赶到的夏小菲用责备的目光瞟了一眼叶三儿，正要出言讥讽，却无意中看见了一身簇新的黄德骥，忍不住捂着嘴笑了起来："妈呀，你这是怎么了？打扮得跟新郎官似的？上香港还是下南洋啊？"

经夏小菲这么一说，叶三儿才发现黄德骥今天果然与众不同。只见他穿上了南七条里很少有人穿着的西装，还打上了一条菜花蛇般花花绿绿的领带。脚底下也不再是往日那双为了跑酷方便从不离脚的运动鞋，而是换上了一双锃光瓦亮的大皮鞋。

黄德骥注意到了叶三儿和夏小菲眼睛里惊诧的目光，不好意思地解释道："说着了，哥们儿要出远门！"说到这儿，他恶习不改地抻着西装的下摆显摆道："怎么样？这身行头还行吧？"

夏小菲马上追问道："你这是要去哪儿？"

"我有个舅舅在深圳开了个文化公司，叫我去南边跟着学学！"黄德骥的目光带着明显的依恋从叶三儿和夏小菲的脸上扫过。

"噢！我说呢！"夏小菲的疑惑得到了圆满的答案。叶三儿却感到心里很不是滋味儿。只有他明白，这是看着懦弱其实骨子里很拧的黄德骥已经进入了角色，要跟自己展开真刀真枪的较量了。一想到这个和自己朝夕相伴的发小儿就要离开自己了，他感到喉头很不舒服，眼眶也有点酸。但他极力克制着这种感情，装出惊喜的样子，夸张地叫道：“这是要发财了！下回见面该叫你黄总了吧？”

黄德骥也隐藏着心底阵阵涌起的波澜，走上去搂住了叶三儿，嘴里却强装镇定地骂道：“操行！”

显然是受到了眼前这一幕的感染，夏小菲也伸出手和黄德骥握了握，说出了一句很让黄德骥刻骨铭心的话：“别忘了我们，记着回来！”

黄德骥的眼泪终于涌出了眼眶，他一边装模作样地抬起了头望着已经渐渐偏西的太阳和依旧很蓝的天空，一边掩饰道：“我怎么迎风落泪了？真是的！”说完这句话，他转过身扭头就走。

直到走出了好远，不再担心自己落泪的一幕被夏小菲和叶三儿看见，黄德骥才停住了脚步。他回过头，又像是说给夏小菲和叶三儿，又像是对着金晃晃赖在天上不肯落山的太阳发着誓般地喊道：“哥们儿一年半载的准回来！等着我！”

叶三儿望着黄德骥消失的胡同口儿发起了愣。良久，夏小菲推了他一下，笑着问道：“瞎琢磨什么呢？”

叶三儿跟黄德骥一样，也宣誓似的答道：“琢磨挣钱呢！”

在那一刻，叶三儿突然感到自己成熟了许多，今后也许不用刻意地去装深沉了。

第四章 游子

就在叶三儿总是有事儿没事儿仰望着南七条上空的蓝天白云和那光芒耀眼的太阳想心思的时候，在同一片蓝天之下的数千里外，正在深圳的黄德骥也陷入了苦闷之中。

黄德骥这小子正在因为舅舅洪剑生没对他委以重任，只让他整天跟着自己学习那些细枝末节的小事儿而感到十分郁闷。起先，因为他知道自己既是初来乍到，又兼着初学乍练的角色，对这一安排还感到无比轻松、美滋滋的。但随着时间的推移，黄德骥很快就变得不那么安分、不那么满足了。就像是自愿辍学的孩子又被送回到学校一样，他感到这样的日子既无趣又无望。

对于黄德骥心里的“无望”，原因倒也十分简单。因为他看见舅舅手下那些来自全国各地的业务员总是拿着签来的合同理直气壮地索要提成款，舅舅也总是按照规矩办事，这个三千那个一万的照章付给，把个一心想要回北京买房子娶夏小菲的黄德骥给羡慕得眼儿红眼儿绿，以至于终于按捺不住了。

这天，黄德骥终于瞅准了一个机会，谄媚地望着舅舅试探地说道：“舅舅，我这几天已经看懂了您那几个业务员的路子，要不赶明儿我也去试试得了？”

谁知，他这一腔热情却换来了舅舅的兜头一盆凉水。洪剑生望着跃跃欲试的外甥，没给什么鼓励的话，而是冷笑一声摆了摆手说："你丫给我打住吧！这刚哪儿到哪儿？老实学着吧，没个一年半载就想出去混？你还嫩着呢，出去八成就让人骗个底儿掉。"

黄德骥虽然吃了闭门羹，但依旧不死心地涎着脸媚笑着央求道："哎哟，我的亲舅舅，您就给我一个机会吧，求求您了！"他那诚恳的样子连一向不肯多说少道的秘书小琴也看不过眼儿了，忍不住帮腔道："洪总你也是的，要不就让他试试吧。"

不料小琴这句话刚一出口，黄德骥的舅舅洪剑生就变脸训斥道："小琴不是我说你！这是你该搭茬儿的事儿吗？没脑子！"

这一下小琴果然不敢再吭声了，在偷偷接受了黄德骥一个充满感激的眼神之后，她赶紧低下头，蔫儿蔫儿地站在一边整理手里的资料，不敢再随便助拳。

黄德骥一看自己的要求就这么被舅舅否决了，连帮自己说句话的人都受到了打击，心里憋满了气。因为舅舅不知道，他必须要跑步进入共产主义，否则叶三儿在这一年半载里真的有了奇遇，等自己回去人家跟夏小菲孩子都抱上了，他这背井离乡的窝憋气不就白受了？

黄德骥不禁烦躁地望着舅舅死乞白赖地说道："那咱们试试行不行？哪怕一个月？"

洪剑生善意地打断了他的话头，用开玩笑的口吻说道："你小兔崽子，别总是这山望着那山高。我这是细细地操练你呢。天底下没有一口吃个胖子的甜活儿！"

黄德骥不服气地咕哝道："那可不一定，只是你还没遇见罢了！"

黄德骥的舅舅洪剑生一看自己一心要带在身边好好调教的外甥非但不领情，竟然还这么固执，不禁真的动了火儿。他猛地一拍自己面前的老板台，瞪着眼珠子说道："不是我说你丫！别以为自己租间地下室就能关着门造出导弹来，有种你一分钱也别带自己出去混三天试试，饿不瘪你！你丫要是能挺过来，我就听你的。"

要换作平时，黄德骥肯定是满脸带笑地赶紧检讨，外带再给舅舅点上根儿烟、捏捏肩什么的。这回不知道他是哪股犟筋拧巴上了，不但没有这样，反倒把小脸一绷也瞪起了眼睛。他用力地拍了拍自己的胸脯儿挑衅似的回嘴道：“舅舅，您还别激我！”

一看自己的外甥真的犯了混，洪剑生反倒“扑哧”一声笑了。他斜着眼睛上下打量着黄德骥揶揄地说道：“怎么个茬儿？叫板？”

黄德骥也豁出去了，忽然间变得气定神闲，勇敢地迎着舅舅的目光点头笑道：“您说对了！我今儿还就想和您叫叫板！”

说着话，黄德骥用眼睛死死地盯着舅舅，用很呛火的语气说道：“我就一分钱也不带出去混三天试试，要真是那样您总该让我跑业务去了吧？”说着说着，黄德骥还真当了真，麻利地动手把自己兜里的几百元钞票连同钢镚“稀里哗啦”地全都掏了出来，连同腕子上的手表和自己那部早已过时的手机也都拢成一堆儿，推到了眯着眼睛欣赏着自己这场表演的舅舅面前。

沉默了大约一分钟之后，洪剑生终于开口说道：“好！就这么着！”说着话还特意朝着一声不吭再也不搭腔的小琴吩咐道：“你告诉宿舍管理员一声，从现在开始他就不许再回去住了，也不许咱们公司任何认识他的人给他半点儿帮助！”说着话他还干脆站起身来，走到壮志凌云的黄德骥面前，像港片里的香港皇家警察一样对固执的外甥喝道：“把两手举起来，快！”

黄德骥望着一般正经的舅舅用哀号般的语气带着强烈的质疑问道：“干吗呀？”

“干吗？搜身呗，谁知道你有没有银联卡什么的？”洪剑生很认真地回答着，还顺手把搜出来的身份证也攥在了手里。

五分钟后，黄德骥带着北京爷们儿那特有的倔强离开了舅舅的公司，来到了深圳繁华的大街上。这一刻，他忽然感到自己很孤独、很无助。尽管深圳是一座开放的移民城市，不存在语言障碍，但这里没有那个阴阳怪气儿但却真把他当兄弟的叶三儿，也没有让他看上一眼就能忘了忧愁的夏小菲。他的面前也不再是熟悉的东单、西四，而是连名字也还叫不顺溜的蛇口和南投。对于黄德骥来讲，深圳是那样的陌生，对他而言，满街充满着诱惑的红男绿女，打这时候开始，也同样充满着未知的危险。

可能是和叶三儿相处得太久的缘故，黄德骥此时也禁不住学着这位发小儿的样子抬头望了望天空。这里的天和北京一样，蓝得有些炫目，太阳似乎离他更近，除了午后的强烈的阳光之外还有着更多灼热的感觉。黄德骥就这么空洞地看了一会儿，起先有些茫然的神态逐渐变得坚强了起来。因为他想到了夏小菲，还有围绕着她而形成的那个赌约。他告诫自己，必须要赢得这场打赌，任何人和任何事都不能让他放弃自己心爱的姑娘。想到这里，黄德骥很坚定地跺了跺脚，开始带着满腔悲壮的豪情漫无目的地沿着街道朝前方胡乱走去。

这一天是周末，也许是心灵上有了感应，回家休息的夏小菲中午突然做了一个梦，梦见黄德骥正在垃圾堆里刨食儿吃。晚上见到叶三儿的时候，她把这个古怪的梦说了出来。不知怎么，叶三儿听了这样一件可笑的事情却一点儿也没有因此而高兴，反倒在沉默了半晌之后突然开口迸出了一句话："夏小菲，我真想给黄德骥快递一罐炸酱……"

主意一定，两个人就按照黄德骥前两天给他们的电话号码拨了过去，可电话那头却始终是"您呼叫的手机已经关机"。

其实，此时此刻的黄德骥倒不需要炸酱这么奢侈的东西，他最需要的哪怕是一个烧饼甚至是半个馒头。从早饭之后就水米没打牙的黄德骥从来没有这么真实明确地感受到自己的胃在哪里，他无力地靠在一棵大榕树下，眼睛失神地望着天空想："夏小菲呀夏小菲！你知道吗？为了你我连婚礼上买什么喜糖都假设过了。今儿个我已经饿着肚子逛了一整天商场了，现在混得连沟里的蛤蟆也想抓来咬一口了，因为那毕竟是正经的肉啊！你吃饭了吗，夏小菲？是不是吃的炸酱面，还配着好几种面码呀……"在这种自虐式的幻想中，黄德骥混到了天黑。好在深圳这天的夜晚也不怎么凉，黄德骥找了个街心公园的长椅躺下，闻着无心感受的花香睡着了。

第二天天一亮，黄德骥不敢再坐以待毙了。他要去找个差事儿，哪怕能给自己挣来一盒炒米粉也行。但是没走到职业介绍所，他就扛不住了。除了大活人，任嘛儿都想拿来吃了。在饥饿的驱使下，黄德骥趁着左右没人，犹豫着从一个水果店扔掉的烂果子里挑了个比较顺眼的，然后攥在手里做贼似的跑出了好几十米。当他猛然想到自己在这座城市里几乎没有熟人，也不存在跌份儿这一说的时候，才拿起那个果子的残留部分，很不讲究地大嚼了起来。不知道为什么，他的眼睛里竟然流出了眼泪。今天这个屈辱的遭遇，让这个表面随和其实有着一颗高傲的心的黄德骥反倒斗志更强了。他咀嚼着嘴里残留的水果残渣，下决心今生今世一定要娶到夏小菲，决不让自己这些罪白受了。

黄德骥不得不佩服舅舅他老人家是老江湖了，因为没有身份证，谁也不敢给他介绍个吃饭的地方儿。这时候的他简直虚弱到了极点，任谁给上他一指头，威力都不会比《射雕英雄传》里南帝一灯的一阳指差多少。那些不要身份证的活儿倒不是没有，只是以他的现状是不敢觊觎了。最要命的是南方夜晚的湿度太大，这两天他一直在饱受着清晨浑身露水洗澡般的煎熬。好几次他已经决定回去找舅舅投降了，但每次这种念头都及时打住了，因为他怕贻误了战机，从而失去了深爱着的夏小菲。

直到第三天的早晨，下过雨的深圳变得阴冷起来。湿漉漉的夜晚终于让黄德骥亮不住板儿了。就在他游离于已经有些成仙悟道或是重堕轮回的感觉的时候，一个带着全副披挂的警察突然很威武地出现在了他的面前。那是一个在南方很难得一见的大个子，他威严地用手里的警棍指着站在那儿原地直打晃儿的黄德骥喝道："把身份证拿来！"

半个小时之后，在深圳市区边缘的一个派出所里，那个带他回来的警察给了他三天来的第一顿饱饭。在派出所里帮忙的联防队队员眼见着黄德骥狼吞虎咽地吃光了三盒大份的牛肉炒河粉之后，忍不住挑起了大拇指，用半生不熟的普通话赞叹道："北方银（人）就系（是）狠，我喔喜（饿死）也七（吃）不下这么多的啦……"

不管怎样，我们的黄德骥终于在第四天的早晨回到了公司，尽量神采奕奕地出现在了他舅舅的面前。望着一再掩饰着关切之情问了他五六遍饿不饿的舅舅，黄德骥满怀着希望问道："您就说，我是不是可以去业务组报到了吧？"

舅舅洪剑生沉吟了片刻，忽然很世故地望着他开口说道："不成！我还得试试你！”

黄德骥自诩已经跟那个把他当逃犯带进了派出所，后来又让他吃饱喝足的警察成了铁哥们儿，现在已然有了底，再出去飘两天也不在乎了。于是他一反常态地走到了舅舅那张他平时不敢轻易靠边儿的老板台前，顺手抄过来舅舅面前的一盒烟，抽出一支叼在了嘴上，并且掏出自己的打火机“啪”的一声点上，吞云吐雾地望着舅舅问道：“您说，怎么试吧？我全接得住！”

洪剑生苦思冥想着要给黄德骥找个能知难而退的难题，冷不防黄德骥又很潇洒地望着他继续追问道：“您这公司最近有没有什么拿不下的大业务？容易的可别找我，那显不出本事来！”

洪剑生被闹愣了，他吃惊地问：“干吗呀？”

黄德骥把脖子一梗回答说：“干吗？当然是外甥我去帮您啃块硬骨头呀！您放心，要办不成我也没脸在您这儿混饭吃了，到时候自己买张火车票回去就是了！”

也是从底层打拼出来的舅舅忽然感到自己一向熟悉的外甥此时很陌生，这个唯唯诺诺的小白脸儿大男孩儿已经完全像个豪气冲天的真爷们儿了。尽管心里已经暗暗赞许，觉得他有点意思，但洪剑生却仍旧不肯放下架子，马上应战似的叫道：“好！我就再给你一个脑袋上边撞出包来的机会！”说着话，他拉开抽屉，“啪”的一声把一个文件夹摔在了七个不服、八个不愤儿的外甥面前说：“那你就去办办这件事儿吧！”

说到这里，他还特意补充道：“这笔业务款已经一年没要回来了！我曾说过，不管是谁，只要能要回了这笔死账，直接从里边拿走十万。”

望着黄德骥消失在门口的背影，秘书小琴微微皱了皱眉头怯生生地说道：“洪总，这笔账不可能要回来的，他可是您的亲外甥呀……”

洪剑生笑道：“别担心，就让他试试吧！这小子不是个傻子，可鬼头着呢，像我年轻的时候！”说到这里，他似乎也觉得给了外甥一件不可能完成的任务，马上笑着对小琴解释说：“再者说了，就算要不回来他最多是出去碰碰壁，这对年轻人来说没坏处，呵呵。”

再说黄德骥回到自己住的出租屋之后，马上认真地研究起舅舅交给他那份文件来。他按照上边的客户电话打了一通，终于明白了自己遇到的的确是个大难题了。

对方是一家港资企业，原来的经理，也就是欠下了这单买卖款额的人因为贪污被调回了香港总部，据说已经快要被董事会起诉了。每次去要钱，新来的经理总是以要找就去找当事人，自己不清楚事情的经过为由拒付。黄德骥的舅舅原本想要委托律师付诸法律，但又因为自己当初为了揽到这个活儿给对方行了贿，怕连累着摊上官司，因此才这么一直撂着荒摊儿。黄德骥看着手里的这块烫手的山芋，懊恼地仰面躺在床上大伤起脑筋来。

第五章 第一桶金

黄德骥躺在床上想着讨债的计策，想了一出又一出，然后又都被自己推翻了。毕竟香港从概念上来说离黄德骥太遥远了，这种距离让他着实束手无策。就这么琢磨到傍晚，黄德骥仍然不得要领，他下了床，准备先填饱肚子再说。

黄德骥来到了路边的大排档前拣了张桌子坐下，对笑容可掬地赶过来招呼他的老板饿死鬼转世般地吩咐道：“先沏一壶狗刨儿（菊花茶），再来一盘生炒排骨！盐焗鸡半只！一个凉瓜排骨汤，外加米饭两碗！”那三天地狱般的经历真的把黄德骥给饿怕了，生怕明儿又遇到事儿没得吃了，索性打定主意先当个饱死鬼再说。

“哇！靓仔好大的食量喔！”随着一声夸张的赞叹声，一个穿着深蓝色 T 恤、鼻子上架着一副金丝边眼镜的中年男人出现在他的面前。黄德骥抬眼一看，马上换上了一副讨人喜欢的笑模样。他拿出一副捡了钱包似的样子握住那人的手叫了起来：“哎呀是您呀！”

原来，这人也是一家文化公司的老总叫徐军山，跟黄德骥的舅舅一样吃着演出这碗饭。在舅舅公司里，他们已经见过好几次，也算是熟人了。徐军山笑着坐了下来，叫过大排档的老板来说道：“去搞两瓶啤酒来，待会儿我买单的啦。”

看来徐军山的确比黄德骥有面子，大排档的老板拿来啤酒后不仅殷勤地给他们各倒了一杯，还讨好地送了一盘凉菜。两人端起杯“咣当”碰了一下之后，黄德骥喝了一口，带着谄媚的笑容问道：“今儿怎么这么巧？您是出来遛遛，还是体察民情？”

徐军山玩弄着手里装着啤酒的玻璃杯笑道：“就快去讨饭的啦，哪儿还有什么体察民情的事情？”打完了这个哈哈，他把脑袋凑近黄德骥，用广东人谈生意时惯有的单刀直入的方式很直白地说道：“我就是特意来找你的，有笔生意给你赚，做不做？”

黄德骥马上回答道：“做！”

但在这斩钉截铁的回答之后，黄德骥又敏感地想到了在北京时听到的一些关于南方的传说，马上又换了一副警惕的神态小心地改口说道：“做是当然要做了，但也得看做些什么。要是砍人什么的，我……嘿嘿……”

徐军山一听就笑了，他亲热地拍着黄德骥的肩膀说道：“你的想象力好丰富哟！砍人、绑架那是烂仔的事情，咱们是正经生意人嘛！”

听了徐军山的话，黄德骥终于放下了心来。他不好意思地笑道：“是我以小人之心度君子之腹了，不好意思，不好意思！”道完了歉，两人又碰了碰杯，各自喝了一口。黄德骥仍旧是满腹狐疑地问道：“就是不知道我能干什么？”

徐军山狡黠地一笑，提示道：“今天见了你舅舅，说你要去讨你们公司的那笔死账，特地赶来助你一臂之力的啦。”

黄德骥越听越糊涂，眨巴着眼睛望着那老板诧异地说道：“那件事跟您有什么关系？”

“他也欠我钱的嘛！”那个老板回答说。

黄德骥惨然一笑说：“告诉您实话吧，我现在已经想打退堂鼓了，那笔钱不好要的……”

徐军山坏笑了一声眼珠子叽里咕噜地乱转着说道：“所以我们要联手啊！我来告诉你讨到钱的办法。”

原来，徐军山和黄德骥的舅舅洪剑生面临着同样的问题。他们都是因为吃了上一任那个经理的瓜落儿有笔死账收不回来。但徐军山脑瓜子灵活，又有一个亲戚在香港的警署，消息也很灵通。他今天得知那家公司的董事长夫妇已经到了深圳，要和河北的一个地方政府代表团见面商谈一个对他们很有利的合资项目，便想出了一个不合常理的主意。但他深知自己一口普通话都不标准，起不到关键一步时要发挥的作用，就跑去和黄德骥的舅舅商量。当他得知了黄德骥正准备去要这笔钱时，马上就改了主意，打着哈哈不再往这个话题上引了。告辞后徐军山马上打听着找到了他们公司员工宿舍的地址，特地跑来跟黄德骥推销他的妙计了。

在徐军山精心安排下，黄德骥第二天一早特地赶在那个代表团还在路上的时候来到了那个香港董事长下榻的五星酒店的房间门口，轻轻地敲了敲门。

工夫不大，就看见一个秘书模样的人出来应门了。他礼貌地望着黄德骥说道："请问先生找谁？"

黄德骥奓着胆子，尽量理直气壮地回答道："找你们董事长！"

秘书模样的人疑惑地打量着他不解地问道："我想知道，先生您怎么称呼？您和董事长有预约吗？"

黄德骥微微一笑，不卑不亢地说道："你就去跟你们董事长说，有个姓黄的北京人求见，跟他明天要见的河北代表团有很大的关系，见不见随他便！"

这句话果然起到了作用，那个秘书脸上的神色顿时客气了很多，对他说道："那麻烦黄先生您先等等，我去问问看。"

时间不长，秘书就回来了，他伸手朝站在那儿心里直打鼓的黄德骥做了个请的动作，微笑着说道："您请跟我来，董事长有请！"

黄德骥点了点头，整了整自己身上那套徐军山刚借给他的西装，挺胸抬头地跟着秘书走进了这套豪华的套房。再穿过了一系列各种功能齐全、让人看了眼花缭乱的房间之后，秘书把他带到了宽敞的阳台前，轻轻地拉开了玻璃门，指着里边一个面相很和善的老头儿说道："您请吧，我们董事长在等您了。"

没人知道黄德骥到底是怎么跟那个董事长白话的，但重要的是他最后让那个董事长抄起电话把那个欠账的新经理好好地责备了一番，痛痛快快地结了账。

有人说黄德骥那天冒充了高干子弟，有人说黄德骥当时声泪俱下地给老头下了跪，还有人说出了更让人匪夷所思的理由。但不管怎样，黄德骥最终把事情办成了。不但他舅舅痛快地给了他那笔事先许诺的十万块钱提成，徐军山也成了他的好朋友，从头到脚送了他一套好行头，破了不小一笔财。

事后据他舅舅说，那天不管他怎么问，黄德骥就是一口咬死，说那个香港董事长很通情达理，而且从来不主张欠人家的钱。虽然一百个不相信，但面对账面上打过来的真金白银，洪剑生还是无话可说。

最后还是公司的秘书小琴问出了实话。快离开深圳时，黄德骥为了感谢小琴对自己的帮助，特地请她吃了顿饭。不过饭吃到一半儿黄德骥就喝高了，他跟小琴说了不少自己的事情，不知是真是假，也包括关于那次要账的事儿。他说自己那天告诉那个香港董事长，他家和河北的高层有关系，不还账的话他就会让家里施加影响，让他的计划泡汤。当然，这肯定是徐军山教给他的，因为黄德骥根本没水平编造这么具有威慑力的谎言，更说不出那么一系列有杀伤力的名字。黄德骥那天又在这个故事的基础上加上了不少骇人听闻的修饰，他想给听众增加点吸引力，却让本来可信的一件事情变得不可信了。

不过从那以后，黄德骥和徐军山真成了铁哥们儿，徐军山特别欣赏黄德骥的办事能力，两人开始琢磨起在北京开一家分公司的事情来。

第六章 联手创世纪

一晃儿黄德骥走了差不多三四个月了。对叶三儿来说，他走后什么也没有改变，太阳照旧东升西落，南七条的跑酷也依然进行着，叶三儿在南七条的地位也仍旧稳如磐石。

前两天赶上国庆，徒弟们花花绿绿的礼物倒是送了不少，还有人干脆抱了一大捆葱来凑数，弄得叶三儿哭笑不得。但在这表面热闹寻常的日子里，叶三儿却总是感觉着身边缺少了什么东西。他抬头朝着天上那光焰逼人的太阳仰望了一阵之后，终于在蔚蓝的空中找到了问题的答案——他少了一个知心朋友。这个想法一闪之后，他的心头又增加了一份紧迫感。

正在这时，场地里骤然间响起了喝彩声和掌声。叶三儿循声一看，原来是夏小菲做了一个漂亮的落地动作，只见那个姿态迷人的女孩被阳光镀上了一层光晕，又平添了几分教堂里抱小孩的外国菩萨那般的圣洁。如同当初那个带着风萧萧兮易水寒般的气概离开了南七条的黄德骥一样，叶三儿在心里暗暗地使劲儿：一心要赢得这次的打赌。因为这次的赌注是他绝对输不起的，就像歌里唱的一样：“输了你，我输了全部……”

叶三儿在蓝天白云和大太阳底下陷入了无限的遐思，一个人已经悄无声息地来到了离叶三儿不远不近的地方。他先是很洋派地来了声“嗨！”紧接着便贱兮兮地望着他笑了起来。

叶三儿打眼一看，只见那人戴着一副超酷的雷朋限量版眼镜，身穿笔挺的阿玛尼西装，胳膊下夹着被郭德纲戏谑地称为“驴”牌的路易威登皮包，怎么看怎么面熟，恍惚是不久前那个不惜南下数千里也要跟自己较劲的黄德骥。但他很快就打消了这个想法儿，因为那小子这会儿肯定正在深圳使劲儿装孙子，变着法儿地攒钱买房呢，哪肯轻易北上还乡？再说，这么短的时间估计他连砖头都买不了一车，又怎么可能置办得起这身自己绝对不敢轻易问津的行头？

偏偏就在叶三儿犯起了糊涂的时候，不知什么时候走过来的夏小菲却突然惊喜地叫道：“老天爷！这不是黄德骥嘛！”

叶三儿直到这时候才真正确信来的人是黄德骥了。马上抢上前去亲热地拍了拍他的肩膀，打趣地说：“还真是黄德骥，你怎么回来了？嫁了香港阔老太太了，还是一不小心把肾给卖了？”

夏小菲那头原本正等着黄德骥的回答，却听见从叶三儿嘴里溜出去的这些怪话，她捂着嘴嫣然一笑低声啐道：“缺德吧你！”

黄德骥摘下眼镜顿时露出了庐山真面目。不光是夏小菲和叶三儿对他的变化叹为观止，就连那些远远地站在场地中的徒弟们也发出了一声整齐的惊叹和一阵窃窃私语。

黄德骥顺着声音一瞟，顿时为这些给自己精心设计的惊艳复出热情捧场的徒弟们送去了一个电视里领袖级人物才用的手势——把手缓缓抬起，轻轻地招了两招。然后用刚趸来还没完全吸收消化的广东腔怪声怪气地嚷道：“小朋友，你们好！”

夏小菲被黄德骥那副德行逗得直捂肚子，远处的小徒弟们也顺势跟着大声地起哄，“给丫一大哄哦，哦吼哦吼，给丫一搓板儿啊，回家洗裤衩儿……”黄德骥在起哄声中更加得意，他又挥了挥手，得到了更加强烈的回应。

叶三儿只得强忍着笑对着场子大声呵斥道：“都跟着裹什么乱？想做俯卧撑了是不是？”徒弟们全是机灵人儿，一看师父发威了，马上老老实实地排好了队，一个个做起了叶三儿刚传授的“蹬壁跳远”来。

这蹬壁跳远洋名字叫 tic tac，是跑墙训练的第一个动作，说白了就是用一只脚接触墙面发力。天生是个贫人的黄德骥看见大家在练这个基础动作，马上又用他那听了让人鸡皮疙瘩起一身的广东话嚷道：“小朋友们好好练！以后钱大把有的赚的啦……”他这句话颇具杀伤力，不仅排队等着做动作的徒弟们笑成了一片，就连刚蹬着墙跳起来的那个徒弟也跟着傻笑，一下子失去平衡，“咕咚”一声摔了个比水萝卜还脆的大跟头。

这混乱的一幕气得叶三儿破口骂道：“我看谁再笑！想笑的上天桥听郭德纲白话，要不干脆就郊区看耍猴的去！”他这一嗓子真有威势，场子里一下清静了起来。夏小菲笑着拉了拉正在为自己被比喻成耍猴的而郁闷的黄德骥，黄德骥立马低声用广东腔对夏小菲嘀咕道：“耍什么猴子啦？现在保护野生动物的啦。”

不料黄德骥话音未落屁股上已经挨了叶三儿一脚，被掐着脖子朝场子外边推：“黄德骥，你丫真是长本事了，别挨这儿搅和了！算我服你行不行，咱们找地儿踏踏实实地坐下聊聊去！”

黄德骥本着挨骂没够的精神点头道：“咱们去四条那边儿新开的茶馆坐坐，我买单的啦！”结果这句话换来了叶三儿一个出其不意的擒拿动作和夏小菲一声笑骂：“活该！”

黄德骥在发出了一声：“哎哟喂！轻点，你大爷的！”之后，他终于恢复了一口牙牙学语时就开始使用的京片子。三个好朋友肩并着肩大笑着走向了胡同口。灿烂得有些媚俗的阳光下，一只带着鸽哨的鸽子领着一大群各色的同类在悠扬的鸽哨声中轻快地掠过。

走到胡同口的时候，正在声嘶力竭地唱着一首时下流行的摇滚的小庆儿一眼望见黄德骥，马上停住了拨拉琴弦的手，呵呵傻笑着说：“这孙子要发财！”这次黄德骥可是没生气，反而笑道：“我说你丫平时装傻吧，我看你真他妈的是个人才。”

在四条新开的四季清香茶馆里，黄德骥显摆着点了一壶上等香片，又要了一盘瓜子儿。然后小心地摘下了那副昂贵的眼镜，装进了西服的内兜里。他清了清嗓子，又很不文明地吐了口唾沫，这才照着老一辈艺术家单田芳说评书的路子拣着好的讲起了自己这几个月的经历。

黄德骥说，自己到了深圳之后先是跟了舅舅一段儿，不想阴错阳差地揽到了一单大生意，一下子拿了十来万提成。腰里一掖上了这些不扎手的票子，他的底气顿时粗了，很快就和另一个演艺公司的老板成了酒肉朋友。正赶上那个老板在北京很有几个朋友，早想着染指北京的市场，便提议黄德骥跟他共同投资成立了一个文化公司。黄德骥因为早就腻歪了总是带有流浪感觉的漂泊生涯，一心回南七条守着夏小菲跟叶三儿起腻，听了此话正中下怀。他马上拍出了那笔还没暖热乎的提成儿，当起了这家公司的副总经理。

叶三儿听了把嘴一撇："我说的呢，整个一个钱给烧的！"

细心的夏小菲突然插嘴道："你们那公司拢共二十来万资金，说大不大。可你那份儿不比别人，都是自己的血汗钱，得小心着点，别让人坑了。"

黄德骥很大度地朝着夏小菲一笑解释说："看，看看！小看人了不是？我是十分之一股份，人家出了九十万呢！"

夏小菲笑着说道："得嘞，黄总儿，你这是大买卖啊，以后可要多关照啊！"

黄德骥一看连夏小菲现在都高看他一眼，高兴得连腔调都又变了回去："没关系啦，毛毛雨的啦！"

实在看不惯黄德骥那副张狂样儿的叶三儿正准备在桌子底下给他来上一脚，但听了黄德骥紧接着说的一句话顿时收回了脚。

黄德骥又换作纯正的京腔儿故作神秘地说："告诉你，三儿！这两天我的点儿特正，刚刚揽下了承办盛世玉龙房地产公司的一个新楼盘的庆典演出，赶紧让你的那些徒弟攒出几个像样儿的节目，到时候只要能把场子撑一个小时，马上就给你五千块钱。"

夏小菲发出了一声惊叹，用赞赏的目光望着黄德骥夸道："成，你真够意思！三儿这几天正急着琢磨挣钱呢，整天茶饭不思的！"

黄德骥听了心里一惊，以为叶三儿已经把他们打赌的事儿告诉了夏小菲，马上用不信任的眼光直往叶三儿脸上看。叶三儿当时就看穿了他的心思，端起茶杯抿了一口随口骂道："德行样儿！不该说的废话我一句不说，还吓死你了呢！"

这一下夏小菲不干了，她瞪起那双大眼睛，探照灯似的在另外两张脸上来回扫射着，狐疑地问道："你们俩怎么神神道道的？有什么事儿背着我？"

黄德骥掩藏着心里的恐慌，故意大大咧咧从他那驴牌包里拿出了两张纸往叶三儿面前一推，装出心不在焉的样子转移着话题："签个字儿！马上付你两千块定金！"

叶三儿听了当即明白了黄德骥的意思，马上答应着拿起了黄德骥递过的笔来，一边签字，一边嘴还不闲着："你丫活了这么大，总算这回给咱们办了件又露脸又得实惠的好事儿！算没白活吧！"

夏小菲果然被眼前的新鲜事儿吸引了注意力，没再多问。黄德骥显然对叶三儿这样的表扬很不满意，一边小人乍富地从包里掏出了一沓子百元大钞，一五一十地数着，另一边却吹胡子瞪眼地朝叶三儿吼道："签过合同没有？一式两份儿，别全给我呀！"

叶三儿头一回满足了黄德骥当着夏小菲跟自己来劲的愿望，翻着眼睛瞪了他一眼，便没了下文。黄德骥看在眼里十分高兴，马上又变戏法似的掏出了另一份合同，小心地递给了夏小菲："劳您驾也签一份儿！"

夏小菲不解地拿起合同，飞快地看了几眼之后"扑哧"一声笑了。她挑起大拇指用她那对黄德骥来说威力不小于三十万吨 TNT 的语调儿说："像咱们南城的爷们儿！够意思，姐没白疼你！"说到这里，她简单地对一头雾水的叶三儿解释道："他这是还特别邀请我参加这场演出，替你们定个流程还要担任现场的主持人。"

叶三儿释然，意味深长地朝黄德骥笑着说道："行，你小子真有两把刷子！"

第七章 商演

演出的时间转眼就到了。这是叶三儿他们第一次把跑酷事业投入市场，大家都无比兴奋。对叶三儿的徒弟们来说，不仅师父答应参加演出的每人发给二百块补贴，更据不着调的师叔黄德骥说，这样的演出今后会常有，一年半载下来边过瘾还边赚钱，比上什么班都强，将来还有机会拍广告呢，因此被挑出来的那十个小伙子人人奋勇、个个争先，开始了没日没夜的苦练。大家把夏小菲精心编排的那套节目演练得纯熟无比，配合着夏小菲的解说简直是行云流水一样。

到了演出那天，南七条第一支远征军雄赳赳、气昂昂地来到了演出现场。只见夏小菲上身穿着一件颇显线条儿的纯棉白衬衣，下身穿了一条牛仔铅笔裙，再配上了一双精致的小牛皮半高腰棕色皮靴，神采奕奕地走上了台。她一出场立即博得了台下职工和嘉宾们的满堂彩。个别坐得离领导远的地方还传出了一阵刺耳的口哨声，引得人人侧目。

演出正式开始后，演员们都格外卖力气，赢得了一阵阵由衷的喝彩和惊叫声。随着夏小菲那颇具磁性的解说，南七条的这些小爷们儿到位地展现了最具视觉效果的“股墩跳”和在外人眼里一不小心就会导致骨头咔嚓的“单脚上墙”

等一个个惊险的动作。这些动作被夏小菲巧妙地穿插组合之后，更是让人眼花缭乱、心跳不已。

坐在台下正中央的钱总经理留着大背头，嘴里叼着一根颇具象征意义的“软中华”，使劲地盯着夏小菲。他死死地盯了好半天，才垂涎三尺地对身边始终弓腰控背、一脸奴才相儿的公关部主任说道：“这打把式的你从哪儿鼓捣来的？”

公关部主任小心翼翼地回答说：“这是南城最有名的跑酷队……”

“操！”钱总经理不愿意了，他“噗”的一声吐掉了嘴里的那支还剩着大半截的“软中华”，瞪着就快被他看虚脱了的公关部主任，指了指台上的夏小菲说道：“你耳朵要是有毛病赶紧到肉联厂修修去！我问那个姑娘呢！”

急于将功赎罪的公关部主任仍旧改不了自己那不等人把话说全的老毛病，张嘴回答说：“您说她啊，她不光是主持人，待会儿还要参加表演呢！”

面对这个总是不能善解人意的部下，钱总经理没好气但也没脾气地说：“操！”

就在公关部主任为自己尴尬的处境而发愁，不知道到底是该进还是该退的时候，场上一阵欢呼声响起。身穿一套带有炫火图案的叶三儿和换了一身天蓝色宽松跑酷装的夏小菲双双来到了场上。

风格为之一变的夏小菲从刚才的文静清秀、青春朝气之外带出了一股足以撩起人们深藏心底的原始欲望的野性，这种美压倒一切，连古往今来那些征战疆场的大男人也经常在这种美和江山之间徘徊不定。

看到这儿，那个钱总经理不顾身份地率先鼓起了掌，眼睛里闪现着大型猫科动物夜间才有的光芒，简直进入了物我两忘的境地。在表演正式开始之前，他又忙里偷闲地朝自己的秘书一努嘴，然后朝着脸上青一阵白一阵的公关部主任发出了最简短的命令：“你过去给他开开窍儿！”发布完命令，他还像网址后边往往会带着后缀 com 或是 cn 一样加上了属于自己的后缀：“操！”

舞台上，叶三儿偷眼看了看夏小菲，马上被她身上散发出的几乎可以触摸到的美丽光晕和奔放得如同江河滚滚的青春热力激发起了潜能。这一次，他把自己的跑酷水平发展到了极致。只见他轻松地起跑之后，腾身表演了那个从“猩猩跳接猫扑”，也就是从著名的跑酷动作 kingkong cat 中演变而来的加强版的“浮光掠影”。这招为叶三儿赢得“南城跑酷王”的名头，实在是因为它的惊险程度超过了人们的心理承受底线。今天叶三儿表现得更为飘逸，他在这个很容易导致头部抢地的招数中途巧妙地借力再次完成另一个动作，让观众在短短的几秒钟内心脏经历了两次急剧收缩，效果就跟坐过山车时的大翻转差不多。

叶三儿的完美演出赢得了台下员工们近乎疯狂的欢呼和掌声。夏小菲趁着这个热火朝天的当口儿开始了助跑，她的动作使全场一下子静了下来。她先是表演了一连串轻松自如的大飞侧滚翻 rolling，又完成了颇有观赏价值的鱼跃腾空接猩猩跳。那优美的身姿和对速度技巧的把控一下子征服了全场。如果说人们对“南城跑酷王”叶三儿表演的反应是“狂”的话，那么对夏小菲表演的反应就堪称是“痴”了。全场在安静了将近一分钟之后才猛地爆发出震耳欲聋的喝彩声。连台下那位钱总经理也跟着狂呼乱喊了起来。那一字真言就像卡碟一般不断地从他嘴里喷射出来。

演出在狂热的气氛中结束了，台下，其实只不过是第一次私下揽到演出业务的黄德骥也长出了一口气，他知道自己离开舅舅公司之后吃的第一口野食儿绝不至于泡汤了。他是个聪明人，最懂得把控时机，马上小跑着来到了一直悄悄盯梢的财务部主任面前，诚惶诚恐地问道：“您对今儿演出还满意吧？”

那个仍旧沉浸在狂热中的老妇女脸上闪现着多年前已经消失殆尽的红晕，眼睛像追光灯似的朝着叶三儿那身腱子肉望着，头也不回地对身边一个跟自己状态一样的女职员吩咐道：“小刘，带他拿支票去吧！”说完，又仿佛觉得自己有些失态，赶忙干笑着对黄德骥说：“那个南城跑酷王不错，小伙子倍儿棒！”

黄德骥连声道谢跟着财务的小刘屁颠儿屁颠儿地走了，完全没注意离他不远的地方，钱总经理的秘书正在低声开导着死不开窍的公关部主任：“你丫整个儿一个榆木脑袋，不会去跟那帮人的头儿言语一声儿？叫那个报幕的姑娘待会儿陪钱总经理吃顿饭？”

演出结束后，叶三儿顺利地拿到了另一半儿报酬。他“稀里哗啦”地数出了两千块，往带头的大徒弟手里一塞：“去吧亮子！你给大伙儿分分！”在一阵欢呼声里，南七条的跑酷远征军就在这家公司刚开盘的充气彩门前解散了。互道了再见之后，大队人马变成了一支自行车小队，朝着生养他们的南七条奔去。

黄德骥夹着包拿钱把请来的灯光和音响师傅全都打发走了，才猛然想起了自己早就打定的主意，赶忙推着自己那辆崭新的公路赛自行车赶回去接夏小菲。忽然，他机警地停住了脚步，搬着自行车躲进了建筑阴影里。因为他一眼看见了正在跟夏小菲说话的公关部主任，生怕在这节骨眼儿上被他看见，敲走事先一直追着的那笔好处费。

公关部主任客气地拦住了夏小菲，示意她借一步说话。望着眼睛里全是询问的夏小菲，他神秘地说道：“请您留下没什么事儿，就是等下公司的老总想和您认识一下，吃个便饭……”

夏小菲正满肚子找词儿要拒绝，随着一阵刺耳的喇叭声，一辆黑色的丰田霸道以绝对霸道的架势冲到了他们的面前。那个亲自开车的钱总经理色眯眯地看了夏小菲一眼，朝那个已经在不知不觉中变成了立正姿势的公关部经理问道：“怎么样？和人家姑娘说好了吗？”

公关部经理战战兢兢地回答说：“我们刚见面儿，还没说完……”

那个钱总经理用带刺一般的眼光轻蔑地瞄了他一眼，哼了一声他那一字真言，又笑眯眯地对夏小菲用命令的口吻说：“上来吧！把你那自行车交给他看着！”说完就拧钥匙打火儿，做起了开车的准备。

夏小菲厌恶地看了那位举止庸俗、态度傲慢的钱总经理一眼，礼貌地拒绝道：“不麻烦您了，我家里还等我回去吃饭呢！以后有机会再……”

一看不识抬举的夏小菲冷冷地拒绝了自己的要求，那位受惯了奉承的钱总经理顿时勃然大怒，满嘴胡柴的甩起了片汤儿话。他咬牙切齿地对夏小菲说：

“告诉你姑娘！哪个女人能得到我老人家的邀请那就是她前世修来的福气。怎么个茬儿？怕我不给钱是怎么着？”

夏小菲的火儿被最后一句话彻底给拱起来了，她一双美目中霎时燃起了怒火，马上反唇相讥：“哟，您有钱是吧？前门楼子买得起吗？十三陵神道两边儿的石人石马买过几个呀？给全款还是贷款啊？”

钱总经理听到这么一排问句不由得一愣，连他惯用的一字真言也给忘了，瞪着眼睛就想开骂。夏小菲哪能给他这个机会，马上机关枪一样突突道：“再说你都长成这模样儿了，还想学人泡妞儿呢？真应该拿着你的钱麻利儿地飞到韩国去，先让那些高丽棒子把你身上的肥肉剃个几十斤下来，再把你一肚子杂碎好好用水冲冲，省得肥油太多坠得你难受，不琢磨好事儿！”

夏小菲说这番话的时候，正好赶上这家公司的一大帮员工经过，看着刚才就发现很有点侠气的美女正在带着满身正气教训着他们那人见人恨的老板，心里全都乐开了花儿。这一下，那个坐在丰田驾驶室里的家伙被损得无地自容，一下子恼羞成怒了起来。他猛地推开车门，指着夏小菲喝道：“小骚娘们儿，再不闭嘴信不信我大嘴巴抽你！”

夏小菲不甘示弱地跨前一步，把本来就很丰满的胸脯一挺：“你动我一个试试！看姑奶奶我弄死你！”

“操！我还不信了！”那个被激怒了的野兽似的钱总经理“嗷”的一声就要往外钻，眼看着一条腿儿刚着地，忽然又被弹回到了座位上。这当然不是他自愿的，而是冷不防被一个人抬脚给踹了进来。他抬头一看，原来踹他的正是刚才跑酷台上那位“南城跑酷王”。钱总经理顿时张嘴骂道：“小子！你敢动手是不是？有种别走，等我下去拆了你！”

这时候楼盘里的几个保安听着声音已经按着警棍凑了过来，准备向叶三儿下黑手了。但他们突然间不动了，因为夏小菲已经挡在叶三儿身后，正冷冷地注视着他们。只见那个美女手中拿着一块板儿砖，大有随时准备拼命的架势。带头的保安只得转移了目标，大声地喝令仍在和钱总经理对峙的叶三儿赶紧滚蛋。不想那叶三儿忽然间猛地一转身，狠狠地瞪了他们一眼，那凶狠的目光吓得哥儿几个连连倒退，只有那个总是生不逢时的公关部主任被吓傻了停在原地没动，一下子凸显出了自己的英雄地位。据说此公后来正是因此受到了重用，被钱总经理提拔了起来。谁也不知道，他当时把裤子都已经尿湿了。

就在大家如冰封一般冻在原地的时候，叶三儿却回头笑眯眯地朝着一时不知如何是好的钱总经理走了过去。他一边走嘴里一边轻声慢语地劝慰着："嘿，这位老板！消消气儿，有话好好说嘛。"说着说着，叶三儿忽然变了脸，闪电般地从地上拔起了一把保安站岗用的遮阳伞，用快到不能再快的速度卸掉了伞帽儿，然后把下边那两股钢叉般用于刺入地面保持遮阳伞平衡的杆子对准了钱总经理。钱总经理吓得不知所措，他下意识地用手护住了头脸。

叶三儿大声叫道："孙子！老子勒令你马上跟我姐们儿道歉，要不老子让你马上变成人肉串儿！"

慑于叶三儿的威势，钱总经理只得绝望地点了点头，用蚊子般的声音在嗓子眼儿里咕哝道："得，我认㞞！认㞞还不成？这位大姐，对不住您了。"

叶三儿拿着杆子把前边两个明晃晃的尖头儿朝前一递，做了个威胁的动作，从牙缝儿里挤出了一个字来："滚！"

钱总经理听了如蒙大赦，立马麻利地关上车门打着了火儿狼狈地开着车走了。

叶三儿那天表现出了绝对的英雄气概，他扭头望向了身后那帮不知道该打110让警察叔叔来帮忙还是应该过去把叶三儿抬起来往天上抛着大喊乌拉的保安和员工们，发出了一声大吼："还有你们！滚！"

那帮家伙一下子散开了，全都站得远远地望着怒不可遏的叶三儿和仍旧保持着戒备的夏小菲。就在这时，黄德骥忽然拿着两块板儿砖气势汹汹地赶来了。他来到夏小菲面前，更是以一种大无畏的英雄气概护住了已经没有了危险的夏小菲，嘴里大声嚷嚷道："怎么回事儿？谁找拍呢？你们走，看爷今儿不把他拍出屎来！"

夏小菲伸手从他手里要过了那两块已经被攥热了的板儿砖往地下一扔，苦笑着说道："瞧你那份气不愤儿架势！比刚才跟那家伙面对面叫板的叶三儿还要拔份儿。你刚才干吗去了？”

其实，黄德骥刚才就藏在附近，因为怕得罪了那位钱总经理所以一直不敢现身。因为他们那位董事长和这位钱总经理挺熟，他怕因此砸了自己的饭碗。再说，他看出来叶三儿一上来就占据了主动，八成是没什么亏可吃，就本着不到最后关头绝不轻言牺牲的精神远远地看着。直到那个惹事儿的家伙走了，他才赶紧蹦出来表示表示。

余怒未消的叶三儿没有搭理黄德骥，拽起夏小菲就走。倒是夏小菲使劲推了黄德骥一下说：“走吧！在这儿等着人家赏你呀？”

黄德骥对自己的发小儿心中有愧，赶紧跟在他们后边絮絮叨叨地撇清着自己：“真的，哥们儿刚才结账去了，这才没赶上！真他妈遗憾。”他用懊悔到了十二万分的腔调儿继续说道：“操他姥姥的，我赶明儿找我一铁哥们儿收拾了丫挺的！我还不信了，哼！”

其实夏小菲和叶三儿根本没有计较他的意思，他们都以为他当时真的没在。叶三儿还随口夸了黄德骥两句，希望他别再瞎叨叨了。夏小菲一看黄德骥比自己还气愤，忍不住柔声安慰说：“得嘞！我求你了，我真的特领情还不行？求你了，让我耳根子清净会儿吧！”说着，夏小菲还朝他作了两下揖。

黄德骥尽管脸上仍旧是一副苦大仇深的样子，但却在心里念起了阿弥陀佛——一个最好的哥们儿、一个深爱的女人终于没把事情往他临阵脱逃这方面想，这让他既保住了面子又不至于失去和叶三儿打赌竞争的资格，真的是太侥幸了。就在黄德骥准备挺身而出请顿大餐弥补一下过错的时候，他兜里的手机突然不争气地响了起来。

黄德骥公司那控股达百分之九十的董事长在电话里叫道：“兄弟，赶紧去三里屯的那个酒吧把雨霏霏给接过来吧！要不，我这场演出就该砸锅的啦！”

黄德骥手机的音量调得很大，电话里的内容清清楚楚地传进了叶三儿和夏小菲的耳朵里。叶三儿笑道：“雨霏霏？这他妈是人的名字吗？干脆叫狗汪汪得了……”

夏小菲也笑得花枝乱颤，她狠狠地给了叶三儿肩膀一拳不无亲昵地说：“胡吣什么呀？少见多怪！”

黄德骥一下子陷入了两难的境地，他得马上赶去救场，但又不好意思在这个节骨眼儿上再当逃兵，只得尴尬地站在那里不动。

夏小菲看见了黄德骥别别扭扭的样子，就笑着劝他干脆先干正经事儿去。黄德骥听了这才心有不甘地把护花的美差交给了叶三儿，独自推着新车走了。

第八章 诺言

黄德骥走后，叶三儿骑着车送夏小菲回学校。两个人正骑着车，夏小菲忽然指着街边上的一溜儿小吃摊对叶三儿说：“咱们去吃点东西吧，这都折腾一晚上了，还真有点饿了。”

叶三儿心里正暗暗地恨路近，巴不得找个由头儿多跟夏小菲在一块儿待会儿呢。他听了这话，马上把眉毛一扬高兴地道：“好哇，我都快饿成相片儿了！赶紧得喂喂脑袋立体起来。”

说笑着，两人来到了一家小吃摊上，要了两瓶啤酒就着烤串吃喝了起来。直到两人面前堆满了竹签子，再也塞不下任何吃食了，才骑上车慢慢悠悠地踏上了归途。

因为是第一次挣钱，还在上大学的夏小菲突然有一种步入社会的兴奋。叶三儿和夏小菲一路上骑得很慢，有说不完的话。那一晚他们一直谈到了很晚，快到学校门口的时候，还都有点意犹未尽。

北京那藏蓝色的夜幕下，晚风温柔地吹拂着，直吹得人心里痒痒的，叶三儿心里的儿女之情油然而生，英雄气概顿时消散于无形。叶三儿感到心跳加速，语言功能有些缺失了。反倒是夏小菲这一路上有说有笑，没有觉察到叶三儿的异常。

就这么听着夏小菲那充满磁性的女声和银铃般的笑声，两人很快就来到了夏小菲就读的大学门前。夏小菲用她那双不用特意添加作料就已经勾魂摄魄的眼睛望着叶三儿，把那头很飒的短发一捋说："我到了，你回去吧！路上小心点。"

叶三儿很木讷地点了点头，把嘴一努，示意夏小菲进去，自己则捏住闸单腿点地停住了车，目送着夏小菲进校门儿。叶三儿眼看着夏小菲就要走进校门的时候，突然跳上了自行车，猛蹬几步追上了她。"等会儿！我有话说！"叶三儿下定了决心似的嚷道。

夏小菲闻声下了车，扶着车把嗔怪地问道："你今儿怎么了？丢三魂缺七魄似的，魂儿让谁勾走了？"

"你！"叶三儿鼓足了勇气用自己那炙热的目光朝着在夜色里依然散发着光彩的夏小菲说道。

"我？"夏小菲吃惊地叫道。但她很快就不叫了，因为她已经明白了投射过来的目光中的各种含义。夏小菲的一张俏脸顿时在夜幕的隐蔽下变得通红，有生以来第一次感到了莫名的局促。

叶三儿带着董存瑞炸碉堡时的决绝说道："夏小菲，我……我爱你！"他诚恳地望着夏小菲，大胆地向她表示了爱意，千言万语却化作了以前被他称为庸俗无物的三个字。

夏小菲显然是被这三个字击中了。她忽然感到一种像发烧又像做梦的感觉，一双眼睛盯着叶三儿，张了张嘴，最终还是没说出话来。两人就这么默默地对视着，叶三儿眼里喷涌着的火焰终于烧光了夏小菲眼里的疑惑，点燃了一片和他一样的火焰。这两股火焰在夜空里相撞，在他们的心海激起了一片火星。

夏小菲不自觉地推着车离开了学校门口，和已经热血沸腾的叶三儿并肩走在了大路上。走了一会儿，叶三儿望着一直没有回应自己的夏小菲，很霸道地把自行车一横拦住了她，说："不言语就算你答应了！"

夏小菲被他气乐了，用两人在一起还从未有过的娇羞的神态看了叶三儿一眼，又低下了头去。

叶三儿说着举起手带着庄严的表情发誓道：“你放心！我叶雨彤保证在三年之内一定弄一套像样的商品房，到那时候我就会正式追你了！”

夏小菲听了莞尔一笑，终于点了头算答应了这一提议。她俏皮地望着叶三儿笑道：“到时候才追我？那今儿这又算什么？怎么弄得跟买东西下定金似的？”

叶三儿却一点也没有开玩笑的意思，他带着神圣的表情，像小孩儿那样把一根弯曲得像秤钩一般的手指伸到了夏小菲面前。夏小菲又好气又好笑地望着他，揶揄道：“你这是想干什么？”

叶三儿郑重地回答说：“我今天放下的不是定金，是诺言！”

夏小菲听了这句掷地有声的话，也不由自主地伸出手指和叶三儿拉了勾儿。

叶三儿终于得到了美人的首肯，他兴奋地发疯般举起了自己的自行车狠狠地摔在地上，嘴里发出了一阵小野兽般的欢快的号叫。夏小菲急忙拦住他叫道：“干吗，干吗！跟东西置什么气？打今儿起想练竞走了是怎么的？”

叶三儿发泄似的告诉夏小菲：“我保证到年底就不再骑自行车了，到时候肯定换一辆崭新的小轿车来！等到你毕业的时候，我怎么也得开辆拉风的大车把你接回去。”那一刻，他已经陷入了自己描绘的幻境之中。

“先别提车了，但愿还是先买上房子。商品房，有落地窗的那种……”夏小菲的情绪也被叶三儿感染，笑着憧憬起了未来。

第九章 救美

坠入了爱河的人往往会同时失去理智，叶三儿也毫不例外。自从那个闪烁着不能被人看见的光辉的夜晚之后，叶三儿为了挣到在夏小菲面前夸海口许诺的房和车，开始疯狂地琢磨起赚钱的办法来。

经过黄德骥的介绍，叶三儿参加了各种演出，甚至做了一些危险的动作。一次参加一个外企的年会，叶三儿带来两个徒弟一起去表演。老外们都生性爱闹，又加上了酒盖脸儿，有几个平时也喜欢跑酷的老外跟着一起起哄，要看看叶三儿的拿手好戏。叶三儿一兴奋，就跟老外打起了赌，飙起高难度来了。那天晚上，他竟然做到了加强版的“浮光掠影”——在半空中两次借力起跳才落地。这个动作虽然让他得到了三千元的额外奖金，也让他差点摔折了脚。事后他自己也回忆不起来自己当时是怎么做到的了。

不过对于瞒着自己兄弟黄德骥跟夏小菲摊牌的事情，让叶三儿心里一直有点负担。一次候场的时候，叶三儿把这件事儿告诉了黄德骥。黄德骥知道叶三儿抄了自己的后路，满含着幽怨看着他的发小骂骂咧咧地嘟囔道：“你丫不仗义，哪有你这样的啊？一点都不守规矩。怕打赌早说啊？”

叶三儿这一次没有像以往那样总是逆着黄德骥话上，反而把头一低不吭一声。黄德骥更加得理不让人地加码道："你丫别美，赶紧奔吧，别看你跟夏小菲说了，可是你要还是个男人打赌的事儿就不能缩。要是抄了近路还被我把夏小菲抢走了，你丫更丢人！"

这种谈话继续了很多次，黄德骥想起来就骂上几句泄泄愤，每次谈话都以叶三儿闷声不响结束。叶三儿是个标准的北京爷们儿，信奉得了理就得让人的宗旨。更何况对方还是自己的发小、自己的兄弟呢。自己这次确实不仗义，抄了兄弟的后路，怎么也得让兄弟痛快痛快嘴不是。

一次演出后，天气不错，两人就顺着马路溜达。黄德骥又照例不满地责备了叶三儿一回，叶三儿也照样低着头一声不吭地走着。突然一阵汽车喇叭声传来，把两人吓了一大跳，全都停下来朝车子望去。

车灯闪过之后，黄德骥忽然满脸变成了谄媚的表情，他捅了捅叶三儿，指着那辆擦洗得干干净净的广州本田驾驶室里探出头的女子，夸张地对那人叫道："哎哟！我的个亲姐姐，怎么是你呀？"

叶三儿循声望去，只见一个打扮入时的女郎已经笑吟吟地走了过来，身上一股浓郁的"香奈儿"香水味直往鼻子里窜，让人顿时有了一种如沐春风的感觉。

那女子身材高挑，一张脸上略带着几分忧郁，更显得别具风韵。她笑着给了黄德骥一拳，亲热地回应着："什么姐姐、姐姐的！把人家都给叫老了！"说着话，她用眼睛望着因为搭不上腔显得有些尴尬的叶三儿问黄德骥："这兄弟是不是就是那位跑酷王啊？"

黄德骥依旧太监似的媚笑着，把头扭向叶三儿说："美女姐姐好眼力！我给两位介绍一下，这位就是南城跑酷王叶雨彤叶三儿。这位是咱们北京四九城无人不知无人不晓的首席美女女强人李银爱李老板！"

这位女郎就是活跃在文化市场上的海澄文化公司的女老板李银爱。虽然未曾谋面，但李银爱这个名字叶三儿已经听黄德骥念叨过多次了。因为他们的演出有不少就是这位漂亮姐姐给介绍的。带着些许敬畏，叶三儿客气地叫了声："李老板！"

李银爱显然对叶三儿的这一称呼很不满意，马上就带着七分自来熟、三分套近乎的样子亲热地拍打着叶三儿的肩膀，甜腻腻地说道：“你比他还可恶，叫什么老板呀？就叫我银爱吧！”

叶三儿听了脚后跟一阵发麻，赶紧笑嘻嘻地回答说：“不敢，不敢！那多不恭敬呀！”

黄德骥却嬉皮笑脸地凑过来说：“人家银爱姐让你那么叫，就那么叫呗！”

李银爱看着黄德骥佯装生气地说道：“你少来，不许你银爱银爱地瞎叫！我说的是人家！”

黄德骥假装疯魔地嚷道：“哟嗬！不带这样的啊姐姐！人家怎么了？哪点儿跟我不一样了？”

李银爱笑得弯下腰笑道：“人家是跑酷王！你是吗？”

李银爱身上那股亲和力不知不觉间已经感染了叶三儿，他戏谑地插了句：“他也不是一般人儿，他是南城最有名的跑肚王！”

调笑了一阵，李银爱提议请他们到附近的星巴克去喝咖啡。黄德骥还没说什么，叶三儿却犹豫着推辞道：“要不下回吧……”

李银爱两眼一瞪，带着很有感染力的表情把手一挥说：“不成！哪儿有第一次就这么不给面儿的？”

叶三儿和黄德骥对视了一眼，马上改变了主意，一边点头一边笑道：“得，得！听您的还不行吗？”

李银爱眉开眼笑地说道：“这就对了！”

要说在去往星巴克的路上，叶三儿对热情如火的李银爱多少还是有些心障的话，当他看见这位知性美女在停车场遇到了一件事以后，就在心里和李银爱成了一条战壕里的战友，先前那些生疏感很快就烟消云散了。

事情是这样的，李银爱光顾着跟叶三儿、黄德骥逗贫，一不小心踩着了一个刚从宝马轿车上下来的男人的脚。那家伙是个标准的大老爷们儿，身高足有一米八五，膀大腰圆一脸横肉。从他那辆崭新的宝马和身上挺括的西装上看，八成是个有钱没教养的货色。他一边跺着脚一边指着李银爱骂道：“急什么急？

踩死我了！奔丧还是怎么的？”

李银爱一看是自己理亏，赶紧赔笑道：“对不起！”

那家伙不依不饶地把嘴凑到李银爱的脸前边骂道：“对不起就完了？你就是赶着去卖淫也不用这么急呀！整个一个瞎子！”

李银爱听了这话勃然变色，马上反唇相讥：“你丫眼真尖！连我去帮你妈联系卖淫都看出来了？”

大汉怒不可遏：“我扇死你丫挺的！”说着还真举起了自己那蒲扇般大小的手来。

黄德骥适时地站到俩人中间，打躬作揖地当起了和事佬儿。他推着那大汉笑道：“行了吧，大哥！你看……”他下边的话还没出口，那大汉已经率先发难，一巴掌扇到了他脸上，把他扇得几乎原地转了个圈儿。还没等黄德骥缓过劲儿来，那大汉第二巴掌已经打向了李银爱，嘴里还不干不净地骂道：“我让他妈你嘴骚！”

李银爱咋呼咋呼还行，但一遇上真敢动手打女人的就麻了爪儿，两手捂住脸吓得尖叫了起来。

就在大汉那一巴掌即将接触到李银爱吹弹欲破的嫩脸的时候，叶三儿猛然间出手了。他一个箭步冲上前，伸手拉过了李银爱，飞起一脚踢中了那个莽汉的手。那家伙惨叫一声捂着腕子叫道：“你妈了个哈赤的，老子宰了你！”

叶三儿怀里搂着李银爱后退了一步，指着那个显然已经是外强中干的汉子说道：“得了哥们儿，见好就收吧！”

那家伙看着眼里没有丝毫慌乱的叶三儿一时没了底，嘴上却仍旧不依不饶地骂着：“我操！这小娘们是你情儿呀？还是你妈？把老子腕子都弄折了，咱俩没完！哎哟……哎哟……”

叶三儿被他骂得火起，原地蹦起老高右腿抡圆了照着那家伙的下巴就是一下，把那家伙彻底打倒在地。就在他想要乘胜追击的时候，李银爱已经把他拦腰抱住，急促得耳语道：“听姐的，快走！别惹事儿……”

叶三儿也不想惹事儿，站起身来就跟着李银爱朝她那辆广本跑去。那个挨了打的壮汉挣扎着叫道："有种别走啊！你他妈的……"

平白挨了一嘴巴，正在旁边运气的黄德骥看见，就顺手从路边的垃圾筐里拿出了一个烂菠萝，一把糊在了那家伙脸上，还使劲儿抹了几把骂道："不走等他弄死你呀！"

三个人慌乱着上了车，狂奔了一段儿，突然爆发出一阵大笑。车子来到什刹附近的时候，三个人已经因为刚才那档子事儿成了铁哥们儿。

尽管叶三儿此时很想告辞回去，但架不住李银爱的用心挽留，最终还是跟着她来到了什刹海附近一条普普通通的胡同里。李银爱指着胡同深处一户有着红漆院门的四合院说道："来吧！姐姐带你们开开眼。"

叶三儿看了看一点商业标志也没有的院落还以为是什么人的住宅，不好意思地推辞道："别价呀，姐姐！随便找个地方就行了，这是要上谁家蹭饭是怎么的？"

李银爱呵呵笑着说道："这就是个很别致的餐馆，谁家也不是！来吧！"

在这座古色古香的小院子里，李银爱费了很大劲儿才说服老板给没有预定的他们在后屋的隔间里摆上了一桌儿。指挥着和这座小院一样精致的服务员给大家倒上了香茶以后，菜很快就上来了。李银爱很得意地指着桌上的菜介绍说："你们还不知道吧？这地方可不一般了，光总统级别的就接待过好几个。要不是今天正好他们备菜有富余，咱们还吃不上呢！"

叶三儿不明就里地问道："他们把馆子开在这么个胡同里，门口儿连个招牌也不挂，谁能找得着啊？"

李银爱像大姐姐给乡下来的小弟弟上课一样耐心地回答道："人家不挂招牌就已经预订到了下半年，要挂招牌还不把院子给挤塌了？"

叶三儿听了更是不解："那他干吗不盘个大点儿的地方？"

已经开始风卷残云的黄德骥听见，不屑地"哼"了一声，嚼着嘴里的食物含糊不清地插嘴道："你当是咱们胡同口卖烧饼呐！人家就是要这个感觉！"

望着叶三儿被黄德骥挤对得有点儿下不来台，李银爱赶紧瞪了黄德骥一眼抢白道："吃你的吧，这么多话！"

黄德骥端起了酒盅滋溜喝了一口，连连摆着拿着筷子的手笑道：“好好，你们说！我先吃着！”嘴上虽然这样说着，但心里却得意地想：“招呼着点吧，叶三儿！小心让李银爱这个小娘们把魂给勾走喽！”不过他转念一想：“这倒好，省得你丫跟我争夏小菲了！”想到这儿，他伸出筷子顺手就抄了一筷子菜，猛地往嘴里一填，使劲儿嚼着。但忽然他又有些失落地想：“叶三儿这小子真是个克星，跟着他老有种电灯泡的感觉……”

虽然黄德骥总是吹嘘自己有点酒量，但跟久闯江湖的李银爱一比还着实有不小的差距。一两一杯的极品二锅头不到十杯，黄德骥就给打趴下了，趴在桌子上胡言乱语地哭诉起了什么。

李银爱倒是因为喝了同样多的酒而容光焕发，像一朵开放到了极致的牡丹。她两只眼睛里闪动着一汪秋水般的目光，直勾勾地望着叶三儿说道：“当我兄弟吧！姐太喜欢你了！”

因为从来滴酒不沾，一直保持着清醒的叶三儿下意识地想到了夏小菲。夏小菲那张俏生生的脸成功地抵御住了对面人面桃花的诱惑。他淡淡地一笑假装老成地回答说：“姐姐您喝多了，我不已经是你弟弟了吗？”

李银爱很满意叶三儿这样说，马上杏眼含春地问道：“说吧，兄弟！要姐姐怎么报答你今儿的举动？”

叶三儿斜眼看了看已经醉成了一摊烂泥、嘴里喃喃不休地讲述着小时候挨父母胖揍的黄德骥，谦逊地一笑，然后很仗义地说：“这事不值一提！您刚才不是说了嘛，我是您弟弟。哪儿有弟弟看着姐姐被人欺负的？”

李银爱的心里一热，马上抄起酒瓶子咣当咣当地倒了满满一茶碗儿酒，足有三四两的量。她把酒杯一端用热辣的眼光看着叶三儿，不无豪迈地说道：“就冲弟弟你这句话，姐姐我干了！”

叶三儿还没顾上阻拦，那一大杯辛辣的二锅头就被李银爱仰着脖子灌了下去，把叶三儿都给看傻了。

李银爱终究不是酒神杜康的外甥女，更不是酒仙李白的亲侄女。这杯酒让她也有些醺醺然了。她望着叶三儿固执地说：“不成兄弟！你必须跟姐姐说，我该怎么帮你？”

叶三儿是个热血的汉子，在豪气干云的李银爱面前不再拘束，他有些腼腆地回答说：“那……那您今后就多给我安排几场演出吧！我想多挣点钱。”

李银爱不明就里地问道：“兄弟，你很需要钱吗？”

叶三儿老老实实地承认道：“没错，我想挣钱买房子。”

李银爱点了点头，倒了杯茶咂了一口，想了想说：“就是你那跑酷队？”

叶三儿点了点头，用期待的眼神望着李银爱。

“想挣钱光凭着跑酷队拼命怕是不行，你还得多想点儿挣钱的路子才行！”李银爱斩钉截铁地说道。那股强烈的刺激了她的胃和脑神经的酒劲儿已经慢慢消散，她在这一瞬间又变成了一个理智的女强人。

“你要是愿意的话……”李银爱看着一直在虔诚地等待着下文的叶三儿继续说道：“打明儿起你可以在我的公司先做个销售！也就是联系业务。除了保底工资还能拿提成，同时也不耽误任何演出，有了甜活儿姐再怎么也不会给了别人！”

一听可以挣两份儿钱，叶三儿不觉大喜过望。他感激地望着李银爱说道：“太谢谢你了姐姐！我永远忘不了你。”说话之间，叶三儿已经做起了发财梦，好像看见了一套宽敞的新房子在向他招手。

李银爱的脸上刚才那种理智的光辉又渐渐消失，取而代之的是一种极度的寂寞和怅然。她兀自端起了酒杯又准备来个豪饮。叶三儿赶紧拦住她劝道：“姐姐别这样喝。”

李银爱怅然若失地望着头上被装饰成藻井的房顶，自顾自地说道：“我今天太高兴了。”

通过老板找来了酒后代驾，总算是鼓捣走了一会儿笑得跟电影里林青霞演的东方不败一样，一会儿又跟电视剧里葬完花琢磨着该葬自己了的林黛玉似的李银爱。叶三儿背起了仍在自称酒中仙的黄德骥，一边数落着他一边沿着什刹海往回走。

当叶三儿终于精疲力竭地把黄德骥戳在了荷花市场那仿古牌楼的柱子下，

开始喘起了粗气的时候。黄德骥忽然睁开眼茫然地问道：“咱这是在哪儿呀？”

叶三儿惊喜地望着从九霄云外云游回来的黄德骥，无可奈何地笑着骂道：“你丫幸亏不是一个女的，要不就这么个喝酒法儿，非得贞洁不保！”

黄德骥很有自知之明地笑道：“得了吧你！我就是个女的也得属于三贞九烈的那种，谁让咱盘儿不如你靓呢。”

叶三儿扑哧一笑，使劲儿推了他一把数落道：“倒也是，瞧你丫那德行，流氓都懒得理你。”

黄德骥反唇相讥道：“倒是你丫这种小白脸子得小心点，招蜂引蝶的，别让李银爱把你给法办了。”

叶三儿把眼一瞪，正色道：“你思想真肮脏！我可是正经把人家当姐姐看！”

黄德骥也收起了笑脸，一本正经地说道：“我现在可是好心劝你，要不等你失了身，我一个人去追夏小菲岂不是更好？”

叶三儿被唬住了，赶紧讨好地掏出烟给点上了一根，往黄德骥嘴里一塞问道：“怎么个茬儿？你把话说清楚！”

黄德骥一脸无赖相地望着急于获得答案的叶三儿，坏笑着要挟道：“那待会儿打车你丫给钱？”

叶三儿使劲地点了点头，答应了下来。黄德骥把他那张酒气熏天的嘴往前一凑说：“李银爱那是一个标准的怨妇！正独守空房呢。没瞅见她瞧你的眼神都不对吗？”

叶三儿等了半天却等来了黄德骥这些不着调的话，他气恼地指着黄德骥叫道：“待会儿打车你出钱！要不仔细我抽你！”

黄德骥嘟囔道：“靠！什么世道呀这是，哪儿有出卖情报不收费的哇。你丫越来越不仗义了。”

第十章 迷情

叶三儿好歹打车把黄德骥送到了他们公司，这才坐公交回到了南七条。此时他很想马上见到夏小菲，把今天自己找到的关于买房的门道儿告诉她。不过夏小菲正在学校里，只有周末才回来住。

刚走到胡同口，叶三儿就看见小庆儿坐在那儿跟一帮比他小许多的孩子们瞎白话。只听小庆儿口若悬河地说："别他妈不信！咱们胡同里真有狐狸精，我就让它给迷住过！"

因为心情大好，叶三儿笑着插嘴道："我怎么没看出来？八成是那狐狸精也弱智吧？"

在那帮大孩子们的哄笑声中，小庆儿丝毫不以为忤地望着叶三儿说道："你丫别以为自己怎么着，我一看你就刚给外面的狐狸精迷上了！"

叶三儿无意中想起了李银爱，摇了摇头继续往前走。一个大孩子故意装成比小庆儿还傻的样子问道："三哥让狐狸迷了，你是怎么看出来的？"

小庆儿得意地傻笑着说："那还用问？他傻呗！"

随之，小庆儿那一点也不傻的歌声又开始在吉他伴奏下响起，叶三儿笑着抬起头望了望头顶的天空。因为这顿午饭已经折腾到了下午，蓝蓝的天上飘浮着懒洋洋的白云，几只因为爱鸟行动变得身体肥胖甚至有些臃肿的喜鹊从天上飞过，穿过从 18K 金那种耀眼的金色变成了 24K 金那种有些红色暖调的午后阳光，慵懒地飞去了远处。叶三儿觉得这是一个好兆头，虽然不知道白云后面那高高的天上究竟是不是住着神仙，但叶三儿却仿佛看见了一座小区在向他敞开大门，那里有一座房子是属于他的，里边住着他和他心爱的姑娘。

第二天上班后，叶三儿真心地感谢起他新认的这个姐姐来。因为他上学时倒是没少在办公室的办公桌前罚站，却从来就没有过自己的办公桌。现在叶三儿在这间公司里却拥有了一张属于自己的写字台。就在他摩挲着桌上那部崭新的电话，接受了一个姓林的女孩给自己沏上的一杯香茶，在心里体会着居委会主任似的威风时，李银爱突然带着一股弥散着“香奈儿”香水儿味儿的风来到他的面前，并及时伸出了她那双纤纤玉手中的一只，按住了正想站起来问好的他。

“怎么样？还满意吗？”李银爱用她那双很容易让好人出轨更容易让坏人玩儿命的眼睛望着叶三儿笑着问道。由于比较熟了，叶三儿朝着李银爱望去，禁不住被她吸引，仔细地打量起来。只见李银爱身穿一条湖蓝色连衣裙，凝脂般的脖子上挂着一条别致的碧玺颈链，魔鬼般的身材凹凸有致，简直令人目眩甚至窒息，用“性感逼人”来形容一点也不过分。和自己心目中最最完美的夏小菲相比，李银爱虽然少了几分青春和热力，却多了一些成熟女人的魅力。这么想着一分心，叶三儿却忘记了回答李银爱的问题。

李银爱察觉到了叶三儿的目光，不仅不恼反而模特儿似的原地转了个圈儿，嫣然一笑说：“怎么样？姐今天漂亮吧？”

叶三儿望着李银爱不好意思地移开了视线，或者更确切地说是逃开了自己的眼神，红着脸但绝对是由衷地小声称赞道：“漂亮，真的倍儿漂亮。”

李银爱满意地从叶三儿那儿得到了肯定的答复，便把一叠打印好的资料往桌上一撂说：“这是咱们的客户资料，有可能喜欢跑酷这类节目的客户都在这儿了，你先看看吧！”

叶三儿知道这是李银爱在刻意帮自己介绍演出，马上感激地望着李银爱深深地点了点头。李银爱又给了叶三儿一个迷人的微笑之后便步履轻快地走了。叶三儿望着李银爱那丰腴迷人的背影，赶紧收摄心神，拿起了面前的那沓子资料。他在心里无声地告诫自己，自己是个爷们儿，心里绝对不能有一丝丝的杂质，绝对不能。

想到这里，叶三儿站起身走到了公司的楼道里，趴在一扇敞开的窗户前默默地点上了一支烟。他深深地吸了一口，仰望着远处树梢后正在漫无目的地向远方飘动的白云，觉得那些云彩很像自己——虽然已经成功地置身于广阔自由的天空，但却不知道自己将会归于何处？谁能告诉自己，天的尽头到底是不是真的如传说般无忧无虑，真的有着美丽的爱情和无尽的财富呢？

之后的一段日子里，李银爱帮助叶三儿介绍了不少客户，还积极给他安排了一些演出，叶三儿的收入成倍地增加了。这天的下午，公司的内勤林晓丽笑眯眯地走了过来，用她那细声慢气、甜甜腻腻的语调儿对叶三儿说道："叶三儿，你该请客了！"

叶三儿不相信似的望着林晓丽手里那两大摞崭新的人民币笑道："这么多？全……全是我的？"

林晓丽笑得花枝乱颤，把那些钱往叶三儿的桌子上一摔："拿着吧，叶三——儿！"

叶三儿签了字，小心地把钱装好，纠正着林晓丽的发音："妹妹，我叫叶三儿。末尾那个应该把舌头卷起来，要像你那么叫最后直接读成儿子的儿，听着太别扭了。"

林晓丽很认真地想了想，立竿见影地改正道："不发儿子的儿音，应该叫你叶思安，对吧？"

叶三无可奈何地摇着头笑道："还四呢！算了，你爱怎叫就怎么叫吧！"

忽然，叶三儿望着林晓丽问道："对了，银爱姐在哪儿呢？怎么半天没瞅见影儿了？"

长相不算漂亮，但绝对能算得上清秀白皙的林晓丽很夸张地做了个表示震惊的动作，压低了声音坏坏地一笑："啊哟，银爱姐，银爱姐，好亲热，好肉麻哟！”

叶三儿举起手做出要打她的样子笑着问道：“那我该叫她什么？”

林晓丽诡秘地一笑，挤了挤眼回答说：“我叫李总！”

趁着叶三儿一愣神儿的工夫，林晓丽挑衅似的把脸一扬，望着叶三儿很认真地问道：“你以后叫我什么？”

叶三儿不得要领地回答：“当然叫……小林了呗！”

林晓丽不满地瞟了他一眼摇着头回答：“不可以！”

叶三儿头都大了，只得嬉皮笑脸地耍起了贫嘴：“难不成叫你林妹妹？”

林晓丽这才绽放出了一个灿烂的笑容，满意地回答说：“好，就这么定了！”说着用手朝着李银爱单独使用的套间一努嘴儿：“你的银爱姐姐在呢。”

叶三儿走到李银爱的门前伸手刚要敲门儿，却忽然把手又放了下来。原来，他无意中听到了李银爱正在和一个客户的对话。从李银爱的语气里听出来，她肯定是遇到了不顺心的事情。

“哎我说宋哥，这事儿您可得主持公道啊！他林福生欺负人也没有这么欺负的吧？”过了几秒，又听见李银爱对电话里叫着撞天屈道：“宋哥你倒是说说，我李银爱什么时候亏待过朋友？咱们再商量一下吧？”

很快屋里就没了声音，沉默了半晌才听见李银爱“啪”的一声放下了电话，随之一声叹息传进了叶三儿的耳鼓里。不用问叶三儿也能明白，肯定是由于一个叫林福生的使坏，李银爱丢掉了一次重要的演出甚至是一个客户。尽管隔着一层门板，但叶三儿还是能感受到李银爱的无奈与郁闷。他慢慢地转过了身，打消了今晚想要回请李银爱表示感谢的打算。同时也记住了一个陌生的名字——林福生。恩仇必报的叶三儿想，也许自己报答李银爱的机会马上就该来了。

下了班之后，叶三儿回到了南七条的胡同口，在小卖部买了一盒烟。他掏出手机刚要给大徒弟亮子打电话，想让他来把分给徒弟们的钱拿走。偏偏这时候他的手机毫无征兆地响了起来。叶三儿低头一看，原来是夏小菲打来的。叶三儿马上面露喜色，美滋滋地靠在了电线杆子后，按下了通话按钮。

刚“喂”了一声，叶三儿就听见夏小菲那充满了磁性的声音传了过来：“干吗呢？”这句普通的问候对现在的叶三儿来说已经不再普通，就好像是仙乐一般，其威力足以抵挡住一百个百年狐妖或是三百个李银爱的诱惑。想到这里，叶三儿忽然自责了起来。责备自己为什么会想着李银爱？尤其是这样的时刻。

就在他发愣儿的时候，一日三餐准时回家的小庆儿正好带着他们院里的几个小孩从旁边走过。原本国民党败兵一样扛着吉他的小庆儿无意中看见了魂不守舍的叶三儿，马上傻呵呵地对那些小孩儿说道：“看见没有？不是光我一个人傻，想事儿的时候全都一样！”

一个带着一脸早熟模样的坏小子故意大声问道：“小庆儿哥，我看你什么时候都像在想事儿！你到底琢磨什么呢？解放全人类吗？”

小庆儿用怜悯的眼光瞟了他一眼说：“解放全人类干吗？你傻呀？我在想媳妇儿。”

夏小菲的电话是约叶三儿去故宫边上的护城河见面。垂柳依依的河边，故宫那巨大的身影和路灯下露出的黄瓦红墙默默地注视着一切，注视着自己庇护下那一对对谈情说爱的青年男女，偷听着他们之间喁喁的私语。两人推着车慢慢地走着。北京城那温柔的晚风呼啦啦迎面而来，执着但不猛烈，撩动着青年男女们心底总想爆发的那一座座活火山。

叶三儿要把挣来的钱交给夏小菲保管，夏小菲拒绝了这个提议，笑着对他说：“三儿，你原来可不是这样。怎么现在变得这么纠结，这么矫情了？你挣的钱当然得你拿着，哪儿有我一把攥到手里的道理？”

叶三儿不满地望着夏小菲回答说：“咱俩难道还得分你我吗？”

夏小菲那双明媚的大眼睛满含笑意地望着叶三儿一笑，亲昵地推搡着他说：“看你！又矫情起来不是？既然咱俩不用再分彼此，你拿着不就得了？”

叶三儿这才不再跟夏小菲争竞，把钱揣回了自己的兜里。他望着夏小菲自我解嘲地笑道：“得，得！我说不过你！”

夏小菲给了叶三儿一个很给力的笑容，用肩膀撞了他一下，开玩笑地抢白道：“我让你挣钱买房子，又没让你给我挣零花钱，自己收着吧！”

说着话，两人已经走到了中山公园和故宫之间那段灯火璀璨的地段儿。前边就是路灯稀疏行人也少的地方。叶三儿走了几步，忽然搂住了夏小菲的肩膀儿，轻轻地在她的脸上吻了一下。

夏小菲吃惊地望着亲吻了自己后又马上像贼一般逃开的叶三儿，俏脸上顿时泛起了一抹儿桃花般的颜色。她那双大眼睛忽闪忽闪地望着叶三儿说道："欺负人是怎么的？不怕别人给咱们来个洪湖水？"

叶三儿一看自己的偷袭没有招致夏小菲的惩罚，顿时高兴了起来，扯着脖子唱起了小时候十分流行的那首《洪湖赤卫队》的插曲，"洪湖水浪打浪"。也许是因为一个特殊的典故，也许是因为叶三儿天生五音不全，夏小菲那银铃般动听的笑声立即充斥了这段原本有些冷清的路。叶三儿那激情不让帕瓦罗蒂但音准却一直在四处串门的歌声飞上了夜空，飞上了叶三儿和夏小菲都喜欢看的白莲花般在月亮四周穿行的云彩。

所谓的洪湖水的典故在叶三儿和夏小菲他们那代人中流传很广泛，是北京著名的黑色幽默之一。说的是他们小时候治安不好，一些流氓就利用这里搞对象的男女比较密集且兜里多数都揣着俩子儿的机会，组织了一次突然袭击。某天晚上，四个持刀的流氓一对对地洗劫了那些瑟瑟发抖的恋人。几个家伙为了得手后能成功地逃离现场不至于有人呼救，想到了一个促狭的主意。他们勒令那些青年男女齐声高唱"洪湖水浪打浪"还必须连唱五遍。在歹徒的尖刀面前，所有的人都屈服了。就这样，护城河边起先只有一两对恋人在唱，到后来越来越多的人加入，以至于最后变成了百人大合唱。不过歹徒的智力没发挥作用，据说那几个歹徒没走多远就被警察抓住了，一个年轻的警察笑着骂道："行，你们真行！待会儿看我不找个地儿让你们唱够了！"

第十一章 曙光

叶三儿的竞争对手黄德骥也迎来一次重大的机会。这一天，他溜溜达达地在雍和宫门口吃了碗炒肝，正准备到公司去看看，忽然手机响了起来。他看也不看地接了一听，原来是那个曾被他背叛了的舅舅洪剑生从深圳回来了。

“小兔崽子！你丫挺的忒不仗义了，连舅舅也敢糊弄，难怪小时候就看你丫长得像电影里的叛徒！”洪剑生那一连串炮火把黄德骥打得手忙脚乱，一来是因为他从小就怕这个舅舅，二来是这次的事舅舅一点也没说亏了他。黄德骥刚想耐着性子赔不是，那边他舅舅却已经改了口儿：“不过你这孙子倒还算是个人才！就先饶你这一回吧！下次再这样我把你丫挺的剁碎了扔到护城河里喂草鱼！”

听着舅舅已经总结性地打住了话头儿，黄德骥知道自己的危机过去了。他赶紧赔着小心谄媚地问道：“舅舅您不生气了？那我去看看您吧？”

洪剑生在电话里用指点江山外加气壮山河的语气回答说：“那就赶紧的吧！我住在中国大饭店，待会儿你爸跟你妈也来！”

俗话说得好，“财大气粗”。总是被街道积极分子赵大妈称赞透着机灵的黄德骥马上嗅出了点儿味道，知道舅舅这回肯定不是回来让自己请客吃卤煮火烧的，赶忙爹着胆子问道："舅舅，您这次回来肯定有大事儿要干。是要给喜马拉雅山钻个眼儿，还是想着给黄河装上护栏呀？"

洪剑生笑着骂道："小兔崽子，逗贫是不是？我是回来拍电视剧的，投资已经到位了，让你小子开开眼。"

黄德骥一听就知道自己面前这碗面有卤，急忙按捺住心中的狂喜，装出漫不经心的样子问道："您拍电视剧我能干点什么？缺人演男A是怎么的？"说着话，他已经叫过来一辆出租车，继续跟从小就跟他没大没小的舅舅胡哨。

电话那头洪剑生不耐烦地说出了答案："就你还想演男A呢？连汉奸让你演都跌份儿！充其量让你跟着我跑跑，当个副导演。"

叶三儿是个性情中人，生平最受不得别人好处。第二天下午下班的时候，他就笑眯眯地拦住了李银爱，怀着忐忑的心情张嘴说道："银爱姐，晚上有事儿吗？"

李银爱惊讶地望着叶三儿，不相信似的开起了玩笑："没事呀！你怎么个茬儿？想请姐姐撮一顿？"

叶三儿点了点头说："没错，您最近挑着我赚了那么多钱，从哪头儿论也该我表示表示了。"

李银爱兴奋之色溢于言表，但还是故作矜持但又不失亲热地推辞道："兄弟你说到哪儿去了？姐姐帮你是应该的！你就别再破费了。"

诚心邀请的叶三儿劝道："不破费，不破费！我找了个有特点的地儿，全是咱们南城胡同里的家常菜，你要不嫌弃就去尝尝吧。"

李银爱马上就坡儿下驴地点了头："那好呀！咱们就走着。"

叶三儿选这个地方儿的确是费了一番心思，专门在南一条附近找了一家按照老年间的饭馆子装修的饭店，还定了个包间。那家取名为"胡同家常菜"的饭馆果然引起了李银爱极大的兴趣，她一边欣赏着大堂里随意摆放着剃头挑子和洋车，一边啧啧地赞不绝口，还特意让老板给她演示了一个同样作为道具摆放这里的拉洋片的台子。完了事儿才亲热地挽着叶三儿走进了那间布置得跟地下交通站似的包间里。

坐下来之后，肩膀上搭着白毛巾的小二给李银爱倒上了茶走了。李银爱才笑吟吟地望着叶三儿问道：“黄德骥怎么迟到了？”

叶三儿知道李银爱还以为是他们两人作陪，赶紧笑着解释道：“今儿就咱俩，黄德骥如今当了副导演，正在拍什么电视连续剧《血战八大胡同》呢。”

李银爱高兴地把丰满的胸脯儿一挺，拿起过去常见的喝酒工具——足足能装三四两的粗瓷蓝边小碗，斜着眼睛用滚烫的目光望着叶三儿说道：“不来更好，省得待会儿又喝醉了趴在那哭诉，呵呵。”

一向不喝酒的叶三儿今天是东道主，也只得端起了最多装了一两来酒的小碗儿，陪着李银爱品尝起了胡同家常菜的精品。

“您尝尝，这是爆炒三丝，这是素八喜，跟家里做的一个味儿。”在叶三儿殷勤的劝说下，李银爱仔细地品尝着这些老百姓老八辈儿都喜爱的菜肴，品味着专以做工见长、原料却十二分普通的美味，渐渐地感到自己十分喜欢跟叶三儿在一起的感觉。她起先还是小口儿小口儿的抿着据说只有在这儿才能喝到的“一锅头”，但很快就开始豪饮了起来。李银爱还特意定了规矩：叶三儿只要抿一口，她就仰脖来半杯。

要知道这“一锅头”可不是好玩的，它跟酒劲儿来得快去得也快的“二锅头”大相径庭，完全没有入口时的甘洌和辛辣，而是入口绵软还带着一股甜丝丝的味道。但这种原名叫“甑馏净”对于酒客来说不是闹着玩的，说一个喝多，就真的喝得太多了。也许就是因为这个原因，这种酒始终没能跟弟弟“二锅头”一争高下，只是小范围流传。

叶三儿忽然领悟到了一个奥秘——难怪京剧里那出《贵妃醉酒》能流传广泛，深得民心，那是因为美丽的女人喝醉了更加娇媚，甚至是娇艳到了春色欲滴的地步。李银爱就是这样儿，她一张美艳的脸已经变成了粉红色，好像散发着巨大的热量，如同宇宙中的黑洞一般，不停地发出强悍的吸引力。最要命的是她那双眼睛，原本看起来很清澈的样子，如今已经好像被蒙上了一层清水做的隐形眼镜，蒙蒙眬眬，既有大胆迷人的神情，也有迷幻难以捉摸的色彩。尽管叶三儿心里装着夏小菲，绝对属于见谁都是鲁男子、柳下惠一类定力很强的主儿，但此时也被活色生香的李银爱吸引住，简直看痴了。

李银爱真的醉了，伸手拍着叶三儿的肩膀儿一个劲儿地让他管自己叫姐姐，还语焉不详地说自己就想要一个他这样的弟弟。说着说着，这位在外人面前永远是笑眯眯的女强人终于学了那个不争气的黄德骥，竟然抽抽搭搭地哭了起来。

叶三儿一下子慌了神儿，赶紧转移了话题自谦道："您要我这个弟弟其实除了丢人，净添麻烦，也没有什么上得了台面的……"

李银爱听了把一双好看的秀目一瞪，带着哭腔说："胡说你！你要真是我弟弟，我就可以不被人欺负了。呜呜……"

真爷们儿都有一个弱点或是一种天性，那就是血液里天生就有保护弱质女流的基因。更何况从古到今，壮士出征、军旅冲锋陷阵前都要喝一碗壮行酒。那酒真是好东西，能让人抛开一切桎梏。叶三儿被喝下去的烈酒一蒸腾，再加上千娇百媚的李银爱这么一哭，顿时豪气干云，有了种"虽千万人吾往矣"的丈夫气概。他"啪"的把胸脯一拍，大声对李银爱说道："姐姐放心！我今儿就把话撂这儿，打今儿起只要是我叶三儿有口气，谁也别想在你跟前耍横，来混的！"

女人改不了爱唠叨的毛病。原本在人前表面上嘻嘻哈哈但城府很深的李银爱也终于在对她有着特殊意义的叶三儿和"一锅头"强大后劲儿的作用下露出了裙摆下的那根魅惑众生的狐狸尾巴。她不顾叶三儿的躲闪，终于把自己那软玉般的皓腕搭在了叶三儿的肩上。叶三儿的酒劲儿一下子醒了大半，心里只感觉着有愧于夏小菲。

但美女总能在人前表现出超人的一面——傻点的可以说是娇憨，野点儿的也被附会成原始的美。李银爱梨花带雨地哭诉了起来。通过李银爱的哭诉，叶三儿才明白她深藏在心底深处的苦楚。

原来，这李银爱是个能人，再加上人长得漂亮，生意越做越大，到现在已经拥有了一家演出公司和一家广告公司了。但让这个年纪轻轻、善于经营的女强人一直感到郁结的是，自己从小青梅竹马的男朋友却突然卷了她的钱，跟一个女人跑去了匈牙利再也没了踪迹。本来李银爱还可以用成功的事业麻痹自己，而最近另一个行业内的竞争对手天天与她纠缠。不但收买她的客户，还泼她一身脏水，简直要置她于死地。

说着说着，李银爱又哭了起来。叶三儿猛地往起一站，嘎巴一声捏碎了一个倒霉的茶碗儿，大声说道："银爱姐，你别怕！我回头去见见那个林福生，看看他是不是真的长着三头六臂！"

这一下可好，李银爱一激动也站了起来，一下子扑到了叶三儿的怀里，告诉了他一个藏于心底的秘密。叶三儿听了如梦方醒，这才知道自己早在无意中被李银爱当成了一个人的替代品了。因为那个不知道被什么样的天仙美女勾去了匈牙利的家伙竟然跟自己长得很像。而感情受了重创的李银爱至今还惦记着那家伙。

叶三儿心想："整个一个傻老婆等汉子！"但他转念一想，这样更好，既然自己本身不是李银爱的目标，正好省得她真的纠缠自己，让自己没法去见夏小菲。索性就当一回模特儿，来一回爱的奉献吧。

那一夜，月朗风清。不时在月亮前穿行的云朵，制造了一种朦胧的氛围，除此之外，连一丝风也没有。李银爱烂醉如泥显然是回不去了，叶三儿只得打电话叫来了大徒弟亮子，让他陪自己给李银爱站岗放哨，当起了当代的护花使者兼柳下惠的角色。这一晚让叶三儿感到光怪陆离，很不真实。他望着婴儿般甜甜睡去的李银爱，一边努力地对亮子做着说服工作，使亮子相信自己跟这位醉美人只是上下级关系，没有任何猫腻，还一连三次凭着自己在这一带的名声打发走了前来巡查的民警和联防队队员。

李银爱酒醒后感到十分不好意思，她诚恳地望着两眼全是血丝的叶三儿说："对不起兄弟，姐自己知道昨天酒后失言了，但你得答应我绝对不要去找林福生。那家伙是个混子，绝对不要招惹。可以吗？"李银爱眼里的迷人的色彩已经完全被关切取代，她真诚地望着叶三儿说道。但她很快就失望了，因为她看见叶三儿决绝地摇了摇头，一副打定了主意的样子。

李银爱努力笑了笑，揉着自己隐隐作痛的额头，强忍着冒火的嗓子眼儿那不舒服的感觉说：“你回去歇会儿吧，姐也该回去洗个澡睡一觉了。”说到这里，她又不无自嘲地补充道：“要不这副鬼样子，任谁看见也不能承认你有这么个姐姐！”

叶三儿很固执但很真诚地回答道：“爱信不信，反正你就是我叶三儿的姐姐！”

李银爱听了心里一热，眼圈发酸，好悬掉下了泪来。她强忍着眼泪正色答道：“我很愿意做你叶三儿的姐姐，很荣幸……”

叶三儿听后很感动，立马仗义地表示：“姐姐你放心，打今儿起，我一定要帮助你打败竞争对手，收复失地！”

李银爱打了个哈欠笑道：“快回去睡一觉吧，怎么看你这架势跟黄德骥他们正拍的那个连续剧《血战八大胡同》似的？”

从那儿以后，李银爱就更加卖力气帮助叶三儿了，不仅给他安排了更多的演出，还到处游说、鼓动客户们增加跑酷的节目，并把这些成功的工作量都记录到叶三儿的提成里。面对短短半个月已经超过了上次一倍还多的收入，叶三儿感到很不好意思。他左思右想却又无以为报，只能暗自加大了自己的工作强度，整天骑着车满四九城地乱跑，想方设法多给李银爱拉些生意。

忙碌起来的叶三儿和因为业务常常外出的李银爱这段时间都很充实，感觉自己有了事业上最可信的伙伴，工作更加卖力。这时候，那个会说一口甜甜腻腻的鸟语版普通话的林晓丽也格外地活跃了起来。这个过着北漂生活的福建籍大学生因为很有经商的天赋，拿过几个大单子，很受李银爱的信任。李银爱从来不拿她当外人，不仅给她办了社保和医保，还在求人帮她办有着半个北京户口功效的“居住证”。她和公司上上下下十来口子和谐相处，其乐融融。

但让叶三儿万万没想到的是，林晓丽对他很有好感，只是在用另一种方法接近他罢了。比如，每天早晨，林晓丽都会给叶三儿一杯热豆浆，并甜腻腻地问：“怎么样？我想得周到吧？做你老婆怎么样？”

以往叶三儿从没多想，只是在开玩笑的同时努力地纠正她那其实很好听的发音：“不是叶思安，也不是叶三儿，不是儿子的儿，要轻读！”

直到有一天，林晓丽不无醋意地偷偷把叶三儿拽到了走廊里，小声地劝告说："叶思安，以后还是少跟你的银爱姐单独交往吧，别人的闲话可是越来越多了。"

就是这样，叶三儿还是一点也没放在心上，只是坏笑着说道："幸亏你不是我老婆，要不还真让你把我们纯洁的姐弟之情说成别的了，呵呵！"

林晓丽望着转身去接电话的叶三儿，不满地噘起小嘴嘟囔道："姐弟之情，哼，但愿别变成姐弟偷情才好！"

很快，懵懵懂懂的叶三儿收入又翻了一倍。为了表示庆祝，他决定邀请黄德骥和夏小菲一起共进晚餐，好好地高兴高兴。按照黄德骥的要求，他忍痛把地点定在了东城一家粤菜馆。因为那门前站着两名旗袍开叉到了胯骨轴子的迎宾小姐，完全符合黄德骥的要求。

那天，叶三儿很早就来到了粤菜馆的石狮子前，等待着自己生命中很重要的那两个人出现。等了没一会儿，夏小菲先来了。素面朝天、天然去雕饰的夏小菲穿着一条牛仔裤，上边配了件格子衬衣，带着一种布衣荆钗也要颠倒众生的自信，笑着打量着叶三儿身后的粤菜馆，不解中略带责备地说："干吗非上这儿？有钱烧的是不是？"

叶三儿坏笑着朝门前红旗袍里不时闪动着白晃晃大腿的迎宾小姐，苦着脸说："你别赖我，都是黄德骥那小子坚持的。"

正说着话，一辆豪华型美洲虎跑车在叶三儿身后直按喇叭，烦得叶三儿赶紧拉着夏小菲换了个地方儿，谁知那辆美洲虎却不依不饶的往前跟了几步，又按起了喇叭。叶三儿勃然大怒，抬起脚就想踢那车，却被夏小菲一把扯住，低声责备道："别理他，咱们再往边上站站！"

这时，车门一开，打车上走下来了一个衣冠楚楚的人，夏小菲和叶三儿定睛一看，竟然是已经鸟枪换炮的黄德骥。

夏小菲"哼"了一声笑着啐道："黄总啊，你怎么没弄架飞机开开？"

叶三儿带着明显的羡慕嫉妒恨，说道："小人乍富！"

对于朋友们的调笑，黄德骥丝毫不以为忤，他拍着美洲虎那锃亮的车身炫耀道："没文化！大丈夫衣锦还乡怎么是小人乍富？告诉你，从打南七条这个名字有了之后，就没人见过这么好的车！"

黄德骥那副张狂样儿气得叶三儿和夏小菲扑上来作势要打，他这才换了一副㞞蔫蔫的样子告饶道："得，得！我投降，投降还不行吗？"

当三个好朋友围坐在餐桌旁之后，黄德骥趾高气扬地用带着大钻戒的手指敲打着菜谱，盛气凌人地说道："虫草燕窝一人一位，干捞鱼翅一大份儿，龙虾刺身……"

急得叶三儿使劲给了他一脚骂道："孙子！你打土豪来了是怎么的？这么吃还不得上北太平庄血站卖血去呀？"

黄德骥把脑袋一晃，拍着胸脯说："操行！今儿我请！"

夏小菲笑道："我刚才还替你鸣不平来着，现在看真有点小人乍富！"

黄德骥咋咋呼呼地点完了菜，嬉皮笑脸地给夏小菲推荐了一份双皮奶，让她先润润喉，这才转向了叶三儿问道："三儿，说正经的你最近怎么样？"

叶三儿笑了笑，详细地给他讲述了自己最近的经历，谁知黄德骥听了叶三儿的经商过程后，马上摆出了一副扼腕叹息的样子说："唉！这是怎么话儿说的！你们是捡起了芝麻，丢掉了西瓜。告诉你吧，一个也吃这碗饭的老板叫林福生，最近一直在圈儿里坏李银爱的事儿，这丫挺截留了李银爱不少生意，你们要想挣大钱，除非先摆平了这个林福生。要真那样，你们的利润才会发生天翻地覆的变化，买房子买车都不是胡说！"

叶三儿再次听见了林福生的名字，忙问："这个林福生有什么背景吗？好像人人都怵他？"

黄德骥说道："他背景倒是没什么，只是这家伙是个亡命徒，没事就在家琢磨着打架到底是用菜刀还是攮子好，没事儿谁去招他呀。"

尽管饭后夏小菲千叮咛万嘱咐不让叶三儿去碰林福生，但叶三儿还是死抱着自己的老主意不放。叶三儿痛快地答应着把夏小菲送回了学校，终于背着李银爱拨通了林福生的电话。

第十二章 斗法

叶三儿按照从李银爱手机里偷偷找来的手机号，拨通了林福生的电话。很快，对方就接听了。一个透着不招人待见的声音问道："谁呀？"

叶三儿稳定了一下情绪，尽量用平和的语调说道："林老板，我叫叶雨彤，想跟您谈谈。"叶三儿本以为自己这个名字林福生肯定不知道，不料，电话那头的林福生很快就反应了过来，他换成了一种任谁听了都会有种想扇他的语调儿，轻浮地说道："玩跑酷的那个叶三儿是吧？不好好守着你那个情儿李银爱，你找我干吗呀？"

叶三儿为自己已经被林福生注意到了的这件事儿诧异了几秒钟之后，强压着火气沉声说道："林老板，我就是你说的那个叶三儿。李银爱不是我的什么情儿，是我认的干姐姐。"

林福生对这句话报以一阵放肆的大笑，然后流氓气十足地回答说："别价呀，兄弟！您看现在都什么年代了？半大老头儿想把哪个大闺女包了，小三儿那也得有个说法不是？那样儿的话一般都叫干爹。你守着李银爱那么一个前挺后撅的浪娘们儿，怎么可能闲着？骗谁呀？"

就在叶三儿被这句话给气得直翻白眼儿的时候，林福生突然换了一副嘴脸叫道："你丫有事说事儿，没事别他妈浪费我电话费，讨厌！"

叶三儿此时被气得声音都有些发颤了，他紧紧地攥着被自己捏得嘎嘎直响的手机，仍旧尽量平和地说道："好，那我就跟您往细了说说！"

没承想林福生已经失去了听叶三儿细谈的兴趣，张嘴骂道："你先别说！告诉你叶三儿，我本不想跟你这种见色起意、吃完软饭还到处吧唧嘴儿的杂种费吐沫。但今儿你赶上爷心情还不赖，就他妈点拨你个野种几句。"

在这一刻，叶三儿浑身的血已经聚拢到了头上，连身上的肌肉也跟着颤动起来，就像是一匹匹等待跃出战壕去手刃仇人的战马。但叶三儿还是保持了最大的克制，用毫无感情色彩的语气说道："说吧。"

林福生叫嚣道："回去告诉李银爱那个天生只配卖大炕的骚货，别忘了当初是谁把她带进了这个圈子！没想到她现在居然倒敢反咬一口了。让她赶紧洗洗干净准备去特殊服务吧！"说到这里，林福生"啪"的一声挂断了电话，两人之间的谈话就这样结束了。

叶三儿站在原地愣了足足三四分钟，然后终于暴怒地蹦了起来，一脚踢在了一个被做成熊猫模样的垃圾桶上。看着倒霉而无辜的垃圾桶叽里咕噜地滚出去老远，叶三儿忽然无声地笑了。那是一抹带着野兽般狰狞的冷笑，让人不敢正视。这样的笑容是第二次出现在他的嘴角儿上了。上一次是五年前，那天他独自和想敲诈他的混混儿干了一架。最后他把对方五个人打得至今不敢从七条经过，总是远远地绕路走。

愤怒的叶三儿刚回到家中，醉醺醺的叶老二正巧迎了上来。他心虚但仍旧不肯放下臭架子地数落道："还回来呀？"

叶三儿这人有个特点，就是干狠事儿的时候反倒比平时平静。就像他每次表演绝招"浮光掠影"时一样，总是气定神闲，没有一丝紧张。他不仅没有跟叶老二较劲，反而笑着从兜里摸出了那盒给客户准备的"小熊猫"，抽出一支直接塞到了叶老二那张仍旧想要占点儿口头儿便宜的嘴里。这个动作惊得叶老二以为弟弟要袭击他，赶紧下意识地、很丢面子地直闭眼。但他很快意识到那是一根烟，还是一根不错的烟，马上又带着今天太阳怎么打西边出来了的表情睁开了眼睛。他确认了一下——眼前没有任何凶险，只有弟弟那张很灿烂的笑脸和一个已经凑到了面前的冒着火苗的打火机。

借着叶三儿的火儿点上了烟，叶老二作为回报马上向叶三儿报告了一个天大的喜讯："告诉你一个天大的好消息吧！咱们南七条要拆迁了！"

叶三儿被这个巨大的惊喜弄蒙了，连忙瞪起眼睛直勾勾地盯着正在打着饱嗝的叶老二问道："你再说一遍？哪儿要拆迁了？"

叶老二回答道："咱们南七条啊！要是拆迁德胜门箭楼儿，我跟你说个什么劲儿。"

叶三儿把那盒刚拆封儿还没抽两根的"精品小熊猫"往哥哥兜里一塞，迫不及待地问道："咱家呢？"

叶老二抬起头偷眼望了望下山之前仍在尽力散发着光热的太阳，很有派头儿地挥手驱赶着面前根本不存在的飞虫儿，回答说："人家拆迁办的人说啦，除了户口迁走了的大哥不算，我们家三口一个两居室。妈和小妹也是一样。"说到这里，叶老二扔掉了手里只剩下一个过滤嘴的烟头儿，又掏出一根白来的"小熊猫"，浑身上下地寻找起打火机来。

叶三儿等不及了，飞快地给哥哥点上烟，用期待的眼神儿望着叶老二催促道："说呀！拿什么搪呀？"

叶老二故意用表演拖延着时间。一看叶三儿果然对他分了两居没有反对，这才和蔼地拍着叶三儿的肩膀说："你能分一个一居室，听说小六十平方米呢！"

叶三儿心急如焚地小跑着穿过胡同儿，笑容满面地和遇到的每个人打着招呼。尽管手机已经掏出来了三四次，但还是又被他重新塞回了兜里。他要把这个喜讯亲口告诉夏小菲，因为刚才他已经在居委会打听清楚了，按照这次的拆迁政策，他和夏小菲能各自分到一个一居室，但是如果两人结婚就能合并申请到一个三居。要知道那可是三居啊，回家换了拖鞋也得走上十几步才能到头的三居啊！是前一段南七条还没几户人敢在梦里妄想的三居。跟自己眼下进了门就基本上得拖鞋上炕的境遇一比，那简直是和尚洞房花烛夜，白丁金榜题名时！叶三儿感到今天天上的晚霞格外美，那些云彩就像是夕阳在天际用红彤彤的建筑材料修葺了一片宏伟的建筑。可现在叶三儿连这个也不羡慕了，因为他即将成为一个三居的主人，外加娶回一个美丽的新娘。

来到了夏小菲的学校前，叶三儿马上给夏小菲打了电话，要她无论如何赶紧出来。也许是受了叶三儿身上那不断发散的欢乐脑电波的影响，夏小菲很快就小跑着来到了他的面前。由于一口气从校园里跑到了大门外，夏小菲的面色显得微红，随着超出常规的心跳，丰满的胸部在不停地起伏，就像是一个原本只能顶礼膜拜的女神，忽然走下神坛来到了芸芸众生中间一样，显得格外迷人、格外有温情脉脉的人间烟火气。她忽闪着大眼睛望着从头到脚散发着喜气的叶三儿问道："怎么了？中了双色球特奖，还是刚让谁拿金砖拍了一下，临了那人还忘了把金砖拿走了呀？"

叶三儿再也控制不住自己的感情，伸出双手一下子把夏小菲揽进了怀里，忘情地拥抱着她说道："咱们要有房子了，三居！"

很快，这对恋人便出现在了当年曾经大唱过"洪湖水浪打浪"的护城河边。夏小菲略显羞涩地望着情绪仍旧处在兴奋的巅峰的叶三儿柔声说道："怎么不说话了？你平时那个贫劲儿哪去了？"

叶三儿不好意思地龇牙一笑："其实满肚子话要跟你说，但一想起咱们那个三居，就什么都忘了，嘿嘿……"

夏小菲眼里带着无限的柔情和爱意深有同感地叹了口气回答说："是呀，咱们真是土地爷面前摆了五供，受不起大香火呀！我也正晕乎着呢。"

又默默地走出了几步，叶三儿忽然停住脚步趴在了护城河边上那齐胸的段墙上，望着路灯下显得有些像丝绸一般的河水，头也不回地说道："夏小菲，有件事我该告诉你了！要不就太对不起良心了……"

夏小菲也趴在了叶三儿的旁边儿，任凭自己那一头在轻风中飘逸着的秀发散发出一阵阵诱人的发香。她望着欲言又止的叶三儿故意装出吃惊的样子气他说："是十年前跟咱们七条哪个离异女性私订了终身，还是刚刚被你们那女老板糟蹋了？从实招来吧！"

叶三儿抬起头望着河水那边在夜幕下显得庄严而神秘的紫禁城，严肃地回答说："黄德骥也喜欢你，这你知道吗？"

夏小菲想了想咯咯笑着回答说："那我还喜欢施瓦辛格呢！这怎么了？"说完这句话，夏小菲突然伸手揪住了叶三儿的耳朵说道："快说，你和黄德骥有什么猫腻，今儿干吗提他？不说的话把你弄成《黑猫警长》里的一只耳！"

叶三儿没有回应夏小菲的嬉闹，仍旧很严肃但也很茫然地望着夏小菲说道："我跟黄德骥打过赌，谁先买了房子谁就追你。你说，我……我这样算赢得光明正大吗？"

夏小菲突然想到了什么似的，扳住了叶三儿那结实的肩膀瞪着叶三儿，带着恍然大悟的表情拖着长声夸张地叫道："我说那阵子你们干吗老是神神道道的，敢情拿我打赌呢！"说着抡起拳头就雨点似的朝着叶三儿猛打。

叶三儿带着十分惬意的表情享受着这顿绝不反感甚至有些期待的打击，仍旧很一根筋地问："那就是说我赢了？"

夏小菲笑骂着啐道："你牛！你赢了！"

叶三儿一把搂住了仍在捶打的夏小菲，很近距离地望着吹气如兰的夏小菲，傻傻地笑着说："我知道我赢了！我就知道我能赢！"

夏小菲温柔地投入叶三儿的怀里，低声抢白道："你今儿怎么跟小庆儿似的？"

欢天喜地的夏小菲和叶三儿分别去见了对方父母，表明了心迹。双方的父母原本就是抬头不见低头见的老街坊，婚事很快就定了下来。在叶三儿家人的撺掇下，两人很快就领了结婚证，准备来年五一举行婚礼了。

欢欣之余，夏小菲和叶三儿打算起了自己的事情，他们准备好好地再挣几个月钱，等房子下来后好好装修一下，到时候把婚礼办得体体面面的。由于他们的新房子的房号是 1502，两个人拿着房子的户型图欣喜若狂，天天看着这个纸上的家畅想未来，1502 这个数字便也成了两人公认的吉祥数字。

一次逛完了"宜家"走到门口的时候，夏小菲忽然开口说道："给黄德骥打个电话吧！毕竟大家这么多年的朋友。"

带着一个刚刚赢得了天下的帝王才有的那种豪气，叶三儿郑重地点了点头，掏出了手机。

电话铃声响起来的时候，黄德骥正在忙着。那天因为导演不在，临时由他指挥补拍几个镜头。一朝权在手，便把令来行。黄德骥志得意满地坐在导演的位置上抢白着一个倒霉的女配角："我说英子！不是我说你，你现在演的这场戏是悲剧。你的丈夫跟人跑了，你就要被人贩子给卖到八大胡同了懂不懂？你怎么总跟吃了蜂蜜屎一样，傻笑什么！"

那个身上抹着代表鞭痕的油彩、一副刚被强暴了似的打扮的女配角嘻嘻哈哈地回嘴道："八大胡同怎么了？不就是夜总会吗？坐台还能挣小费呢，真是的！"

就在黄德骥准备大发淫威好好教训那个女配角一番的时候，兜里不停震动的手机终于吸引了他的注意力，他低头一看是叶三儿的号码，马上拿起来对笑得前仰后合的工作人员和那个人来疯的女配角说道："别笑了，赶紧自己找找感觉吧！"说着，他起身溜达开了几步笑着说道："怎么了三儿？有什么大事儿？我这儿正拍戏呢。"

电话里叶三儿回答说："告诉你个事儿，听了不许急啊！"

黄德骥笑道："我你还不知道，连我大哥拉登让美国人按住我都没急过，还有什么事儿能比得上这个？说吧！"

叶三儿停顿了几秒之后告诉他："我准备五一跟夏小菲结婚了，咱们那赌也不用再打了……"

这个消息一下子让黄德骥傻了眼，心里最后一丝希望一下子被叶三儿泼来的水给浇灭了。他故作镇定地说道："好啊！到时候你可记得给哥们儿发请帖啊，我还得给你随份儿大礼呢！"又贫了几句之后挂断了电话，黄德骥一下子把手机摔到了墙上，双手捂着脸痛苦不堪地嘟囔着："妈的，叶三儿你这孙子不仗义，这算他妈什么事儿呀……"

不远处等着黄德骥指挥补拍的人一下子傻了眼，都面面相觑地不知该如何是好。只有那个女配角小声说道："看，咱们黄副导演找到感觉了……"

第十三章 江湖

时间转眼就轻飘飘地溜走了，天气也凉了下来。经常站在公司的走廊上看着天空想心事儿的叶三儿发现，这时的天更蓝，也显得更高了，高得有些令人目眩，令人自卑。

就在他抽完了手里的烟，回到自己的办公桌后面的时候，福建姑娘林晓丽突然来到了他的面前，用她那张姿色中等但女人味儿一点不缺的脸望着叶三儿说：“叶思安，好好看看我！”

叶三儿对这个古怪精灵的姑娘报以一个无奈的笑脸：“怎么了这是？脸上长花了？”

林晓丽用一个饱含着幽怨的眼神看着他说道：“我家里订了婚，要赶回去结婚了。”

叶三儿做出了一个正常人应有的反应，马上满脸堆笑地叫道：“好事儿呀！给哥哥留个家乡的地址，我到时候给你包个大红包！”

但林晓丽却丝毫也没为叶三儿这个慷慨的许诺感到高兴，反而夸张地叹了口气低声说道：“想不到我这么失败，最终也没能打动你啊。”说着，她还很洋气地耸了耸肩，但旋即又恢复了笑脸，做了个飞吻的动作笑道：“拜拜了！我会记得你的！”

就在叶三儿望着燕子般飞出了公司的林晓丽的时候，李银爱突然从自己的办公室探出了头朝他喊道：“三儿，你来一下！”

叶三儿进到李银爱的办公室之后，敏感地感到今天气场有些不对。李银爱抬起了那张平时总是热力四射如同芙蓉一般，如今却有些像是遭了霜打的茄子的脸，勉强笑道：“知道吗？咱们公司那个表现良好的福建姑娘林晓丽突然辞职了，说是家里订了婚，要赶回去结婚了。”

叶三儿问道：“您不希望她走？”

李银爱说话的时候一副依依不舍的样子望着窗外，她好像很冷似的，抱着自己的双肩说道：“我当然舍不得放她走，但又不能耽误人家的终身大事，最后只得同意了。”

叶三儿苦笑着回答说：“她刚才跟我告别来着，我还嘱咐她结完婚尽量再来咱们这儿呢。”说到这里，叶三儿偷眼看着浑身上下散发着一股失落情绪的李银爱不解地继续说道：“银爱姐你别发愁，咱这儿一切不还是仍旧照常运转着嘛！”

李银爱望着他笑了笑回答说：“天下没有不散的宴席，随人家去吧！”说着她忽然双手扶着老板台的边缘站了起来，目光中带着无限的期待盯着叶三儿没头没脑地问道：“你不会离开姐姐吧？”

叶三儿很诧异，不知道到底发生了什么事儿，能把这位乐观自信的女强人打击成了这副模样儿。他正想开口询问，李银爱却已经转过身背对着叶三儿喃喃地回答说：“我知道你不会离开我的，你先去做事吧！”

叶三儿还想要劝劝李银爱，至少问问发生了什么，但终究没能张开嘴。他默默地站了一会儿，终于无声地推开门走了。离开了李银爱的办公室，叶三儿感到心里十分烦闷，便来到走廊上抽起了烟。想来想去，叶三儿最终推测可能是公司最近的业务不好，让李银爱动了气，当时就打定主意要好好帮她联系几笔业务，好让她再重新高兴起来。

叶三儿回到了办公桌前，翻开了桌上的通讯录，拨通了一个电话号码。这是他的一个老客户。这个人除了平时总是坚持找他要点好处费，还真没放过空炮。

电话通了之后，叶三儿马上热情洋溢地开口说道：“王主席，最近怎么样啊？”谁知平常总是打哈哈多于说正事儿的大企业工会主席老王这次却严肃得让他心凉。老王礼貌性地问候他一句，便敷衍道：“兄弟，我如今正走着麦城，怕是没什么活儿给你了啊。别在意啊。”

叶三儿听老王那架势，觉得对方已经有了要挂断电话的意思，赶忙用很知己的语气说道：“有没有活儿不要紧，咱们是朋友嘛！你就只当是我问候问候你。你这到底怎么了，能不能跟兄弟我说说？”

老王在电话另一端长叹了一声，答非所问地回答道：“兄弟你也要当心啊！哥哥我走的麦城好歹是明的，可你们……唉。”说到这里，老王挂上了电话，听筒里传来了一阵嘟嘟的忙音。

叶三儿决定先不骚扰倒了霉或是也许快要倒霉的老王，又拿起了通讯录。反正他的老客户远不止一个，他觉得自己总会有所收获。但接下来的情形也大致相似，许多客户全都莫名其妙地改变了态度，明说不能再给他生意了。叶三儿也感到十分困惑，想了又想之后，他终于想出了一个了解真相的办法。

这天的天儿很冷，料峭的春寒固执地侵袭着北京城的各个角落。叶三儿把自己打扮得衣冠楚楚，成功地骗过了老王公司的前台，来到了大厅角上的沙发里。他一边假意翻看着当天的报纸，一边用眼睛瞄着不远处的电梯。在他身边放着一个报纸包儿，里边裹着四条玉溪牌香烟，那是老王最喜欢的牌子。叶三儿打定了主意，今天别的都可以不要，只要老王一句实话。

下班的时候到了，老王终于出现在了叶三儿的视线中。他悄没声儿地站起身，尾随着老王来到了大厦外的停车场。就在老王拉开车门的那一刹那，叶三儿一个箭步来到他身后，把那个报纸包儿塞进了老王的驾驶室。老王全身一震愣住了，但当他看见了驾驶室里多出来的那个熟悉的报纸包儿之后，马上反应了过来。老王头也不回地说道：“上车吧！咱哥俩聊聊。”

老王开出了停车场以后，叹了口气对叶三儿说道：“兄弟，不是哥哥我不给面儿，实在是我上头那个总经理已经下了话儿，让我今后别再给你们安排演出了，唉！”

叶三儿望着一心开车不肯再搭话儿的老王用最诚恳的语气说道：“王哥，你知道我叶三儿这个人！请你给兄弟个明白，到底是谁在毁我？”

老王很世故地回头一笑，苦笑着反问道：“你真不知道？”

叶三儿使劲地点了点头回答说：“真不知道！王哥你一定要告诉兄弟，就是死也得死个明白！”

老王再次陷入了沉默，显然是在心里权衡着这样做的必要。直到汽车在寒风中驶过了西四，朝着西单去了的时候，他才头也不回地说道：“谁让咱哥俩投缘呢！我就告诉你吧。”

叶三儿在宣武门附近下车的时候，已经对这件事情明白了八九分，甚至更多一点。老王告诉他，最近有人给他们老总匿名打电话，说他和一个叫李银爱的女老板不清不楚，还收了不少黑钱，这才接二连三地把公司的演出业务交给那个女人。尽管老板找他的时候，一句责备的话也没说。但聪明绝顶的工会王主席已经明白了一件事——再也不能跟李银爱和叶三儿打连连了。

望着突然间彤云密布的天空，叶三儿情不自禁地打了个寒战。他下意识地竖起了大衣领子，把脖子缩了缩。他摘下了右手的皮手套，拿出来一根烟点上，望着在寒风中很快散去的淡蓝色烟雾，很快就理清了头绪。最近这些事情只要跟老王无意中的一句话一联系，答案就自己跳进了他的脑海里。老王的那句话是：“最近不知道打哪儿冒出一个你们的同行儿，主动来找我联系业务。他可没说你们什么好话，还说是他当初带着你们李经理出道儿的。”

叶三儿扔掉了已经烧了手的烟头儿，迎着扑面而来的冷风想：“好你个林福生！该大爷教教你什么是江湖道义了！”

叶三儿来到了林福生的公司前，轻轻地推开了面前的两扇玻璃门。一个前台小姐迎上来客气地问道：“先生您找谁？”叶三儿和蔼地回答说：“我想要见见你们林总儿。”

前台小姐那双水汪汪的大眼睛盯着叶三儿那动漫人物般帅气的身材，妩媚地一笑，问道："您怎么称呼？"

叶三儿在回答这个问题的时候犹豫了一下，心想要真是报了自己的名字林福生不一定肯见，要是随便编个理由只怕是日后会给他落个把柄，说自己是故意来寻衅捣乱的。犹豫了一会儿，他只得朝着那个前台小姐挤了挤眼睛笑道："真对不起，麻烦您告诉林总儿一声，就说前一段和他约好的人来了。"

那个前台小姐很善解人意，想了想之后讨好地说道："这不符合规矩。但既然您说了，我就去试试吧！"

叶三儿对她报以一个颇具鼓励色彩的笑容，随口答应道："那太好了，真是太谢谢了。"

工夫不大，那个前台小姐便领着一身时尚打扮、显得文质彬彬的叶三儿来到了林福生的办公室前。叶三儿礼貌地感谢了热情的前台小姐，推门走进了林福生的办公室里。只见一个锃光瓦亮的秃脑袋从背对着自己的软藤躺椅中露了出来，一个他已经在电话里听过并牢牢记住的声音传了过来："叶三儿是吧？"

叶三儿感到十分诧异，但仍旧镇定地问道："你怎么猜到的？"

藤椅里的林福生鄙夷地哼了一声，伸出一只腕子上带着一串大颗紫檀念珠的手随便一摆，冷笑着反问道："你知道我原来是干吗的？知道我进去之前每天最常琢磨的问题是什么吗？"

叶三儿感到今天将要面对的是一个难缠的对手，但在骄傲天性的驱使下，他只是哼了一声信口回答道："林老板，我这人不爱背后打听人，麻烦您自己说说吧！也好让我长长见识。"

林福生听了这句话马上"霍"地站了起来，斜着眼睛打量着叶三儿狞笑着说道："好，可以！我最喜欢被人这样问了！"

叶三儿趁着林福生说话的工夫仔细地打量着自己的对手。只见林福生一米八零左右的个子，身上穿了一套唐装，胳膊上按照时下的时尚带着一串紫檀手串，手里不停地捻着一条小粒的念珠。他脸上尽是生意场上那些商人们惯有的油滑和狡黠。但仔细一看就会发现，这些外表下掩盖着一种若有若无的凶悍。

"我混到今天不容易呀！我原本只是一个普通的混混。"林福生斜了一眼站在那里的叶三儿继续说道："十岁开始碰瓷，十二岁用刀捅人进去了，之后再出来的时候可是已经二十八了，我当时就发誓，以后一定要成为一个有钱人！谁他妈的惹我我就花钱雇人捅他！"

叶三儿显然是没有被他的光辉事迹吓住，把嘴一撇漫不经心地提示道："您还没说进去之前每天最常琢磨的问题是什么呢，对吧？"

一看自己的威慑没有达到预期效果，林福生有些恼怒，他捻着手里的那串佛珠瞪起了眼睛一字一顿地说道："好！告诉你！我那时候在研究一些武器的使用情况。好比是大家用菜刀还是匕首更实用！"说这句话的时候，林福生的脸已经凑到了叶三儿的近前，一双眼睛死死地盯着叶三儿的眼睛，想要找到哪怕是一丝丝的怯懦。

过了足足五六秒，林福生终于无趣地移开目光，背过身去继续说道："后来我得出的结论是各有千秋，匕首虽然能一下子要命，但菜刀则能直接把别人吓个半死，所以我后来一直用菜刀！"说着话，他的手里突然多了一把菜刀，朝着叶三儿面前的茶几上的一个哈密瓜挥去，只见那个哈密瓜马上被均匀地砍成了两半。林福生拿起茶几上的一块布爱惜地擦着沾满了哈密瓜汁水的菜刀说道："怎么样叶三儿？用私人物品自卫可能在警察那儿说得过去吧？"

叶三儿笑了笑，回避了这个敏感的话题，单刀直入地表明了自己的来意："林老板，我是一个南城胡同里长大的孩子，自小就苦哈哈的没人疼，现在认了个干姐姐不容易，我就想来问问你怎么样才能放过她？"

林福生阴笑着摇了摇头，回答道："不管你跟那个李银爱是不是我说的那种关系，我都得告诉你两句话。第一，一山不容二虎，有我在她就别想吃这碗饭！要是改了行儿咱就算恩怨两清，井水不犯河水了。"

叶三儿慢慢地摘下了自己的手套，苦笑着把头一摇，回答道："那恐怕不行，大家都要吃饭呀？您说呢？"

林福生哈哈一笑，凑过来说道："别慌，咱还有第二句话没说呢。"说着话，他忽然猛地一脚蹬在了叶三儿的胸口。猝不及防的叶三儿一下子被蹬倒在地。就在他要挣扎着爬起来的时候，林福生已经一脚踏在了他的胸口上，弯下腰恨声骂道："第二句话就是，你根本不配和我说话！"

就在林福生正想着趁机暴打叶三儿一顿的时候，叶三儿忽然玩儿了个跑酷中的动作，一下子站了起来。他冷冷地说："林老板，你刚才教训的那一脚我不计较了！请你不要再跟李银爱为难了吧，生意是做不完的。"

话还没说完，叶三儿却被林福生兜头两记耳光打在了脸上，嘴里还不干不净地骂道："你丫以为自己谁呀？哪个裤裆漏了下了你个小王八蛋啊。"

叶三儿和所有的北京爷们儿一样，最忌讳被人骂这个。他"呸"的一声吐掉了嘴里的血沫子，眼睛里开始燃起了怒火。就在这时，林福生的门忽然开了，两个流里流气的小青年走了进来，捋胳膊挽袖子地指着叶三儿朝林福生问道："怎么着，福爷？这杂种是不是搓出去？"

林福生没有回答这两个手下的话，而是把头扭向了叶三儿说道："怎么着？现在改主意还来得及。"

叶三儿听见问，一边擦着嘴角的血，一边回答说："我改主意了！"

林福生终于满意了，把手一挥对那两个手下说："让丫滚蛋！"

叶三儿接着说道："我新改的主意就是连你带你手下这两个王八蛋一块儿揍！"说着话，叶三儿整个人已经腾身而起，用林福生还没有看清楚的速度撂倒了那两个手下，让他们捂着脸在地上哀号着。叶三儿朝着那两个心理创伤明显重于肉体痛苦的家伙喝道："下次再骂别人是杂种的时候犯点寻思！这四九城比你们敢干的多了去了！"

没等目瞪口呆的林福生明白过味儿来，叶三儿已经用手指着他大声质问道："林福生！你为什么这么卑鄙？是不是短打了？说！"

林福生自己思忖着不是叶三儿的对手，便打起了另一个坏主意。他装着镇定的样子品着茶慢条斯理地告诉叶三儿："行！有一套！我跟李银爱那个骚娘们儿的事情跟你毫无关系，你就别蹚这趟浑水了。"说着他把手里的茶杯劈头打向了叶三儿，并朝着地上那两个满脸惊恐刚爬起来的手下喊道："快！报警去啊！"

叶三儿一歪头躲过了那个飞过来的茶杯，马上合身向林福生扑去。刚想要抓他那把吓跑了无数人的菜刀的林福生自然不是叶三儿的对手，再也顾不上装大尾巴鹰了。他转身就跑，狼狈地围着面前那个花大价钱买来的木质坚硬的树根茶几和叶三儿打转儿。

林福生一边继续用刻毒的语言刺激着叶三儿，一边利用宽大的硬木茶几掩护着躲闪。叶三儿被他骂得火气上撞，他双手一扶茶几，用了一个漂亮的动作突然蹦到了林福生的身后，挥拳头很快就把这个肉烂嘴不烂的家伙打翻在地。余怒未息的叶三儿一脚蹬翻了林福生店里最珍贵的硬木茶桌，不想林福生的一只脚躲闪不及被压在了下面，发出了一阵狼嚎般的叫喊。就在这个时候，刚才见过的那个前台小姐领着两名全副武装的警察出现在了他的面前。为首一个警察望着仍旧站在那儿运气的叶三儿喝道："住手！双手抱头！"

本以为打个架最多也就是被拘留几天的叶三儿被带到了派出所，接受两名驻所刑警的询问。也许是自小儿就崇拜英雄，叶三儿不仅承认了自己是主动找上门的，还对打了林福生和他两个手下的事实毫不隐讳地承认了。

快到中午的时候，给他做笔录的两个警察又一次来到了临时被关进了留置室的叶三儿面前，把一张写有拘留字样的纸递到了他的面前，指挥着他签上了字，又蘸着印泥按了手印儿，这才给他戴上了手铐，塞进了一辆车里。

望着车开后窗外熟悉的景物，叶三儿忽然感到了一阵慌乱，他朝着身前的一个警察问道："警官！咱们这是去哪儿呀？"

那个小警察回过头望着他回答说："看守所呀！"

叶三儿又不踏实地问道："你们打算拘留我几天啊？"

那小警察刚要答话，开车的那个岁数大的警察忽然咳嗽了一声，那个小警察赶忙打住了话头儿，转过了身去。

看守所的警察先给叶三儿做了体检，又把他身上所有的东西拿走寄存，最后干脆连衣服上的扣子也仔细地剪走了。叶三儿这才意识到好像没有几天后就放他走的意思，这才急了起来。在给他剃光头的时候，叶三儿挣扎着问道："警察同志……"

那个负责理发的警察严厉地告诉他："什么同志？你得叫政府！你现在犯了

罪，等着法院开庭吧，哪儿那么多废话！”

这句话彻底地击垮了叶三儿，即将到手的那套房子，马上要成为自己妻子的夏小菲，在这一瞬间全成了泡影。他忽然感到十二分的绝望和恐惧。在浑浑噩噩之中，叶三儿被带着走过了一条长长的甬道，关进了一扇小铁门里。

第十四章 谈判

叶三儿被带进了小屋，就听见身后“咣当”一声，门被锁上了。他看见这间亮着灯光刺眼的房间里有一个低矮的水泥炕，上边整整齐齐地坐着二三十个和自己一样穿着黄马甲被剃成了光头的人。此刻，他们正在用各自的目光齐刷刷地盯着他看。叶三儿打眼看来，眼前这些人说好听了挺像一群在修行的喇嘛，说糙点儿，就像是一群被拘押在这儿等着投胎轮回的魑魅魍魉。

一个粗豪的汉子指了指墙上的一张纸，告诉叶三儿：“新来的，你听好了！两天时间，这上边的《监规》必须背熟了！”说完这句话，那汉子便又老老实实地抱膝坐下，不再搭理他了。

叶三儿就这样被刑事拘留了，在看守所里焦急地等待着命运对自己的裁决。林福生的验伤报告很快出来了，因为左脚被鉴定为粉碎性骨折，叶三儿已经构成了伤害。第二天检察院就来人向他宣布了批准逮捕的决定。毫无疑问，等着叶三儿的将是法律严厉的制裁。

想着即将到手的幸福就这样灰飞烟灭，叶三儿沮丧到了极点。他不顾警察的阻拦，狠狠地给了自己几个大耳光，腮帮子马上肿了起来。在这一刻，他恨透了自己，恨透了自己的自以为是。在从提审室走回自己的监号儿时，叶三忽然抬起头仰望了一下几天前还能随时看见的蓝天，那天空真的很蓝，蓝得那么的可爱，上边的白云就像是羊脂玉雕琢的工艺品，精美奢华，遥不可及。明晃晃的太阳就那么高傲地挂在天上，就像是在外边时那个骄傲不羁的叶三儿。

已经年过半百的朱警官作为片警儿，把一纸通知送到了叶家。得知了叶三儿被批准逮捕的消息后，不光是刚喝了半瓶儿“二锅头”的叶老二一下子清醒了过来，愣愣地望着面前这个当年的小朱、如今的老朱，半晌没有说出话来。叶老二平时畏之如虎的老婆尖叫着要他赶紧过来搀扶刚刚晕过去的老母亲，他也没有听见，夹在指缝儿间的烟头儿烫了手仍然浑然未觉。

对于这个消息，夏小菲更是心急如焚。她马上和学校请了假，径直来到了李银爱的公司。当她见到了早已经知道了消息正处于六神无主状态的李银爱，第一句话就是：“叶三儿是为你出的事儿，你必须得想办法救他！”

李银爱抬起头看着夏小菲，失去了血色的脸上浮现出了一丝苦笑，她伸手做了个柔弱不堪的手势示意夏小菲坐在对面的椅子上，缓缓地开口说道：“你是夏小菲对吧？三儿的二哥刚刚来过，我在分局托的人也给了回信儿，这一次只怕不好办了！”

夏小菲听了感到自己忽然间掉到了一个冰窟窿里，一股不祥的预感刹那间笼罩了全身。她产生了一种很坏的感觉，似乎眼前这事儿眼看着就要把自己和自己的希望一起吞噬掉了。但生性坚毅的她马上极力使自己摆脱了这种不祥的预感，眼睛里又恢复了理智的光彩。她望着李银爱问道：“难道真的没一点办法了吗？”

李银爱无可奈何地叹了口气，用一种连女人看了也会觉得楚楚可怜的眼神回应着夏小菲那焦虑的目光说：“我知道你们五一就要结婚了，真是太对不起了……”

夏小菲在这一瞬间忽然感到了愤怒，她既恼恨面前这个美丽少妇颓唐到了极点的无能为力，同时她也为叶三儿这样不计后果地为了另一个女人而身陷囹圄感到不值。除了这两点之外，当然还掺杂着一种更复杂的情绪，那就是她想知道叶三儿到底为什么替这个女人出头？仅仅是因为她对他有恩？

李银爱显然是觉察到了夏小菲的这种情绪，她慢慢地站起了身来，一边收拾着桌子上的东西，一边对夏小菲说道：“你来得正好，咱们一起去吧！我已经联系上了北京最好的律师，他兴许有办法。”

在一座很豪华的写字楼里，夏小菲见到了李银爱所说的那个著名的律师。夏小菲一下子就认出了他——那个经常出现在北京电视台法制栏目里的名人王潜律师。新的希望重新包围了夏小菲，这位自小就高傲的没有向人低过头的姑娘用哀求的语气对那位大律师说道：“求您无论如何要救救叶三儿，满北京除了您再不会有别人有办法了。”

王律师抬头看了看夏小菲那张满是焦虑的脸，轻声安慰道：“放心吧，我一定会竭尽所能，在法律允许的范围内尽量减轻他的责任。”

听了事情的经过，王律师推了推鼻梁上的眼镜，对面前两位标致但绝不属于同一风格的美女说道：“咱们国家的法律很公平，无论是谁触犯了法律都必须接受制裁。”说到这里，他望了夏小菲和李银爱一眼，继续说道：“眼下叶雨彤还在侦查阶段，要想减轻对他的处罚，只有求得事主林福生的同意，通过赔偿构成减轻处罚的条件。你们自问可以做到吗？”

一席话，说得李银爱和夏小菲都沉默了。

虽然夏小菲这位大婚在即的平民公主从外在看没有什么变化，她喝醋还会被酸得皱眉、拧自己的胳膊也照样会感到火辣辣的疼。但无论如何，这时的她在精神上已经百分之百地陷入了六神无主的状态。首先，她不敢真的闭上眼睛，因为只要一合眼她就能看见正在绝望的深渊中苦苦挣扎的叶三儿，尤其是看见他那张曾经熟悉的脸已经没了往日的自信和高傲，眼睛里充满了无助和绝望的神情，都让夏小菲感到肝肠寸断。

虽然夏小菲恨叶三儿将他们即将到手的幸福很不慎重地抛开，但忽然间没了他的世界还是让夏小菲感到无法承受。作为一个胡同里长大的孩子，夏小菲又很理解他。是他从小受到了周围环境的影响，“恩仇必报”的种子早就在他心底里生了根发了芽，长成了一棵大树。他是莽撞，但就算是换作夏小菲自己，她又能理智多少？自古报恩优先于报仇的思想早就成了每个有血性的北京人道德意识中的一部分，叶三儿这样的选择难道有错吗？

至于李银爱，夏小菲也挑不出人家半点毛病。重用叶三儿那样一个优秀得连自己都愿意托付终身的人肯定没错，再说她也不知道叶三儿单刀赴会去替她解忧的事情。况且，眼下她不也在为了叶三儿积极奔走吗？可这件事到底怨谁呢？夏小菲想来想去还只能怨叶三儿自己，谁让他不够冷静，热血上头就会丧失思考能力呢？冲动是魔鬼，而那时的叶三儿就是恶鬼缠身。

无奈之下，夏小菲觉得眼前的路只有一条了，而且还有着时限。她思虑良久之后认定，只能按照律师的指点硬着头皮去恳求林福生了。她要去求求这个祸祸人还祸祸出理来的人渣。夏小菲拿起手机，在左右权衡了一番之后，终于鼓足勇气拨通了李银爱给她提供的那个电话号码。

电话是林福生本人接的，当夏小菲那充满磁性的声音冲击到他的耳鼓后，脚上打着石膏、上着夹板的林福生第一个反应就是，对方肯定是个美女。他故意冷冰冰地问道："我是林福生没错，你是干吗的呀？"

夏小菲诚恳地告诉他："林先生您好，我是叶三儿的未婚妻，想到医院去看看您行吗？"

林福生摇晃着锃光瓦亮的脑袋故意阴阳怪气儿地刁难道："您可别价！你爷们儿叶三儿是个狠主儿，你估计也弱不到哪儿去。我就一个㞞人，怕你接着捶我。"

夏小菲极力克制着心里蒸腾着想要跑到医院爆锤林福生一顿的冲动，依旧柔声地说道："林先生，您知道的，叶三儿现如今已经在里边了，我只想看看您，瞧瞧您想不想吃点什么……"

尽管说完这句言不由衷的话，夏小菲真想狠狠扇自己几个大耳帖子，同时她还有了想吐的感觉，但一想到在看守所里等着她前去搭救的叶三儿，顿时心又平了。

抱着试试看的心态的夏小菲也没想到，自己的这番话的确起到了作用，那边林福生已经用很受用的口吻夹杂着一百三十八分的无赖说道："成，姐们儿你会说话！你到宣武医院的骨科病房一打听就知道了。"就在夏小菲刚要挂断电话的时候，林福生又继续说道：“你来的时候也别买什么贵重的东西了，弄点儿咱们老北京的玩意儿就得！”

夏小菲赶紧爽快地问道：“您说吧！都喜欢什么？”

林福生顺嘴儿回答说：“鲜鱼口天兴居的炒肝儿端一碗，护国寺小吃的蜜耳朵弄俩，必须是总店的！再麻烦您上西四大地西餐厅去一趟，那儿的奶油杂拌我也比较喜欢……”

听着林福生喋喋不休的要求，夏小菲绝望地想，这回不把四九城儿跑个遍是没戏了……

将近四个小时之后，夏小菲和她的美食终于出现在了林福生的病床前。林福生上下打量着夏小菲，毫不掺假地赞叹道：“说句糙话！这么亮的盘儿和这么顺的条儿长在一个人身上我还真他妈第一次看见。你要是跟了我，让我天天去喝洗澡堂子里的水，我都认了！”

今天一来是因为夏小菲的惊艳出现，二来是医生刚给他吃了定心丸儿，林福生已经获知自己绝不会落下什么残疾，因此心中有了数，心情也比较愉快。他也不管腿上还打着石膏、上着夹板儿，就胡乱耍起了贫嘴。再者，他还有一个阴暗的心理，那就是尽情地调戏叶三儿的女人让他感到了无比的畅快。

在东拉葫芦西扯瓢地白话了一阵儿之后，林福生色眯眯的眼睛里闪动着狡猾的目光，阴阳怪气儿地望着夏小菲说道：“行了姐们儿，今儿我很高兴，您请回吧！回头办叶三儿那个案子的民警来了，我问问他们，看能不能给叶三儿少判个三年五载的！”说到这儿，他还装出很同情、很体己的样子补充道：“我知道你们还没结婚，怎么着也得让他过五十大寿之前从局子里出来呀，您说是不是？”

夏小菲一听这个气呀，恨不得扑上去咬死他才解恨。林福生不愧是老江湖，望着夏小菲的神色不对，幸灾乐祸地提示道：“怎么着姐们儿？想搂我一顿是不是？我说你搂不住火吧，呵呵……”

夏小菲索性转身拉过了林福生病床前的一把椅子，慢慢地坐下来说道：“林先生，我早听说你是四九城儿有一号的人物儿！我一个胡同里长起来的老百姓家孩子不值得您这样，您说是吗？”

林福生被这句挑不出半点毛病的话给噎住了，只得假装糊涂地问道：“那您说我该怎么办？是不是我搞主动去找办案的民警，说我是一臭不要脸的Gay，那天是因为想骚扰叶三儿才被打的？”

夏小菲忽然也板起了脸，正色说道：“林先生，我想请您帮帮叶三儿，你就开个价儿吧！要是能办到我二话不说立马去给您张罗。要是你说的数儿能吓死半城人，那就只能算叶三儿活该倒霉了！”

一看话已经引到了正题儿上，林福生心里顿时有了底儿。但他还是乘机挑拨道：“叶三儿真他妈的有福气，有你这么个美妞儿不说，连李银爱那个风骚娘们儿也愿意替他卖命，别的人跟他一比，还真是白活！”

林福生早就知道叶三儿那边肯定会有人来谈赔偿，一直急不可耐地等着呢。这会儿夏小菲真的来了，他却故意摆起架子和夏小菲谈起了条件。趁着夏小菲不得不委曲求全的当口儿，他一边故意用眼睛在夏小菲身上贼溜溜地到处乱踅摸，一边反复强调自己所遭受的痛苦。他苦着脸对夏小菲说：“姐们儿，你爷们叶三儿可真是条汉子，为了李银爱这么一个万人骑的贱货，一见面就把我给打了个满地找牙。我当时那个求他呀，可他就是不肯，说非得打死我。”

鬼都知道北京爷们儿没什么别的，就只是好面子。比如某人和别人打架，明明是被揍了满地找牙，但事后却不会干脆地承认。不是暗示对手如何如何牛叉，就得强调自己如何骁勇善战，只不过是偶尔马失前蹄或是干脆就是因为宅心仁厚才导致败北。跟电影里国民党军常用的那招儿一样，被解放军打败了那叫战略转移，等等。夏小菲一看林福生专门拣着对自己有利的说，言语之间把自己说成了无辜的小白兔，却把大灰狼的角色让给了叶三儿，便知道自己这回果然遇上了老狐狸。林福生今天的表现无疑表明了另外一个问题，那就是这小子已经打定了王八咬人不松嘴的主意，叶三儿招惹上这样的主儿，八成是要伤筋动骨了。

想到这里，夏小菲感到了事情的严重性，也感到没必要再跟这个老油条兜圈子了。于是她微微一笑，开口打断了林福生下边的表演，直截了当地说道：

“林先生您就别客气了，您当年的事迹我也早就有了耳闻。要是换上我，我一定选择不跟您争什么短长。”说到这儿，她轻轻地叹了口气，挥手制止住了还想继续逗闷子的林福生说道：“林先生，你就直说吧！我很想替叶三儿对您进行赔偿，只求您别狮子大开口就是了。我想您罪也受了，不会光为了出气连送到眼前的钱也往外推吧？”

林福生被点破了心思，嘿嘿地干笑两声，猛地一拍医院那张倒霉的床头柜叫起了好来：“好！姑娘您说得透彻！那咱们就捞干的说吧！”

林福生斜眼望着夏小菲张嘴说道：“说真的，不是我一开口就张嘴要钱，但这口气我实在咽不下去！要想让我接受赔偿，那就必须满足我两个条件，少一条儿我也绝对不会当庭表示和解！”

话说到这个份儿上，夏小菲也不再说什么，只是用自己那双大眼睛紧紧地盯着林福生，做了个鼓励的眼神说道：“您就直说吧，我看看我是不是能办到。”

林福生也觉得对面这个漂亮的小姑娘不是个简单的主儿，再聊下去也没多大意义了。他装出一副猫哭耗子的模样儿说道：“我的条件是，赔偿五十万元误工费和损失费，少一个子儿也不成！要知道，干我们这行的耽误一场演出，那就意味着把大把钱扔给了别人啊！”

第十五章 玻璃心

五十万这个数字着实让夏小菲吃了一惊。她原本以为林福生怎么着也就会要个十万、八万的，就算砸锅卖铁也想办法也能想办法去凑凑。可她万万没想到对方一张嘴就是五十万，要知道，她活到这么大，还真没看见过那么多钱放在一起的样子呢。

“能不能……”夏小菲迅速在脑子里搜索着合适的词儿正要跟林福生还还价儿，却不想林福生已经翻了脸，他瞪着眼珠子挥手打住了她下边的话，恶狠狠地说道：“姑娘你也别说了！现如今赔偿是个什么概念？你可以满北京城打听去呀！骑他妈破自行车撞了老太太赔个三万两万的都下不来，何况是爷这样的人物？”

夏小菲不得不承认林福生说的的确是实话，她只得站起身来苦笑着说道：“您别生气。那……那您回去让我想想。”

林福生收起了脸上的各种表情，斩钉截铁地说：“您也别想了！我这是看在您四九城儿满世界帮我买吃的的情分儿上才说了这么个价儿，要不价的话，我先扔出个八十万慢慢跟您磨，您说有意思吗那还？”说着他故意苦着脸朝病房门口喊道：“护工！我想上厕所！已经憋不住了。”

一个护工拿着夜壶跑过来的时候，林福生又想起了什么似的对夏小菲说道："另外，还有一条我还没说，你去告诉李银爱，让她把他们公司所有的客户完整有效地转让给我，要不光五十万可是不行啊！"

夏小菲离开了林福生，在医院的花园里就和李银爱通了电话。李银爱苦笑着告诉她，这个价钱虽然离谱儿，但恐怕已经是林福生的底线了，没想到他还提出了那么狠毒的条件。不过她告诉夏小菲先别着急，她已经委托律师过去调解，希望他能多少做出一些让步，哪怕只是放弃了向自己索要全部客户的事情，至少让自己日后也还能有口饭吃。

夏小菲抬头望了望傍晚已经变得灰暗的天空，此时整个苍穹中仿佛变成了一片空白。星星还没有显露出来，只有几丝藕荷色的晚霞在天际的暮色里挣扎。夏小菲心知事已至此，自己也只有面对现实了，反倒淡定了些许。

后来的结果很不好，虽然几经谈判，林福生就是坚不吐口。除了死咬着五十万的赔偿额度不肯松嘴，还扬言李银爱要是事先给她的客户垫话，那五十万他宁可不要了。发展到最后，也不知道到底是哪位高人点拨了林福生，他再见到了李银爱委托的王律师时干脆一句话也不说，只是指着自己的腿哎呦哟地一味叫唤，让人家只得在耐性磨尽后知难而退。林福生坚信自己最后将赢得全盘的胜利，因为随着离叶三儿开庭的日期逐渐临近，夏小菲和李银爱他们肯定得要投降。在这场战役面前，她们根本就拖不起。

这一天的上午，夏小菲来找李银爱，一进门就开口说道："李姐，咱们干脆商量、商量得了，你看看你能给拿多少？剩下的我赶紧去想办法张罗张罗，要不就该来不及了！"

李银爱看了看夏小菲，对她报以了一个复杂的眼神说："先别急，我一直都在想办法，不过得跟你具体谈一谈。"说到这里，她拿起了自己的大衣和提包，朝门口儿做了个请的动作继续说道："我待叶三儿就像亲弟弟一样，没有一分钟不想把他从那个地方弄回来，但这毕竟需个过程啊！"

说着话，两个女人已经走出了李银爱的公司。夏小菲跟着李银爱走到了大街上，终于忍不住提高了声音问道："李姐！说句不该说的，你这态度一直不太明朗，是不是舍不得钱呀？三儿可是为了你才闹到这步田地的。”

李银爱用手轻轻地拍了拍夏小菲的肩膀，低声回答道：“这怎么可能？你应该想到，不是这个问题。”

夏小菲也意识到自己刚才的言辞有些过激，赶紧不好意思地笑了笑，和解地说道：“李姐你别生气，我也是急的！一想起他在那个地方受罪，我心里就不好受。”

李银爱发现，夏小菲那双美丽的眼睛里刹那间涌出了泪水，顺着造物主偏心特意给她的那白皙的脸庞上淌过，聚集在精致的下巴上。李银爱不易察觉地皱了皱眉，但一瞬间之后，她又像下定了决心似的恢复了平静，把自己那张盛放到了极致的芙蓉面，转向远处耀眼但缺乏光热的太阳望着。过了良久，她终于喃喃地说道：“这不仅仅是五十万的事儿。钱绝不是问题，但要真的转交了客户，我将来的生计都会有问题，所以得慎重一些。”

夏小菲无语，因为李银爱说的的确是个不争的事实，人只要活着，谁又能不吃饭呢？

沉默了一阵儿之后，李银爱忽然怕冷似的缩着脖子打了个冷战，那双原本总是热力四射的大眼睛里早已没了光彩。她用一个在夏小菲看来很无奈甚至是很凄惨的眼神深深地盯着夏小菲一眼，忽然开口说道：“叶三儿我肯定要救的，不仅仅是因为关系好、上下级那么简单。你想不想知道我当初为什么那么照顾叶三儿？”

夏小菲无声地点了点头，那副简直纯洁到了无辜的样子让李银爱很想打住话头儿。她不想把自己那番打了一夜腹稿的话说给她了。她突然开始在心里权衡，自己到底有没有权利去伤害一颗纯洁的心？有没有理由和能力克制自己的欲望去成全一个天使呢？

就在李银爱踌躇的时候，夏小菲好像有了感应似的说道：“李姐，您真年轻，真漂亮！”

李银爱突然又感到自己的身体里开始充盈着勇气。在这一刹那，她简直是悟了道，参透了生命的意义。她想，人的一生也就短短几十年，可上帝却偏偏让人原本有限的，有本钱敢爱、能爱的时间因为各种原因凭空打了折扣。比如牙牙学语和僵卧病榻的时候，尤其是后者，那时如果没有知心的爱侣陪伴，如果不能拥有一份夹杂着甜美的回忆，又跟身处地狱有什么区别？

李银爱在这一瞬间明白了很多——世界的主宰原本只是一个爱字。天使就是整天奔跑不停的时间，得到了爱就有了天堂，没有爱就算锦衣玉食又何尝不是已经身陷了阿鼻地狱？而自己，多年来就是在地狱中挣扎着，在这关键时刻，该是为自己谋求些什么的时候了。想到这里，李银爱猛地转过脸，用重新坚定起来的目光望着夏小菲直言不讳地说：“该知道的你迟早会知道，哪有亲口告诉你轻松？我当初邀请叶三儿来我的公司上班，是因为一个很特殊的原因，是一个跟个人感情有关的原因。”

夏小菲猛然感到，自己那颗纯净得如同水晶般的心原来不是行货，它是一颗玻璃制品，而且质地不佳。因为它竟在不经意间就碎掉了。夏小菲的眼泪还想不争气地往外流，但却在到达这个冰冷的俗世之前被愤怒蒸发殆尽，她那双美目顿时变成了一双圆睁的杏眼，一个显然是受到了撒旦蛊惑后才能发出的声音通过夏小菲那性感而倔强的嘴唇传进了李银爱的耳朵里：“快说，趁我还能管住自己！”

李银爱摆出了一种发自内心的超然，把自己的那张成熟得如同蜜桃般的脸一扬，无所畏惧地为了自己能摆脱人世间无所不在的地狱，彻底打开心结而勇敢地说道：“好，我继续说！答案是因为叶三儿长得像极了那个家伙！也就是当年抛弃我跟一个女人跑出国外的那个负心男友！我发现只有跟他在一起的时候，才能让我找到初恋的感觉。”

夏小菲愣住了，那颗最终被自己鉴定为是玻璃的心的碎片正在重新蠢蠢欲动，想要重新整合再次主宰她美丽的生命。她需要一种特殊的黏合剂，及时地黏住它们，不至于让它们失去重新复合的渴望。他问道：“叶三儿知道这件事吗？他是不是也同意？”

李银爱认真地摇了摇头说：“他不知道，否则他也许会再也不理我了。”说这句话的时候，她感到很自卑。

找到了这种黏合剂的夏小菲感到自己的心愈合了，重新强壮了起来。她抬起头仰望了一下虽然寒冷但却很清澈、很值得认可和信任的蓝天，带着自小儿就紧跟着她的骄傲，用揶揄的眼神望着李银爱没有作声。

李银爱当然不知道，此时此刻她面前仍旧是活色生香的夏小菲，已经发生了很大的变化。她已经从一个女孩儿成长成为一个女人。李银爱带着祈求的眼神望着夏小菲说道："我愿意为他做任何事，那些问题都不在话下！不过我也不是完全没有条件的。只要你能现在能就放弃叶三儿，我愿意答应林福生的一切要求！"

夏小菲听着李银爱的话，从她的眼睛里看到了一种神态，就是人们常说的"疯狂"！

看到夏小菲仍旧望着自己不肯出声，李银爱狠了狠心，尽量使自己诚恳地补充道："夏小菲，我知道你做这样的决定很难。不过你现在的处境也很难，我愿意尽量地帮你解决。你们将要得到的三居室还没还清按揭吧？也由我来付！行吗？"说这句话的时候，李银爱已经完全变成了一副乞丐的样子。

夏小菲一看李银爱对叶三儿还真是挺动心思，连他们的软肋也摸得一清二楚。她有了想要攻击李银爱的心思，但随即就被李银爱那可怜相儿给打消了。她是夏小菲，除了美貌之外还有理智，何况一身骄傲的她又为什么攻击一个心理防线已经崩溃的敌人，她不正是在祈求自己的施舍吗？夏小菲怒极反笑："李姐你还真是很了解，我眼下还正是在因为还按揭着急呢。"

李银爱心头一松，惊喜地问道："你，你同意了？你那么年轻，你眼前的好日子还有的是！"

其实夏小菲刚才那句话绝对是如假包换的大实话，她和叶三儿的确为那至今只知道 1502 这个号码的三居室背了不少债。这次叶三儿出事儿对夏小菲来说简直是釜底抽薪。但夏小菲又怎么能答应这样的要求？在她那与生俱来的骄傲支撑下，夏小菲温柔地笑道："李姐，我看你有点累了，先回去歇歇吧！过几天我再找您商量出钱救叶三儿的事儿，拜拜！"

夏小菲旋风般地轻快地转过身，扭头就走。李银爱傻子似的追问道：“那我刚才说的那事儿？”

夏小菲那充满磁性的声音随风飘来，刺激着李银爱那将要崩溃的神经：“为了咱们还得再见面，我劝你忘了你刚才的打算吧，那绝对办不到！”

第十六章 监牢

李银爱自从上次抛出了要夏小菲放弃叶三儿的条件被拒绝后，她并不觉得自己失败了。她在等，等着夏小菲主动来向她投降。因为她知道，无论是叶三儿还是夏小菲家里，都不可能一下子拿出这么多的钱来。这年头肯借这么些钱给他们还能不伤筋动骨的至少是超级大款，但他们显然并不认识这样的人。如今能救叶三儿的人就非她李银爱莫属，因为她宁可拼出家底了。

在得意的同时，李银爱又感到了一阵莫名的心悸。就跟做了贼似的，她突然有了种惶惶不可终日的感觉。她不知道自己这样利用叶三儿锒铛入狱尤其还是为自己拔份而锒铛入狱的时机祭出撒手锏，给他来个棒打鸳鸯，这样的做法算不算有损阴德。就这样，她自我矛盾地想着地想着，竟然迷迷糊糊有了困意。在法力强大的梦魔面前，李银爱无力而且徒劳地反抗了一会儿之后，终于放弃了抵抗，昏昏沉沉地睡着了。

在梦里，李银爱看见叶三儿从狱中出来了，还和自己走进了结婚礼堂。在若有若无的《婚礼进行曲》庄严而又神圣的节奏中，他们眼看着就要走到主持婚礼的神父面前了，美梦即将成真。但就在这时候，一个人却突然推开了教堂的大门闯了进来，那人哭泣着拉扯着她的裙裾，哀求自己不要抛下他不管。梦中的感觉竟然是那么的真实，连眼泪的温热都能感觉到。李银爱低头去看时，却吃惊地发现脚下那人竟是当年义无反顾地抛弃了自己的负心汉。大惊之下，她一下子醒了过来。

李银爱发现眼泪是真实存在的。眼泪已经顺着脸颊打湿了枕头，现在已经余温散尽，变成了一种冰凉的感觉。但这眼泪不是来自那个不知道现在仍旧在哪儿潇洒的负心汉，而是出自她自己的眼眶。

在这一瞬间，李银爱忽然很诧异：为什么梦见那个该死的家伙时，自己竟然会感到一种锥心的痛感，难道自己到了现在还不能真正地放下他吗？那么叶三儿呢，自己是不是真的爱他才非要横刀夺爱，还是真的出于自私？李银爱简直不敢再想下去了，她痛苦地望着天花板，仍止不住给自己寻找着非要这样做的理由。答案倒是很快出来了，正是她所担心的——她需要叶三儿，需要他来填补自己内心深处的残缺。就像女娲需要五色石补天一样，只是某种必不可少。五色石只是天上的一块补丁，一个替代品。

此时的夏小菲也是思绪万千。她万万也想不到李银爱竟然是这样的人，她能坦然地告诉自己她喜欢叶三儿，还直言不讳地提出要用钱来交易。但此时的夏小菲内心是安定的，她抬起头让自己的目光穿过身边繁华的都市，穿越喧嚣的红尘俗世径直望着头上那从创世时应就未曾改变的天空，喃喃地对自己说道：“叶三儿呀叶三儿！真想不到你小子还挺招人儿的啊！告诉你吧，我现在如果能见到你的话，一定要当面告诉你一句话，你为了她蹲监狱还真不值！”

叶三儿此时仿佛有心灵感应般，从浑浑噩噩的状态中醒了过来。他把自己的目光投向了监号里唯一的窗户。那个窗户建在一个远离地面、不可能攀爬的高度上，显得漠然而冰冷。但就是这扇小小的窗户却是叶三儿现在最爱看的位置，因为那是监号里唯一能看见天空的地方儿。在这个起立坐卧样样都要请示的环境里，没有一个地方是自由的，唯一能唤起叶三儿对自由无限向往的地方就只有这里了。

叶三儿忽然打了个冷战，他开始怀疑起自己眼下到底是人还是鬼了。因为这扇窗户突然让他想起了沟通着阴阳两界的门户——虽然无法通过，但却能让你知道那外面就是自己原来的世界，并进一步诠释道，只有在那里才能感受到充满自由的天空以及永远没有束缚的空气。

叶三儿旁边的犯人是个已经前后进来了三次的惯犯，对作奸犯科这类的事情有一种举重若轻的态度。拿他的话说，他头两次进来是因为用刀子向别人借钱，而且全没借成，两次总共用了三年的时间。第三次稍微过火了点儿。这一次他在去借钱的时候遭到激烈的反抗，之后他就给对方进行了没有消毒程序的放血治疗，把事情惹大了。由于他已经如同孙悟空一般，在人间和地府之中往来了三次，对于法律方面倒是确实比叶三儿了解得透彻许多。别看叶三儿在外边儿生龙活虎的是个人物儿，可在这儿只能算是菜鸟的角色。因此叶三儿轻轻地碰了碰他，低声叫着那家伙的绰号："唉，大胡萝卜，你这回得判多少年呀？"

被称为大胡萝卜的家伙老僧入定般地盘着腿，挺直腰杆按照看守所的要求坐在那里。他脸上毫无表情地回答说："第一刀扎伤了那哥们儿的屁股，没啥大不了的。但他妈的第二刀捅破了他的脾，算是伤及了脏器，属于重伤害，没个十年八年算是没戏了。"

叶三儿"哼"了一声，算是对即将为自己的行为付出代价的大胡萝卜的同情，然后又轻声问道："你估计哥们儿这事儿怎么样？"

大胡萝卜飞快地瞟了叶三儿一眼，又恢复了老僧入定般的状态，慢吞吞地分析道："你这事儿跟我不一样，别看都是伤害罪，性质差远了。"

受到了大胡萝卜这句话的鼓励，叶三儿带着无限的期望继续追问道："哥哥你的意思是说，我还有救？"

大胡萝卜很技术地抬起左眼的眼皮看了看满脸都是求生渴望的叶三儿，笑道："当然了，我是暴力犯罪，对社会的危害极大，懂吗？"

叶三儿望着大胡萝卜那大学教授回顾自己当年站在诺贝尔领奖台上才有的那种得意的样子，似懂非懂地摇了摇头，但又很快有些狼狈地点了点头。

大胡萝卜继续说道："你这事儿，就得看你家的钱口袋做不做劲了。你这种刑事附带民事又缺乏主观故意的案子没啥！只要赔偿好了就能从轻发落。我看，也就三四年吧。”

大胡萝卜这句原本是出于安慰目的的话却像一颗惊雷，把叶三儿彻底给炸蒙了。他一想，三四年的时间不知道外面的世界究竟有多大的变化，也许等到自己出去的时候夏小菲早已经嫁为人妇了。叶三儿的一颗心顿时感到被一阵无形的力量使劲地揉搓着，他的世界随之轰然崩塌了。同时，他心里的那座如同童话故事里的城或干脆像是他那 1502 号三居室所在的小区也忽然崩塌、灰飞烟灭了。

仿佛为了烘托出悲剧的气氛，或者是老天爷也要给叶三儿一些启示，天紧跟着就阴了起来。原本天蓝色背景下衬托的白云被染上了一层阴郁的颜色，城堡似的云彩也被风吹成了一座鬼气森森的破庙。那里边不再有云气化成的一棵棵姿态柔美的树木，而是变作了一群狰狞到不敢让人正视的鬼怪，正在肆无忌惮地张牙舞爪。

叶三儿泄气地想：“夏小菲肯定急坏了，她和银爱姐能有什么办法救我呢……”

第十七章 买命钱

李银爱就这样白白地在等待中过去了三天，自信在一分一秒地流逝，取而代之的是焦躁不安。她决定给夏小菲打个电话，至于内容嘛，当然还是以劝降为主。现在她仍认定夏小菲也只是在拖延时间，因为就算她发动要好的邻居一起去卖血，在这么短的时间内也不可能凑足那么多钱。

拨通了电话之后，李银爱像怀揣着一只小兔子般惴惴不安地等待着回音。好在夏小菲很快就接起了电话，她语气冰冷但又客气地问道："李姐，你有什么要说的吗？我这会儿真的挺忙。"

李银爱苦笑了一声，厚着脸皮说道："你是忙着借钱呢吧？"

夏小菲显然是被李银爱戳中了要害，她沉默了大约十来秒才坦然地回答道："您猜对了！"

李银爱叹了口气，不温不火地告诉夏小菲："我找妹妹你没别的事儿！是想告诉你，一旦你改变了主意你随时可以来找我，钱我已经准备好了。"

这回夏小菲没再有半分迟疑，而是声色俱厉地质问道："李银爱，银爱姐！我可不可以这样理解？我要是不答应你的要求，你就不出钱救叶三儿了？"

李银爱在这一瞬间感到脸上有点发烧，但她很快又克制了自己这种羞愧的心理，反而柔声地解释道："咱姐俩儿话说到这个份儿上，我必须得告诉你，这件事情很复杂，完全不像你想的那样儿，我确实没法不跟你挣一挣。"

说到这儿李银爱忽然又有了勇气，她有些激动地告诉夏小菲："我这么做其实只是看起来有些卑鄙。你可以站在我的角度上想一想，错儿全在我吗？这么多年，我让谁拆散的我还不知道呢，谁补偿我了？我说句不要脸的话吧！我真是实在太喜欢叶三儿了，否则我绝对不忍心拆散你们！再说我还要拿出五十万甚至更多，你说要不是真的爱他，换了谁肯这么做呢？这事儿说到底，对你、对我、对叶三儿都没有坏处。求求你夏小菲，原谅我吧！你现在的一个决定就能救三个人，你说呢？"

夏小菲听了李银爱这番话马上被惊呆了。她万万没想到李银爱居然能这么直接甚至是这么坦诚地跟她讨论问题。在极度震惊后产生的紊乱中，她蓦然无语了。确实，五十万现金无论对谁来说都是一个天文数字，任谁有这笔钱也不会轻松地拿出来。就算是对挣了几年活钱儿，已经有了些积蓄的李银爱来说，恐怕也得是倾其所有了。这可能就是俗话说的救命钱，但它能救得了一条命也能要得了一条命。没了钱，李银爱就没了她制衡的资本。这对她来说，不是太玄了吗？一个眼看着就要被打回原形的女人，肯定要在溺水时随便抓住个什么当作救命稻草。她这样虽然大有缺德或者是趁火打劫的嫌疑，但也不是没有半点理由。

可夏小菲不想就此认输，一向骄傲的她不能就这么栽倒在钱的脚下。况且她也是深爱着那个现在也许能消停了的叶三儿。夏小菲稳定了一下心神，她知道自己手里还有一支重要的援兵没有使用，那就是到横店去看外景的黄德骥。这小子不是最近已经发迹了吗？

挂上了李银爱的电话，夏小菲最终下定了决心，她带着慷慨赴死般的决心，带着心里没来由的自信拨通了黄德骥的手机。

黄德骥带着明显的受宠若惊的腔调儿接了电话："我说怎么从早上起左眼皮就电焊似的蹦呢！原来是天开了眼，你终于能主动给我打电话啦。"

已经没了半点儿逗贫心思的夏小菲张嘴打断了因为美女垂青而啰唆个没完

的黄德骥。面对这个发小儿，她尽量抑制着有些发颤的声音说道："先别瞎逗了，我有件很重要的事儿要跟你商量呢。"

黄德骥尽管很诧异，但也用变得郑重的语调儿回答说："我刚到北京，正在从机场往公司赶呢。你现在在哪儿，我这就去找你！"

不知怎的，这几天因为借钱而尝尽了世间冷暖的夏小菲忽然感到心里热乎乎的。一股世间上自有真情在的感觉油然而生，她的眼泪也扑簌簌地掉下来，一时哽咽着说不出话来。直到手机里传来了黄德骥焦急的询问声，她才猛地缓过神儿来，极力地控制着自己的声音回答道："我在南七条。"

半个小时之后，黄德骥来到了夏小菲的面前。夏小菲一看见他就哭了出来。黄德骥听完了夏小菲断断续续的讲述之后先是沉默了很久，然后突然抬手给了自己一个嘴巴。他的这一举动把夏小菲吓了一大跳，不解地望着他问道："你……你怎么了？这是……"

黄德骥又举手扇了自己第二下，这才一打总儿地解释道："跟你说实话吧！这第一巴掌是扇我自己不是个人，听说叶三儿进去了，马上想到我也许能趁机会娶了你，太他妈的不够意思了！"

带着痛心疾首的样子做完了自我检查之后，黄德骥点了根烟抽着说道："第二巴掌是替你抽那叶三儿，这王八蛋太不争气了！"

已经好几天没有笑模样儿的夏小菲终于带着眼泪笑了，她用那双对黄德骥来说威力隐隐强于照妖镜的大眼睛望着他，带着由衷的赞许说道："你真够爷们儿，最起码够实诚！"

黄德骥这些年还真没受到过夏小菲如此级别的褒扬，他马上像扎了免费吗啡似的，大声说道："说吧！要哥们儿干什么！上刀山还是下火海？"说到这里，还在侠骨铮铮的同时展现了一下柔情，怯生生地望着夏小菲补充道："只要是你开口！都没问题。"

夏小菲用感激的眼神看了黄德骥一眼，正要把话引入正题儿。却被他末了那句明显带着谄媚的话给弄了个大红脸，马上改成了使劲瞪了他一眼。望着对自己这一瞪也甘之如饴的黄德骥，夏小菲说道："你先别急着表态，下边我可就该说刺激你的了，要挺住啊！”

黄德骥也不知道是真傻还是假傻，他咂摸着这句话诧异地问道：“你不会让我进去换叶三儿出来吧？”说完这句很冒傻气的话之后，黄德骥也感到实在太掉价了，急忙笑着掩饰道：“瞪什么眼？开个玩笑嘛，呵呵。”

夏小菲可没心思开玩笑，她盯着黄德骥一字一板地说道：“跟你借点钱行吗？叶三儿等着钱救命呢！”

黄德骥完全没有夏小菲这几天借钱时遇到的那种闪闪缩缩的眼神，毫不犹豫但也不失狡猾地回答说：“没问题！要多少？”

夏小菲心里感到有些希望，试探着回答道：“看你能拿出多少吧，一共需要五十万。”

黄德骥听了吃惊地问道：“敢情都是你一个人儿出啊？！”

夏小菲点了点头，平静地对黄德骥说：“你说要不谁能出？李银爱？她等着我开口把叶三儿卖给她呢！叶三儿家里？拆迁款还没影儿呢，能拿出五万他妈就得急死！”

黄德骥听了勃然大怒，拍着桌子骂道：“李银爱这个女王八！真是的，这缺德招儿我都想不出来！”

叽叽歪歪地咒骂了李银爱一阵儿，黄德骥经过内心激烈的搏杀后，终于看着夏小菲撂了实底儿：“我跟你实话说吧！自打跟叶三儿打了那个赌之后，我就一门心思攒钱。”说到这里，他又不无得意地加了一句蹩脚的注解：“加上我这两年点儿正，人也聪明！”他终于下定了决心似的说出了自己的家底儿：“我这两年挣了六七十万，买车花了一部分，剩下全在！不过有点钱还在公司账上周转着。我现在能借给你……”

黄德骥本来朝着夏小菲举起了两根手指，但一看到最近因为帮着叶三儿筹钱显得有些消瘦的夏小菲，他的心又软了，于是咬着牙又增加了一根说：“三十万吧！实在是多一分哥们儿也拿不出啦！”

夏小菲眼睛一酸，站起来深深地给黄德骥鞠了一躬，带着无限的感慨说道：“我和叶三儿一辈子也忘不了你。”

黄德骥伤心欲绝地带着哭腔咕哝道："别他妈提叶三儿了！什么东西！我可全是为了你呀。"难怪世人常用小刀子剜肉来比喻拿出钱来的困难，黄德骥说着说着，竟然呜呜地哭了起来。他带着即将被拖出去枪毙时的绝望神情对夏小菲说："妈的，老子上辈子欠他的！"

黄德骥果然是个信人，第二天就把满满一报纸包儿钱交给了夏小菲。他带着无限幽怨从夏小菲手里拿过借条，自我解嘲地苦笑着说道："行了，我再努力吧！这钱没日子还了！"

夏小菲明知道黄德骥说的全是大实话，也只好违心地安慰道："得了，别上火了！我知道你这些钱是怎么求爷爷告奶奶地挣来的！我一定想办法还你，叶三儿出来也是一样！"

黄德骥忽然又变得潇洒了起来，他仰望着七条上空那蓝蓝的天空和耀眼的太阳，豪气干云地大笑着说道："不用放在心上！我黄德骥男子汉大丈夫，上哪儿挣不来大钱？这只是小数目，小数目而已！"

一边儿说着实际上是自我安慰的话，一边自我陶醉起来。说着说着干脆连夏小菲也不再搭理，而是失魂落魄般地向蓝天白云抒发着自己的壮志。黄德骥不自觉地走到了胡同里那些正在练着跑酷的小伙子们身边，一把推开了现在已经出位当上了教练的亮子，大声叫道："起开！看你师叔来个浮光掠影！"说着话，黄德骥已经大步跑向了障碍台。

亮子急得一跺脚失声叫道："我靠！这下儿坏了醋了！"果然，亮子的所料不差，黄德骥最终还是没能超越叶三儿，又当众表演了一回"扑通！""哎呀！""操他大爷！"但这回他还是十分幸运，因为夏小菲及时出手扶住了他，避免了他摔掉满嘴牙的命运。

夏小菲借到了最关键的这一部分钱，正琢磨着要去找律师，看能不能跟林福生达成共识来个分期支付，先把叶三儿弄出来再说。就在她心事重重地走进自己住了很多年的那个大杂院准备梳洗一下的时候，突然看见父亲搀着哭作一团的母亲走了进来。夏小菲的心猛地一沉，不禁联想起了前一段住进了医院的弟弟，她急忙走过去扶住一个劲儿直往地上出溜儿的母亲，用焦急的目光望着父亲急切地问道：“爸，这是怎么了？出了什么事儿了？”

夏小菲这一问才知道，自己的预感果然应验了——真是她的弟弟出了问题。原来，她的弟弟刚才出了检查报告，被确诊为白血病，不但要继续住院治疗，还要赶紧换骨髓，要不然很快就要没命了。

夏小菲的爸爸无可奈何地松了手，无望地看着终于平安地坐到了地上的老伴儿，用一个为人父者最难以言传的表情摇着头说：“现在已经没什么办法了！换骨髓和恢复治疗需要一大笔钱，就是拆了房也凑不上啊！”说到这里，一向安贫乐道很是达观的爸爸用最凄惨的眼神望着夏小菲说道：“咱那房子不是要拆迁吗？你认识的人多，找个人先给出了钱，到时候房子归他行吗？”

夏小菲意识到了问题的严重性，知道被送进了医院的弟弟正急等着钱救命。虽然叶三儿也一样急需用钱，但他毕竟不至于因此失去生命，想到这里，夏小菲捏了捏手里那一包差点让黄德骥上了吊的钱，鼓起了勇气问道：“别哭了，说现在需要多少钱吧！”

夏小菲这句很有底气的话给了父母极大的鼓励，她妈妈停止了哭泣，用一个信徒在膜拜菩萨时才会有的眼神儿望着女儿，她父亲也带着一腔突然点燃的希望回答道：“估计没个二三十万肯定不行。”

夏小菲知道自己手里的这笔钱决不能用来先救叶三儿了。作为一个女儿，她不能漠视这件将带给家里灭顶之灾的事情，也不可能放手让那个和自己一母同生从小就视自己为偶像的弟弟就这样死去。她夏小菲有一颗血肉长成的鲜活、世俗之心。

夏小菲稍微犹豫了一下，但很快就想到了大愿地藏王菩萨那句感动无数众生的宣示：“我不下地狱，谁下地狱？”她决心用牺牲自己的幸福来拯救自己的家人和自己所爱的人——先用这笔钱做弟弟的医药费，救命要紧。

黄德骥的那笔钱拯救了弟弟的性命，保住了夏小菲父母可能因此蒙受的重击。这个突如其来的风波终于平息了，但时间也在一天天地过去，眼看着法院开庭的日子日益逼近，夏小菲再也没办法筹到一分钱了。

在挂断了律师催促她赶紧准备钱的电话后，夏小菲本着自己的誓言，朝着地狱的方向迈出了坚定而艰难的一步。她带着只有殉道者才有的表情拨通了李银爱的手机，在和李银爱照例寒暄了几句之后，她平静地说道："李姐，咱们见个面儿吧！"各种努力均告失败的夏小菲终于做出了决定，准备答应李银爱的要求。

李银爱仿佛从这个邀请里嗅出了胜利的味道儿，她马上毫不迟疑地回答道："好，没问题！"

第十八章 纸婚

夏小菲感到今天天气很不怎么样，确实非常适合去干一件带有悲剧色彩的事情，比如埋葬自己的爱情。也许所谓“天人合一”的说法很有道理吧，故事的情绪与外在的环境总是相得益彰。你看，一般才子佳人相会总是在皎洁的明月之下，不会有冷空气和雨夹雪什么的前来扫兴。而著名的悲剧也往往伴着颇有背景意义的气候——屈原在空旷的楚国太庙里面对历代先王伴着雷电且歌且行，狂暴的雨和不羁放纵着的雷电就是此时慷慨激昂最好的注脚、忧愤满腔的最佳诠释。这时候如果真是风和日丽、小鸟依依的话，那才显得太煞风景了。

夏小菲面前的这个所谓“天人合一”的下午是阴晦的。夏小菲和李银爱这两个美女终于在什刹海边上坐在了一起，可风景却并未因为画中的人物而美丽起来。不过此时两个人的心境不同，得到的感悟也全然不一样。什刹海水面上那凝固了的水波和不再移动的空气在夏小菲看来是暴风雨的前兆，正在郁积的雨水也许会让天地就此毁灭，就像她的爱情那般无果而终。可这样的景象在李银爱眼里却是否极泰来的开始——这暴雨来临前的先兆让她觉得，一阵暴雨不仅能让叶三儿囹圄得脱、洗清旧垢，也是自己重新开始生活的象征。

在什刹海边的一处北京老旧民居里，处处被装修成西洋休闲所特有的慵懒舒适的酒吧。两人面对面地坐下来以后，李银爱还是保持了她的矜持，夏小菲也保留了她那仿佛与生俱来的骄傲。两人默默地对视了足有一分钟，然后又都保持着克制挤出了一丝笑意。李银爱的笑有些勉强，带着几分小偷得手后的庆幸与不安。夏小菲却突然间感到自己今天的行动有点悲壮，她的鼻子头一个劲儿地抽搐，眼眶也异常发酸。

随之，一声声振屋瓦的雷声传来，第一场春雨终于如诉如泣地下了起来。此时的空气更加沉闷，恼人的雨声始终以一个撩拨人内心深处感触的节奏下着。

李银爱点了两杯卡布奇诺咖啡，卡布奇诺那特有的带着些许苦甜的香气充盈在两人的周围。她小心翼翼地把其中一杯往夏小菲面前一推，低垂着眼睑说道：“喝一杯吧妹妹，生活本就是咖啡一样，甜中有苦。”

夏小菲强忍着内心的阵痛微微一笑：“谢谢你李姐！我今儿来是正式答应你的要求，把叶三儿托付给你李银爱的。”说这句话的时候，夏小菲的声音依旧带着她那曾经倾倒了无数男儿心的磁性。

“并且承诺保守秘密？呵呵。”李银爱很世故的笑声补充道，并用自己那求证的眼神望着夏小菲。

夏小菲点了点头。已经烟波迷离的什刹海水面上，不知谁丢进去了一个可乐瓶子，夏小菲看着它在水里起起伏伏，就如同用挣扎在命运里的自己。她点了头，随即用肯定的语气回答说：“放心吧，我起小儿生活的环境什么也没能给我，但绝对教会了我守信用！”

李银爱那张原本就粉嘟嘟的芙蓉脸上充血似的镀上了一层红晕，她由衷地笑着点了点头，端起那杯咖啡轻轻地啜了一口，一脸满足的神情。

夏小菲看在眼里，也端起自己的咖啡喝了一小口儿。在品尝着咖啡特有的苦涩的同时，她忽然间想，也许李银爱的那杯不是这个滋味，甜和香才是她能感受到的吧！

李银爱放下咖啡杯，姿势很优雅地拉开了自己的爱马仕皮包，拿出了一份打印好的合同，连同自己平时签合同用的万宝龙钢笔一起推到了夏小菲的面前，换成了一副公事公办的模样儿说道：“妹妹别多心，这就是咱们俩定规的这件事情，最好落个墨。合同里边同时也提出，你一年之内不能再和叶三儿联系。一年后你们联不联系我管不着，但绝对不允许你们之间再谈婚论嫁，或是……或是……呵呵，或是与之相关的事宜。”

夏小菲浏览着李银爱那份大禹治水般把处处漏洞都想到了的合同，揶揄地对她说：“不错！果然面面俱到，李姐真不愧是个高手。”说到这里，她又换了一种很知己的语调儿望着李银爱说道：“对了，李姐！你说要是叶三儿虽然跟我夏小菲分开了但却不肯跟你好，那可怎么办？”

李银爱带着破釜沉舟般的神情坦然地回答说：“那就只当自己丢了五十万块钱，尽人事，听天命吧。”

那一天，叶三儿正在望着监号里的墙发呆，号门突然被拉开了。一个管教身后站着两名手里拿着铐子的小警察，从他们的臂章上可以得知他们并不隶属于看守所，而是法院的法警。毫无疑问，这是有人要开庭受审，或是已经被宣判了的嫌疑人要被押去监狱服刑了。用号里诸位的话说，就是要被打入地狱的更深一层了。不知怎的，叶三儿忽然很期待他们是来找自己的，因为不管怎样他也可以到自己案子的事发地法院去走上一遭，再看看人世间的情景了。

叶三儿很快就如愿以偿地重归人间了。因为管教告诉他说：“叶三儿，今天你开庭！出来吧！”

叶三儿带着不知是喜是忧的表情慢慢地走出了监号儿，听任那两名年轻的法警给他戴上了手铐，押着他走出了看守所那长长的、带着天棚的甬道，感受到了大墙之外那个原本再熟悉不过的大千世界。叶三儿坐在警灯闪闪的蓝白道警车里，感到自己对外面的这一切如此眷恋，所有的一切都是如此亲切。他感到自己的汗水湿透了衣服，湿润了两手之间绝不是作为装饰品出现的手铐。

叶三儿无意中扫过了前边的倒车镜，看见了自己被剃成了光头后的惨样儿，也看到身上那件代表着国宪王章的黄马甲。虽然穿上了它就有了一份标准的“皇粮”，但与之交换的却是青春和爱情，以及贪恋红尘者所追求的一切，叶三儿觉得这绝对可以算得上是最贵的服装了。

法庭上，除了身后寸步不离忠实地履行着自己职责的法警，以及对面桌后那代表着国家司法程序的公诉人、书记员、律师，还有掌握着自己的命运的法官全数到场之外，他所期待的人一个也没有来。他的父母一直被瞒着自然无从到来，他也不希望他们出现在这里，因为他们的出现会使他丧失最后一点勇气。但让他失望的是，原本最该出现的人也没出现。叶三儿的眼前既没有他准备在万不得已时扑过去咬上两口的林福生，也没有自己魂牵梦萦的夏小菲，甚至连自己的老板，那个被自己看作姐姐的李银爱也没有来。

法庭上的程序走完后，叶三儿又被押回了看守所，重新回到了自己的监号儿。但不久就有消息传来，由于林福生的条件得到了满足，当庭做出了有利于叶三儿的陈述。经过合议庭商议，叶三儿被从轻判处了有期徒刑三年，缓期五年执行。

判决下达的当日，管教招手把叶三儿叫到了监号外的通道里，第一次露出了笑容对他说道：“叶三儿，赶紧跟我走，办个手续麻利儿地回家吧！”

叶三儿狐疑地问道：“我这就没事了？”

管教笑着回答说：“你这齐天大圣给我听好了，五年的考察期对你而言就是一道紧箍咒，只要在外边再犯一点儿事儿，咱哥俩就还得继续相处。”

取保回到了家中，家里还是获得了通知。叶三儿尽量保持着轻松的样子，轻描淡写地对他父母说：“让你们担心了，我这就算没事儿了！”

他妈妈还没开口，爸爸却突然插嘴骂道：“王八蛋！听说还罚了不少钱吧？”

他妈妈听了马上苦口婆心地劝道：“就是，你说好几千块钱干什么不好？以后可别惹事儿了！”

一直在旁边没吭声的叶老二嘴动了动又想犯欠，却无意中看到了叶三儿眼睛里向他投来的目光，情不自禁地打了个冷战，打消了他原本想要挑起家里世界大战然后自个儿瞅热闹的打算。他笑着站在起身来，摆出一副悲天悯人的样子和稀泥：“都少说两句吧！罚款又没找你们要？三儿今后多留神就是了，真是的！”

翻过了家里的一篇儿，叶三儿和夏小菲通了电话。夏小菲先是很热情地祝贺他重新获得了自由，然后又约他赶紧到上次和黄德骥一起去过的那家茶馆儿。叶三儿很想问问夏小菲，两口子小别之后为什么非得去那个鬼地方儿？为什么不能是护城河边，或是跑酷场附近的那片儿空场呢？但他终究没有张开嘴，顺从地表示答应。因为他知道这次他人虽然是出来了，但接下来的事儿却还着实不少呢。夏小菲虽然比较坚强，但她毕竟是个女人，再硬的肩膀儿也应该撑不住了，他不想再提反对意见。

在茶馆里，叶三儿终于看见了夏小菲。她虽然因为自己这件事显得有些沧桑疲倦，但明媚皓齿、风采依旧。夏小菲带着让文化不高的叶三儿再念完研究生也不能读懂的眼神儿定定地看着他。叶三儿感到了在她平静的外表下的隐隐风雷。

“三儿，你这回大难不死，好好珍惜吧！”夏小菲那仿佛来自天籁的声音响了起来。

叶三儿迟疑地坐在了夏小菲的对面儿，好半天才张嘴说：“今后，我一定好好过，再也不这么莽撞了。”

夏小菲带着一种足以让全世界陪着落泪的表情望着叶三儿，轻轻地把一份文件交给了叶三儿。她用一个眼神拦住了叶三儿下边的话，缓缓但决绝地摇了摇头说：“先别提今后了。”

叶三儿拿起桌子上的纸一看，顿时感到天塌地陷，身子晃了几晃好悬摔倒在地上。夏小菲用她那温润的手轻轻地扶了他一把，轻轻地说：“挺住，叶三儿！别让我看不起你。”

叶三儿被夏小菲这句话给定住了神儿，他用已经被眼泪模糊了视线的眼睛看着手里的这份文件。文件的标题是那样的刺眼——离婚协议。如果是以前，叶三儿对待这突如其来的噩耗也许会暴跳如雷地问个究竟。但现在的叶三儿沉稳、成熟了，他从内心觉得自己对不起夏小菲，无法对她有任何的要求。

叶三儿抬头透过茶馆儿的玻璃看着远处的天空。那里一定是上帝的居所，蔚蓝而宁静。那里肯定有许多天使在高唱着哈利路亚，接引着无数涌向那里寻求庇护的灵魂。但自己的灵魂呢？为什么和林福生一场较量后，自己竟然沦落成了孤魂野鬼？是自己太混账，还是上帝在这件事上表现得不够仁慈？

叶三儿望着眼前的那份儿离婚协议，还是有些懊恼地望着夏小菲问道："告诉我！这是为什么？你这样做对得起谁？对得起咱们之间的感情吗？"

夏小菲平静地望着他，终于开口说道："告诉你，叶三儿！你似乎没资格这么问我。"

叶三儿不服气地反问："为什么？"

夏小菲很无奈地一笑，重复着他的话回答说："为什么？就为你压制不住自己心里邪火儿去打了林福生！就为了保你出来花了一笔南七条还没人出过的大价钱！你不签这个字，这些钱我真不知道怎么帮你处理。"

叶三儿崩溃了，因为夏小菲说的没有一句瞎话。"花……花了多少？"叶三儿终于鼓起勇气问道。

"五十万！还不算其他杂七杂八的费用。"夏小菲缓缓地开口说道。

叶三儿被这个巨大的数目惊呆了，因为这个数目对他来说别说奢望还了，就是听听也觉得脑袋疼。能弄到这个数目把自己保出来，夏小菲所付出的代价和努力已经不言而喻。想到这里，叶三儿迟疑地拿起了笔，一边用日本天皇签订投降诏书时的心情写着自己的名字，一边用乞求的眼光看着夏小菲。

夏小菲那双美丽的大眼睛里流下了两颗大大的泪珠儿，顺着脸颊流向了未知的终点。叶三儿透过自己的眼泪看到了它们最终的去处，那是自己的心脏。这两颗眼泪永久地留在了那里，刺得他的心脏急剧地收缩，好疼，好疼……叶三儿在这一瞬间忽然想起了自己原来看过的一本闲书，知道这样的眼泪会变成自己来世的两颗红痣，到时候凭着它们，夏小菲还会找到自己。尽管来生前途光明，但是今生今世却只怕没什么指望了。

叶三儿签完了名字，恭恭敬敬地把这份文件递给了夏小菲。他刚刚从地狱中获释回来，不可能知道这件事里太多的细节，但他也不想再问了。他是个爷们儿，不能再给夏小菲的肩上压担子了。在南七条长大的人任谁也知道，让一个心爱的女人跟着欠了五十万的他再继续奋斗，那真是太缺德了，太残酷了。他是叶三儿，尤其不能，也绝不会这样。

第十九章 宿醉一场

叶三儿失魂落魄地走回南七条的时候，小庆儿正在胡同口的石头上，唱着新加坡歌星的一首新作。在连唱带跳的间隙，小庆儿一眼瞥见了叶三儿，马上肆无忌惮地对身边那帮由大孩子组成的粉丝团低声说道：“瞅见没有？这主儿今儿晚上指定得喝醉了！”

叶三儿真的很想喝酒，他实在是太需要麻醉了，因为他已经没勇气去面对残酷的现实了。当然，无法面对的甚至已经包括头上瓦蓝瓦蓝的天空和那些没心没肺的白云，以及现在在叶三儿眼里看着直冒冷气的太阳。

等到跑酷场上的孩子们都回家了之后，叶三儿拎着两瓶二锅头来到了这里。咬开了瓶盖儿之后，叶三儿摆了个喝北冰洋汽水儿的架势，忍着辛辣猛灌了一气。当不善于喝酒的叶三儿终于晕晕乎乎地找到了他需要的状态的时候，胃却也跟着折腾了起来。他开始干呕着陷入了求生不能、求死不得的感觉里。叶三儿终于有勇气呼唤着夏小菲的名字流起了眼泪。

叶三儿越想越伤心。他想着刚刚建立起来的一切瞬间化作了泡影，不由得陷入了无边的苦恼。一向以剽悍不羁自诩的叶三儿终于被击垮了。他之所以在离婚协议上签字，一是为了能让心底里仍深爱着的夏小菲从此获得解脱，去寻找真正的幸福。二是因为一个很严酷的事实——他的家庭实在没法承受五十万巨款的债务。夏小菲说得很明白，只要叶三儿答应离婚，所有的债务就跟她无关了。他感到自己很像是一个典当了妻子的赌徒，实在是无法找到原谅自己的理由。

其实，此刻伤心欲绝的不仅仅是他一个人。夏小菲回到家也经历了一个暴风雨来临前短暂的过程。夏小菲坐在床边儿，先是仰天默默地流着泪。在这样的情形保持了大约一分钟之后，这个坚强的女孩感情的闸门终于失控了。她再也控制不住自己的感情，趴在床上失声痛哭了起来。为了控制音量，她咬着一块手绢，压抑的感觉简直令她窒息，心脏因为窒息而疼痛不已。

第二天，叶三儿终于清醒了过来。他不想让徒弟们看见自己如今的样子，因此挣扎着站了起来，带着头疼欲裂和一阵阵难以抑制的干呕，开始摇摇晃晃地向着家中走去。一向生活在蓝天白云下的他忽然间有了一种想逃的感觉，他隐隐觉得找个黑暗并安静的地方儿也许更适合自己。就在这时，他闻到一股熟悉的香水味儿。那是法国的香奈儿。通过这种味道，他明白是谁站在了自己身后。

难怪有人说："香水就是一个女人的性格，一旦爱上某个品种就会永远带着它的印记。"叶三儿头也不回地说了句："银爱姐，给您添麻烦了。"果然，那人就是李银爱。

李银爱走到叶三儿的面前，用手坚决地制止了他的这个动作，柔声说道："别这么说，我很幸福！"

叶三儿诧异地抬起头来。李银爱一本正经地回答道："怎么？我说错了吗？能让一个女人体会到有个男人为他拼命的感觉真的很好，这个女人就算没有白活。"

叶三儿苦笑着摇了摇头，用绝望里得到了一丝慰藉的目光望着李银爱回答道："我已经失去了活下去的勇气，夏小菲她不肯原谅我了。"

李银爱显然是要回避这个问题，她嫣然一笑幽幽地说道："知道吗？这个世界上，你爱的女人是一个，但爱你的女人也许不止一个。"说完这句话，她根本不等叶三儿再继续说下去，而是伸出胳膊挽住了他，用一种让叶三儿很难拒绝的口吻说：“走！让姐姐帮你重新振作起来！”

这一天对叶三儿来讲是光怪陆离的，他跟着李银爱不停地出入着高级商场和专卖店，很快就从一个刚从看守所释放出来的人变成了一个英俊甚至是优雅的绅士。连那个一直因为头发被剃光、羞于见人的光头也成了一种彰显阳刚之气的时髦发型。

当李银爱在一个柜台前帮他试戴一块昂贵的手表时，叶三儿笑着拒绝道：“算了吧，姐！我一个背着五十万债的人哪敢这么奢侈？”

李银爱听了微微一笑，从自己那个总是不肯离身的爱马仕包里拿出了一张纸，并在递给叶三儿的同时用鼓励的眼神望着他说道：“姐已经给你付了那五十万，你一分钱的债也不欠！”

叶三儿拿过那张协议书，望着上边李银爱的签名和林福生那透着得意的字迹，感到十分困惑。他不知道夏小菲为什么会那样对自己。是自己的行动刺伤了夏小菲那纯洁的心，还是这其中另有隐衷？他望着李银爱问道：“银爱姐，你是不是跟夏小菲做了什么交易？”

李银爱听了先是一愣，继而把嘴一撇笑着回答说：“三儿，你不该问这个！你只要知道我李银爱给你出了五十万，把你保了出来就够了。有些事情只能看结果，不能去关注它的过程，你说呢？”

尽管叶三儿打心眼儿里不怎么认同李银爱的这句话，但李银爱下边的一句话却打消了他心中涌起的一丝不快。“况且，这五十万对夏小菲来说根本就是个天文数字，对我也是倾其所有了！”

终于走出了商场的大门，叶三儿深深地吸了一口北京初春那仍有些阴冷的空气。他望着天上依然呈现出一片蔚蓝的天空，看见那颗看起来有些冷酷的太阳虽然耀眼地挂在空中，但叶三儿却总觉得它少了些许光热和温情。尽管如此，还是使叶三儿感到自己再次复活了。但也就是在吸进这种感觉的同时，他的心开始隐隐作痛。作为一个男人，他忘不了那个自己挚爱的女孩子夏小菲。因为她现在在法律上已经是自己的前妻了。还有就是，作为一个通过努力终于从南七条混出来的孩子，他永远也忘不掉那存在时间虽然短暂但却令他终生难忘的时光。

在华灯初上的时候，李银爱把车停在了一处高档的小区里。她一边把车倒进了车位，一边对身边不知道该是欢喜还是发愁的叶三儿说道：“走吧，三儿！咱们到家了！”

叶三儿迟疑地望着李银爱说道：“银爱姐，这……这不方便吧？”

李银爱听了把眼一瞪，不无嗔怪地说道：“怎么不方便？你现在没有女朋友，我现在也没有老公，害怕别人说闲话是怎么着？”在上电梯的时候，李银爱突然用一种特殊的眼神儿望着叶三儿很不着调地说：“我这里还没有哪个男人来过呢。”

进到了李银爱那到处弥漫着香奈儿香水气味的房间里，叶三儿偷眼打量，发现整座房子里充斥着一种人间的烟火味儿。客厅里，整洁得一尘不染，擦拭的透明度极高的玻璃茶几上扔着两本画报，一套白瓷茶具旁，一只同样素白的瓷瓶里，一只用金箔打造的玫瑰斜插在瓶儿里，显得慵懒而富贵。

还没等他明白过来，李银爱已经伸手按着肩膀儿让他坐在了很柔软的沙发上。修长而尖尖的食指看似随意地在叶三儿的肩头轻轻地按了两下，让叶三儿那颗已经麻木到濒死边缘的心脏又突然剧烈地跳了起来。李银爱身上那撩人的香水味道伴着一个少妇温热的体香强烈地刺激着叶三儿的神经，让他的心中一阵迷乱，顿时变得心猿意马了起来。

李银爱察觉到了叶三儿微妙的心理变化，俯下身，把那张芙蓉面凑到了叶三儿的面前，呵气如兰地用梦呓般的声音说道：“兄弟，难道是咱们的缘分到了？”

叶三儿简直跟发了高烧一般，望着李银爱痴痴地说了句：“姐姐，您别这样儿，我……我……”

李银爱脸颊绯红，显得更加活色生香。她脸上带着血肉常人难以抵挡的诱惑柔声说道：“不是姐说你，何必跟自己为难呢？”接下去的事情本是无可争议地发展成一场少儿不宜的情色画面。一个俊男、一个美女的剧情，简直毫无悬念地发展了下去。

但就在这时，叶三儿忽然感到了内心深处的一阵刺痛，他仿佛看到了护城河畔和夏小菲漫步的夜晚。尽管没有海誓山盟，但无论如何也有着彼此忠诚的承诺。尤其是想到那一晚夏小菲让他在《离婚协议书》上签字的时候，那挂在脸上的两滴眼泪，简直像一阵寒流迅疾地掠过，让他在一瞬间恢复了常态，那种待会儿就是天塌地陷也想先把李银爱揽在怀中的冲动，不仅消失得无影无踪，甚至还让他感到了一种深深的悔意和羞耻。他觉得这种感觉实在是太过难以忍受，让白纸似的心里有了一个虽然不大但却难以拂拭掉的污迹，让他痛心疾首，后悔不已。

这个变故让李银爱也恢复了冷静，在心里躁动的期待消失殆尽后，一种强烈的失落伴着一种由此而激发起来的怒气涌上了心头。她那双眼睛里女人献身之前的狂热已经在一瞬间被无限怅寥和寂寞取代。她望着像是虔诚的教徒在祈求着救赎般的叶三儿轻声说道："三儿，我真的喜欢你！咱们一块儿过吧……"

叶三儿用吃惊的眼神望着脸上绝对充满了诚挚的李银爱，惊恐地退了一步失声叫道："怎么会是这样？"

李银爱和她的热情又向着叶三儿迈出了一步。叶三儿带着让李银爱失望的惊恐连连后退，并伸手去拧房门上的门锁。李银爱飞快地扑了过来，拦腰抱住了叶三儿急促地说道："兄弟，你就这么讨厌我吗？"

乘着叶三儿一愣神的工夫儿，李银爱连珠炮似的说道："说实在的，爱上一个人根本就没有错，也不需要任何理由。我可以给你房子，给你车，给你一切好的生活，这都是夏小菲不能给你的呀。"

叶三儿听了先是报以一阵沉默，紧接着就有了反应。他站起身深深地给李银爱鞠了三个躬说："感谢您这次的搭救之恩和以往的照顾，我忘不了夏小菲，我真的离不开她！对不起。"紧接着叶三儿就动起手来，他开始脱起身上那些时尚的服装，换上了离开南七条时穿的那身装扮。尽管有一度叶三儿几乎是脱得赤条条的，但却一点也没有因此感到羞耻，因为纯洁的赤子之躯再加上胸膛里无以复加的爱情，他显得有些前所未有的庄严甚至是神圣。

就在这时，李银爱突然再次从背后搂住了神情激动的叶三儿，声泪俱下地讲述起自己的遭遇和爱上他的原因：“三儿！姐姐绝对不是一个随随便便的女人，真的不是！”说着，她指天画地地叫道：“只是你长得太像那个拿走了我一切的人，我见到你之后就不能控制自己了，没有你我活不下去，活不下去啊。”

但叶三儿还是用力地推开了李银爱，大步地走向了房门。李银爱表现出了一个女强人的执着，她猛地伸手拉住了叶三儿，扬起了自己那张已经泪流满面的脸哭喊着对他说道：“答应我一件事就可以，就一件事！”

望着这个不论如何把自己从地狱中拯救出来的女人，叶三儿停住脚步转过身，郑重地点了点头开口说道：“我还要娶回夏小菲，只要别让我没脸见她什么事情都可以！”

李银爱望着叶三儿那一脸决绝的神情，抑制住了自己激动的情绪，颤声对叶三儿说道：“即使你今天不爱我，明天，后天直到永远不爱我也不要紧，我都要对你说声谢谢！”

叶三儿诧异道：“您谢我什么？我……”

李银爱望着叶三儿提高了声音说道：“感谢你没有欺骗我，也给我那一段想要延续却始终不能如愿的梦留下了延续的可能。我仍旧愿意做你的姐姐。不知道还可以吗？”

叶三儿鼻子尖发酸，动情地望着梨花带雨般的李银爱说道：“如果您还相信我叶三儿是个爷们儿，就请您相信，我永远是您的弟弟。”

叶三儿鞠了一躬转身就走，李银爱忽然再一次把自己那丰腴的胳膊横在墙上，拦住了叶三儿的去路，轻声说道：“等一下……”

等叶三儿再回头去看，只见李银爱已经飞快地把他刚脱下来的那些衣物装进一个袋子里，对叶三儿说道：“拿走吧，这是姐给你的礼物！”说这句话时，她脸上已经完全没了刚才的那份狐媚，又是当初那个沉稳的姐姐。

叶三儿迟疑了一下终于伸手接过了那份原本带着暧昧意味的礼物，正要开口表示感谢，却被李银爱伸手推出了门外。

在关闭房门之前，李银爱朝着叶三儿凄然一笑，提出了今天的最后一个请求。她望着叶三儿满怀幽怨地说道：“去吧，你去找夏小菲谈谈就是，愿你们能重归于好。但如果她再次拒绝你之后，你还可以再来找我，我将在这里等待着你叶三儿回心转意。”说到这里，她似乎又觉得这样说不太妥当，赶紧又掩饰道：“或者，你遇到了困难随时可以回来，这里永远是你姐姐的家。”

叶三儿没有回头听完她的话，默默地走了，眼角流下了热泪。临近走进电梯的时候，叶三儿回头看了李银爱一眼，那目光里满含着关切的眼神。李银爱瞬间读懂了，她知道自己从此失去了一个心仪的男子，永远地得到了一个弟弟。但作为一个女人她失败了，作为一个姐姐自己就合格吗？

第二十章 打酱油

南七条没有什么秘密，这要感谢这里一大批专门钻营打探并免费传播各种消息的人。其中的佼佼者不言而喻，就是胡同口的小庆儿。作为这一荣誉的不二得主，小庆儿从没领到过一分钱工资，也没人委托过他打听任何一件事情，但这哥们儿十几年如一日地就没有离开过自己的岗位，永远用自己还不错的音色传播并普及着通俗文化。他无怨无悔地从事着自己早已选定的工作——消息打探兼带流言传播——而且大有坚持下去，直到自己生命最后一息的劲头儿。但他也很苦闷，因为他的存在永远不被人重视。但俗话说得好“天底下没有不开张的油盐店”，打破这一心结儿的机会很快就来了。

夏小菲忽然毫无征兆地出现在小庆儿的面前，带着一抹略显忧郁的微笑朝他开口问道：“小庆儿，看见叶三儿了吗？”

小庆儿的脸上马上如花般绽放，用不相信自己耳朵的样子望着夏小菲傻呵呵地问道：“问我？”说到这里，他还不相信自己判断般地朝身后望去。

夏小菲笑着点了点头，提高了声音说道：“别看了，就是跟你说话呢！”

那帮经常跟随着小庆儿的大孩子全都想朝着这边聚拢来，想看看南七条的第一歌星和第一美女之间究竟有什么可谈的。但冷不防夏小菲把眼睛一瞪，指着他们说道："没看见大人要说话，你们这帮小屁孩儿该哪儿哪儿去！"也许是出于对美丽的敬畏，也许是顾忌到夏小菲在跑酷场上的飒爽英姿，那帮半大小子虽然很不情愿，但最终还是停住脚步，随后笑闹着跑了。

小庆儿事儿妈似的看了夏小菲一眼，神神秘秘地说道："别看叶三儿刚从局子里放出来，马上就来了女的，把他接走了。"

夏小菲当然知道他说的那个女人就是李银爱，但她那与生俱来的高傲促使她不去追问结果，而是用一个鼓励的眼神望着小庆儿不无揶揄地问道："说下去，这儿好像没人拦着你啊？"

小庆儿马上做张做智地说道："我看见叶三儿跟着一个时髦的女人一起出去了，两人那样儿一看就不是去干好事儿的，真的。"

夏小菲想要的消息已经被证实了，在还受理智控制之前，她很爽朗地大笑了起来，指着小庆儿叫道："看你这小子，你想到哪儿去了？我只是想问问你看见叶三儿没有，刚才他二哥叫他回家打酱油的，你看你怎么神神道道的？哈哈哈……"

夏小菲用见到了世界上最好笑的事情的样子潇洒地大笑着走了，留下了从不知道郁闷为何物但现在却标标准准地陷入了郁闷状态的小庆儿。等她的身影消失在胡同的深处时，那帮一直躲在一边的大孩子们这才怯生生地走了过来，围住小庆儿七嘴八舌起来。

一个平时话最多的小子问道："刚才那姐们儿找你什么事儿呀？"

小庆儿鄙夷地看了他一眼回答说："傻呀！打酱油呗！"

其实，此时真的伤心欲死的人是夏小菲，她还没走到胡同里最僻静的地方儿，两行清泪就慢慢地流了下来。夏小菲曾经幻想出现奇迹的可能性已荡然无存。在那一瞬间，尽管早已经预想到了答案，但夏小菲还是感到自己的心碎了，碎得那样彻底，那样无法愈合。她怎么也不敢面对那个海誓山盟、口口声声说爱自己到永远的叶三儿这么快就另寻新欢了。

在这个时候，夏小菲突然想到了去喝酒。她想用那左右了人类上千年的液体彻底麻醉自己，麻醉自己的大脑和那颗破碎的心。但喝酒到底能不能解决心里的忧愁，夏小菲也不把牢。但她知道，暂时的麻醉肯定能让自己好受一些。

就在夏小菲准备找个地方一醉方休的时候，一个人突然出现在她的面前。夏小菲看见有些偏西的日头从那个人的背后照射过来，让对面的那个人呈现出一种剪影似的效果。她吃惊地发现，不远处的那人竟然像神祇般地带着一层光晕。通过他健美而坚实的轮廓，夏小菲知道这个人就是那个曾经猛刺了她的心、刚才又重击了她心房的叶三儿。她曾把他当成自己的唯一。但现在，她不想再跟他说什么。可就在她向右边迈了一步想要躲开他的时候，那个人如影随形，也迈了一步，挡住了她的去路。

叶三儿的这一跟进不要紧，他背后的光晕因为角度的变化不见了，取而代之的是一张灰白而真实的脸。“夏小菲，我想跟您谈谈。”叶三儿用一种充满了期望甚至是哀求的语气说道。

夏小菲感到自己的心脏猛烈地收缩了一下，因为心痛，她几乎要伸手去按住那个致命的位置。但她没有这样做，因为她竟然发现了一个秘密——心痛过后的感觉很过瘾，像是抽了大烟一样——尽管她从未尝试过这种曾经引起了战争的植物。

“谈就不必了，有话挑要紧的赶紧说吧。”夏小菲努力使自己的嘴角绽起一丝微笑，用尽量轻柔但其实听起来很生硬的语气说道。

叶三儿也许是跑酷场上不败的王子，但此时此刻在自己最最心爱的女人面前，却变成了一个不折不扣的白痴。他并没有抓住重点，利用上帝暗示夏小菲给他的这个机会做恰当的表白，而是带着一腔真诚和澎湃的心绪说道：“我爱你……”

夏小菲淡淡地回答说：“这句话你很早就开始说了。”

叶三儿听了一愣，马上笨拙地解释道：“可我没想到一经过事儿就……”

夏小菲忽然仰头向天，把心里涌上来的一阵凄凉和苦痛化作了一阵看起来虽然依旧可爱但也不乏歇斯底里的笑声，然后替叶三儿说完了下边的半句话，并加上了自己的结论：“你是想说咱们之间原本看上去完全可以海枯石烂的爱情，一旦遇到事儿就不堪一击了是吗？告诉你吧，如果你当时心里有这样一份爱情的话，就不会去干那种事情。可以告诉你，叶雨彤！我尽了一个妻子的本分！但是我现在再也无能为力了。”

望着渐行渐远的夏小菲，叶三儿忽然从胸腔里发出了一句音量虽然不高、但却如同黄钟大吕般的话：“我会弥补我的过错，我会重新娶回你的！”

夏小菲没有回应这句话。渐渐偏西的阳光用更深的色彩描绘出了夏小菲的身影，并残酷地把这个身影和叶三儿拉开了距离。叶三儿抬起头，像童年的时候因为总盼着放学的时间来到而养成的那个爱看天的习惯一样，他再次抬起头，把目光投向了一天中只有快下山时才会有的最温暖、最璀璨的太阳。他隐约在深金红色的太阳中看到了一个若隐若现的黑色人影儿，那是无所不能的大日如来吗？好，就向他发誓吧！叶三儿执着地想——请您给我做证，我一定要再把夏小菲娶回来！

第二十一章 旧爱

夕阳日复一日的努力终于再次失败，无奈地下山去了。在夜幕中，夏小菲来到了三里屯，第一次徜徉在人流如织的街头。她知道自家的条件让她连个痛痛快快流泪的地方也没有。今晚，她决定让自己在这里找个地方悲伤奢侈一次。夏小菲来到这个看上去有些纸醉金迷的地方，准备平生第一次给自己的悲痛投资。

“姐，来咱家吧！标准的静吧！”一个打扮成拿破仑时代的将军抑或是其他军阶的小伙子殷勤地招徕着。夏小菲打眼一看，这个酒吧里空间很大，灯光也很幽暗，马上点了点头推门走了进去。

她挑选了一个看上去很安静、很幽暗的角落，坐在藤萝环绕的深色硬木茶几前。这里的好处是她可以看见整个酒吧里的动静儿，但别人却很难看见里边的情形。那个尾随进来的服务生带着讨好的表情把一本酒水单递到了她的面前，用流畅的京片子问道：“姐想来点儿什么？”

就在夏小菲拿着这本烫金的酒水单对着那些庞大的数字举棋不定的时候，一个听起来很耳熟的声音传进了她的耳朵里：“来一瓶芝华士，再来一瓶冰绿茶。上个九寸的果盘儿！”

夏小菲抬头去看，原来是已经好几天没见到的黄德骥。他很绅士地问道：“可以坐你对面吗？”

夏小菲感到十分好笑，用精致的下巴朝着自己对面的空沙发点了一下，苦笑着答道：“好像在老孙家的时候你从没问过这个问题，坐吧。”

黄德骥撇嘴一笑，放下自己的包坐了下来。他望着服务生送上来的酒瓶和饮料吩咐道：“打开！”

夏小菲在如梦似幻的光线下望着黄德骥指挥着服务生把琥珀色的酒和颜色略显得有些轻薄的绿茶倒进了水晶玻璃的扎里。她望着直打旋儿的混合液体问道：“你这是……”

不料，一向对她的话如奉纶音的黄德骥却伸手朝她做了个噤声的动作。黄德骥用两个玻璃杯倒满酒，把其中一个端起来递给了她。夏小菲不太明白他在搞什么玄虚，礼节性地和他碰了一下，只见黄德骥不算优雅地端起酒杯咕咚、咕咚地灌下了这一大杯酒。不知不觉间，夏小菲的情绪受到了他的感染。她的眼睛望着黄德骥背后的一副算不上高仿的油画，对着里边的白桦树和俄罗斯少女，猛喝了一大口。

辛辣的酒液虽然刺激到了夏小菲的喉咙，这种苦涩涩得她很不舒服。但夏小菲还是默不作声地继续喝到杯子见底儿。一整杯酒喝下，她感到一团火在腹中熊熊地燃起，两颊不知不觉中发起了烧来。

夏小菲在闭上眼睛的同时，一行眼泪从紧闭的眼睛里淌了下来。在夏小菲的脑海中，就如同有一部影片在上演。那里有南七条古老拥塞的街道，还有街坊邻居们那一张张熟悉的脸庞。仿佛从未变过颜色的天空布景似的呈现着一片蔚蓝的颜色，几朵好像属于老时年间的白云和耀眼但不可亲近的太阳挂在上面。画面一转，她看见自己来到了跑酷场上。叶三儿正在展现那不可复制的浮光掠影，徒弟们也在矫健地施展着身手。当然，这也包括对面的那个黄德骥。

夏小菲睁开了眼睛，她对面的黄德骥已经倒好了两个人的第二杯酒，面无表情地看着她，见她泪流满面地睁开眼，马上用自己手里的那杯酒轻轻地碰了她的酒杯，自己连眉头都不皱就自顾自地灌了下去。夏小菲这时候深深地感到了来自黄德骥的体贴，也端起这杯酒一口气喝了下去。要知道，她这时最需要的就是这种感觉。她需要快速地麻醉自己，然后慢慢地理清思绪，静静地流干净眼泪。此时，她不想谁殷勤地替她擦干眼泪，更不需要谁在她的耳边用安慰的语气絮语烦言。而普天之下，能理解她夏小菲，能真正做到这一点的人，恐怕非黄德骥莫属了。

当第一瓶芝华士喝干了以后，夏小菲感到心头舒畅了许多。虽然酒精的烧灼感越来越明显，但积压在心头的阴云却稀疏了不少，一丝光明开始若隐若现地出现在她心底阴霾密布的天空中。黄德骥打了一个漂亮的响指，指挥着服务生又拿来了酒水。只不过夏小菲没有注意到，这次他悄悄地改变了酒水的配比——两瓶绿茶之后只加进了半瓶芝华士。在夏小菲神游于故宫的护城河畔，回想着自己和叶三儿漫步的场景，以及后来和李银爱之间激烈的对峙甚至是对弈的过程中，又有两瓶酒被悄悄地干掉了。

也许已经过了午夜，夏小菲终于完成了内心深处一次艰难的跋涉，抬起了头来。对面的黄德骥脸上全是宁静和宽容的表情，只有最容易暴露目标的眼睛里闪现着炽热的爱意。夏小菲虽然在女子中属于坚强的，但她终究是个水做的女人。她此时意识还是清醒的，只是悲伤不那么明显了。夏小菲躲开那炽热的眼神，有些摇晃地站了起来，想朝外面走。黄德骥伸出了一双有力的手扶住了她，很小心地扶着她往外走去。在经过吧台时，黄德骥匆匆地从服务生的手中接过账单，默默地付了钱。

一出酒吧的门，带着凉意的风就呼呼地迎面刮来。夏小菲跟着黄德骥来到了停车场，坐到了副驾驶座位上。黄德骥苦笑着拍了拍方向盘说了今晚开始喝酒以来的第一句话："哭吧，哭够了就送你回家，但是得走着，要不酒驾的罪名肯定能把我给扔进去。"

夏小菲的确需要一番发泄，这个地方就很合适。想到这里，她不禁扑到黄德骥怀里失声痛哭了起来。

也不知道哭了多久，夏小菲终于止住了悲声。她用自己那双哭得有些红肿的眼睛望着黄德骥一笑说："好了，我好多了，谢谢你！"

黄德骥也跟着一笑，点头说道：“您客气，我不值得谢！”

夏小菲很明媚地笑着问道：“为什么？”

黄德骥叹了口气回答说：“我总觉得自己好像是因为你才活着……”

夏小菲无语了，她禁不住认真地打量起虽然从小就混在一起，但说良心话真还没仔细看过的黄德骥。她发现，黄德骥和叶三儿相比，多了几分灵动和潇洒，却缺少几分阳刚和性感。他脸上的表情虽然跟叶三儿比起来更可信、更讨人喜欢，但却没有那种让她心里波澜频现的感觉。

黄德骥话中的意思是不言而喻的，夏小菲不无歉疚地望着这个痴情的男子，望着这个辛辛苦苦挣了几十万却拿出来救了自己弟弟的人，感到自己欠他的实在是太多了。带着无限的负罪感，夏小菲开口说道：“德骥，尽管你对我有着太大的恩情，但我只能让你失望了。”

黄德骥听了波澜不惊地问道：“你还爱着叶三儿？”

夏小菲毫不犹豫地回答说：“没错儿，最起码我曾经是他的老婆。”

黄德骥依旧还是那副神情，他双手扶着方向盘，目光透过挡风玻璃望着寂静无人的停车场轻轻地叹了口气，一针见血地问道：“那为什么你不给他安慰？在这个他最需要的时候？”

夏小菲诧异地看了黄德骥一眼，自失一笑反问道：“你是说我对不起他？不该这样做？”

黄德骥垂下头把头伏在方向盘上，明显没有底气地摇着头说：“我没这个意思！只是想知道你为什么费那么大劲儿救他出来，又对他是现在这个样子。”

夏小菲一语诛心地说：“我恨他有三点，首先是他没有珍惜我。要不就算他是飞龙大侠，也不该在那个时候去为了另一个女人拼命。”

黄德骥有气无力地问道：“他跟李银爱不会有什么吧？也许只是李银爱一厢情愿勾搭他呢？”

夏小菲目光变得坚定了起来：“勾搭？那只是男人的借口。如果你真爱一个女人的话，又有谁能勾搭你呢？”

黄德骥听完抬起头，望着夏小菲笑着拱了拱手：“受教了！细想倒也是哈。”

说完，他又不解地支吾道："据我所知他们没有什么动静吧。那时候你不是天天跟着他吗？再说就算有点苗头儿，这回他八成儿想也不敢想了吧？"

"有没有动静儿就不是我的事儿了！"夏小菲不无幽怨地说道。

"难不成你有了什么证据？"黄德骥带着狐疑的表情略显震惊地问。

"几个小时之前，他已经跟李银爱在咱们南七条公开晃悠了。"夏小菲心酸地回答。

那一夜，黄德骥和夏小菲又回到了另一个昼夜开张的酒吧，三瓶芝华士的瓶子再次出现在他们的面前。那天他们的交谈进行了好久，说了很多话，比从小到大说过的话加起来还要多。夏小菲来时就有一种极度压抑后想要倾诉委屈的感觉，没想到恰好遇上了黄德骥。在这一晚，黄德骥一直在充当一个默默倾听的角色。由于他的适时出现，让夏小菲有了一种不再无依无靠的感觉。但这感觉被她死死地钉在了友谊的尺度上，她一直坚守着自己的阵地。

直到第二天早上，酒吧的服务生该下班了，黄德骥才第二次结了账，带着一种狡猾的表情望着夏小菲问道："你说我有戏吗？"

夏小菲不得要领地看着他，不解地问："哪儿有戏？什么戏呀？"

黄德骥"扑哧"一笑，盯着夏小菲问道："当然是超越友谊的那种，能……能将就着嫁给我吗？"

夏小菲摇了摇头回答道："虽然我不会再跟叶三儿再续前缘了，但心里却是始终不能忘干净了他。"

黄德骥听了把脚一跺，带着敢死队去冲锋陷阵执行肯定回不来的任务之前的那种神情坚决地说道："那好！既然如此，别嫌我日后总缠着你！"

命运善于捉弄人，几个月的时间很快就过去了。茫然无助地等待着命运安排的夏小菲和叶三儿见过几次面。为了信守对李银爱的承诺，夏小菲总是对一脸期待的叶三儿视而不见。直到有一天，叶三儿把她堵在了胡同口上，像一个乞丐一样对夏小菲说："求求你了，原谅我吧！"

夏小菲望着胡子邋遢的叶三儿冷静地说道："告诉你叶三儿，咱们之间的一切永远结束了，真的没有可能了。"

叶三儿表现出了很好的耐性，用极其诚恳的态度，不停地向夏小菲鞠躬表示着忏悔：“原谅我吧！我真的不是不在乎你！”

夏小菲迟疑了一下，终于使自己保持了平静。她苦笑着对叶三儿说：“真的别怪我，这一次你只能怪自己的运气不够好，真的……”

叶三儿不解地问：“这话从何说起呀？”

夏小菲叹了口气，换作一副很认真的语调儿说道：“真的叶三儿，这一回连老天爷都不保佑你。那天黄德骥拿出了所有的积蓄三十万块钱让我去保你，但我弟弟偏偏那天被确诊为白血病，不住院换骨髓就得死，你说活人坐牢和马上变成死人谁更重要些？换了你该怎么做？”

“那当然要先救人了！”叶三儿毫不迟疑地回答说。

“对了！我就是这么做的！”夏小菲说完又补充道：“你好好想想吧！这岂不是冥冥之中的定数？”

说完这句话，夏小菲带着内心中实在难以隐藏彻底的感情，神情复杂地看了看叶三儿，扭头就走。叶三儿看着夏小菲又要这样结束谈话，马上发誓赌咒般地对她说：“夏小菲你记住，我跟你保证，保证日后一定要重新把你再娶回来！”

夏小菲突然停住脚步，回过头真诚地对叶三儿说：“你当初很有点儿爷们儿样儿，现在看来也还是这样。不管为了什么，回去收拾利索自己，好好地面对生活吧。”

夏小菲又走了，叶三儿望着头上的天咬着牙说道：“夏小菲你等着我，我一定会证明给你看的！”

就在这时，胡同口那个特定的位置上，小庆儿正使劲地拨弄着吉他，大声地唱着一首老歌：“我要从南走到北，我还要从白走到黑！我要人们都忘记我！不知道我是谁……”

第二十二章 浮冰

自从那天发了狠之后，叶三儿便做了一系列的努力以图改变现状，但结果都是徒劳的。于是他拨通了李银爱的电话，还不等李银爱说些什么，就连珠炮似的说道：“姐，你现在干什么呢？公司的业务还好吧？我准备去你那看看。”

李银爱显然是会错了意，赶忙笑着问道：“说吧，兄弟！想干什么？是去郊区散散心还是去哪儿鼓捣个照相机学点摄影什么的？姐陪着你！”

叶三儿苦笑道：“我要是还有那心思，也太没心没肺了。我是想要重新振作起来，把咱们以前的业务再拾掇起来……”

这一次轮到李银爱苦笑了，她沉默了几秒之后才期期艾艾地回答说：“夏小菲没有告诉你吗？为了赎你出来咱……咱公司的业务全给了林福生了。”

叶三儿闻言大为吃惊，失声叫道：“那你准备怎么办？公司还怎么生存下去啊？”

李银爱笑道：“发展新客户呗！但不再搞什么公关庆典或者一般的商演了，我现在决定先停下来琢磨点儿高端的。”说到这里，李银爱想起了什么似的，忽然提高了声音说道：“你来一起干吧！咱们摽在一起干！”

叶三儿对着根本不能传输视频的手机说道：“姐，是我拖累你了。放心吧，我自己先从小事儿摸索摸索吧，成了肯定有你一份儿。不成的话，也就不迟累你了，多保重！”说到这里，叶三儿断然地挂上了电话，他又习惯性地抬头望天，对着蓝天上悠悠的白云暗自叹道，自己的事情拖累了大家，如今只有凭自己了。

叶三儿打扮一新出现在了跑酷场上。他远远地看见亮子正在自己以前的位置上指导着学员们练习。由于他的出现，现任的教练亮子先是愣了几秒，紧接着赶紧屁颠儿屁颠儿地跑了过来，一把抱住了叶三儿惊喜地叫道：“哎哟喂！师父！您老人家总算肯来了，要不价我们除了瞎练，还真没有甚好办法讨口吃喝呢。”

叶三儿知道自己的位置了，他对着亮子笑道：“去！给我找双 41 的鞋来！”

看到师父要一逞身手，亮子高兴地使劲一跺脚叫道：“好嘞！”

叶三儿穿上了亮子找来的鞋，好像是换了个人似的，浑身上下都充盈着力量。他先是按照以往自己要求徒弟们的那样简单地热了热身，然后便朝着障碍台的方向开始了助跑。随着速度的加快，他感到身边景物全都变得模糊了起来，蓝天白云下边就只有他叶三儿了，而他是一只出笼的猛虎，是一只展翅的苍鹰。在障碍台前，叶三儿纵身跃起，用手扶着障碍台的前沿，一个巧妙的借力，把腰猛地一挺，又凭空拔高了几尺，在半空中做出了一个豹子般伸腰的动作，整个人像一只大蝙蝠一样，径直飞出了好远，才随着下坠之势稳稳地落在了地上。

随之，叶三儿听见亮子大声地叫好，并大声地对周围那些第一次领略他南城跑酷王风采的大孩子们叫道：“看见没有！这就是传说中的‘浮光掠影’！你们师爷的绝活儿！”

在沉默了将近一分钟之后，徒弟们兴奋中带着狂热的欢呼声响了起来。叶三在心里对自己说道：“既然过去的感觉全找回来了，那就开始干吧！用实际情况赢回属于自己的爱情！”

叶三儿走访了许多过去的客户，大多数人见到他之后第一句话不是“哟，哥们儿！出来了！”就是“行，哥们儿你真行！听说最近跟李银爱傍上了？有福，真有艳福。”这让叶三儿感到十分郁闷。如此这般地接触了几回，除了满足了一些人变态的隐私窥探欲，就是捎带着发光了狠着心买来的两盒软中华，生意一单没接到不说，倒是平白惹了一肚子气。

叶三儿傻了，先前还妄图重操演出的旧行当儿，来个从头收拾旧山河。可后来自己的劲头儿越来越小，反倒是看透了人情冷暖世态炎凉。光是这三天下来吃的闭门羹让他一生难以忘怀。就在这个时候，一辆车停在了他的身边，黄德骥从车里边伸出头来朝着他笑道："怎么个茬儿？不带不理人的吧？"

叶三儿回过头去，看了黄德骥一眼，似笑非笑地反问道："这句话好像该我说你吧？我出来都这么长时间了，你怎么今儿才露面儿？"

黄德骥听了推开车门儿走了下来，笑嘻嘻地站在叶三儿面前，看似开玩笑，但实则一本正经地说道："三儿，你丫还真别这么说！自打你进去之后，我绝对是够意思的，为了跟你这孙子打赌，我可是连棺材本儿都赔进去了。你还想让我干吗？想看我冲着看守所的大墙哭天抹泪儿？还是提溜俩点心盒子去上你们家表示今后买葱买蒜的事儿尽管吩咐？"说完，他摆出一副心怀坦荡的架势把小胸脯儿一挺，理直气壮地说道："告诉您吧！有事儿的时候还得我跟夏小菲这样的发小儿！要来就来实在的！"

叶三儿听了心里一热，赶忙坏笑着伸手搂住了他的脖子，亲热地骂道："你丫上辈子是不是卖膏药的？我又不傻不苶的，你那点好儿还能给忘了？"

黄德骥递给了叶三儿一支烟，自己也叼上了一支，摸出了个打火机"啪嗒"一声举到了叶三儿的面前："来，点上！最近没干点儿什么呀？"

叶三儿皱着眉把烟点着，眯缝着眼对黄德骥说道："我看出来了！真看出来了！"

黄德骥脖子一梗诧异地问道："看出什么来了？"

叶三儿轻轻地拍了拍黄德骥的车说道："有钱就是横！"

"你大爷！你这孙子真没劲！"黄德骥明显带着一种上了当之后的表情说道。说着话，他使劲地拉开了车门儿，朝车的副驾驶座上一指说："别废话了！赶紧上去！"

坐到了车里，叶三儿望着黄德骥不解地问："去哪儿？"

黄德骥白了他一眼笑道："给你介绍个活儿呗！就你那操行难不成还把你卖到泰国去改刀当人妖？"

叶三儿后来才知道，黄德骥是带着他去见了一个导演，并保举他在人家手下混个差事儿。看来黄德骥如今的面子真的不小，那导演望着叶三儿笑着说道："行，有你的面子就留下吧！想在影视圈儿里混个名堂出来，跟我这儿从头学就可以了。但有一点儿，我得跟你说明白了，在这里是龙得盘着，是虎得卧着！不能玩个性的。"

虽然见面之前黄德骥就告诉过叶三儿，这个行当里就是这么个状态，不会忍就没有饭吃！可刚见面的上司也如此这般地敲打了他，叶三儿真的认了头。不会忍就没有饭吃！这道理虽然浅显甚至有些粗鄙，但却是出来混的不二法则。

话虽这样说，但到了建组那天，叶三儿却还是因为没做到"忍"而爆发了起义。

那天早上，那个导演神气活现地来到了现场，指着叶三儿吩咐道："去把茶杯给我端过来！"

此时已经决心为了再次赢得夏小菲赴汤蹈火在所不惜的叶三儿早已经不在乎这些强硬口气了，他顺从地照办。可没想到他点背，赶上导演今儿气儿不顺。导演接过茶杯一口没喝就勃然大怒，瞪着叶三儿吼道："以后给我端茶别他妈的满把攥着，从小儿没人教过你是怎么的？"

从来没受过这种窝囊气的叶三儿虽然十分恼怒，但想着自己今后的发展，还是强忍住了。他点头回答说："您别生气，我记住了！"

按说这件事儿到这儿也就完了，但事情却没有这么简单。叶三儿虽然低了头，赔了不是，但麻烦还是不肯放过他。一个有了点儿名气的女星朝着这边儿走了过来，她前边负责开道的助理像保护国家政要似的伸出手到处阻挡着其实根本就不存在的骚扰者，嘴里还一个劲儿地念叨着："闪开，快闪开！"

这个剧组的人都靠这位姑奶奶吃饭，当然全都小心翼翼地闪开老远。只有对这一行儿规矩懵懵懂懂的叶三儿不知深浅，一看自己碍不着事儿就没动窝儿，被那个二百五助理一下子给扒拉了一个趔趄。谁知还有比这个更气人的，原本站在他身后的导演不但没给他撑腰，反倒张嘴骂道："你这傻叉儿是个瞎子还是怎么的？不知道躲人啊？"

这句话使叶三儿产生了一种化学反应，就像是《水浒》里原本不想惹事儿的武松，或者是三国里本想朝督邮低低头算了的刘备，他猛地把头一抬，眯着眼睛咬着牙问那个神气活现的导演："你骂我什么？"

导演就是剧组的皇上，显然还没见过这样准备反戈一击的太监。他望着眼睛里几乎要喷出火来的叶三儿张了张嘴，最终却答非所问地回答说："问我干吗？你自己没长耳朵？"

"你再骂一遍！"叶三儿像只暴怒的老虎一样怒视着他冷冷地说道。好在他对面儿的这位虽然是个上路不久的新手儿，但也是个知道好赖的人。导演不愿意明显地暴露出自己胆怯，但还是很有气势地问道："要是我真的骂了呢？"

叶三儿呵呵一笑，望着他很直接地回答说："我活掐死你！"

毫无疑问，叶三儿没真活掐死谁，倒是在剧组开工的第一天弄砸了新饭碗，又只得神情沮丧地回到了生他养他的南七条。

在胡同口，小庆儿还在沉醉地唱着他的歌儿。他周围的那帮半大小子依旧无所事事地围着他起哄，间或跟着来上两句高潮部分的歌词儿。

老孙的小吃部已经停了业，正在装修。据说很快就要重新开业，以一个川菜馆的面目出现了。叶三儿手抄在兜里溜溜达达地走进了胡同深处，像是原本就属于这条河里的一块冰，很快地就融化进了自己原本的出处里。

第二十三章 天上人间

黄德骥自打听说了叶三儿大闹剧组的事情以后，就一直没再来找过他。不仅如此，就连原本还能经常照面儿的夏小菲也不见了踪影儿，如同人间蒸发了一般。李银爱倒是打过几次电话，极力邀请叶三儿去她那里一起干，但不知道为什么，叶三儿感到了一种强烈的不安，直觉告诉他，离这个女人远点也许会对日后他和夏小菲的复合有利，因此全都委婉地拒绝了。在浑浑噩噩中，叶三儿度过了许多无聊但慵懒的时光。这种时光是轻飘飘的，但叶三儿的心情却始终处在沉甸甸的状态。

作为一个有头脑的人，叶三儿在这几次挫折中明白了一个道理——真有机会该着出头的时候任谁也拦不住，该不着的时候与其出去四处碰壁还不如留在家里老老实实地待着。现在显然是机缘未到，叶三儿因此就一直老老实实地待在家里，真正做到了足不出户。不过很多事情都是因为“鬼使神差”。一直在家中静静煎熬着的叶三儿这天突然萌生了想出去转转的念头儿。于是，他真就鬼使神差地走到了街上。

该着这天是个多事儿的日子。叶三儿很快就要给眼前发生的一幕惊呆，从此的生活轨迹也会跟着发生变化，就连跟他相近的几个人也同样在这天，特别是这天下午的这段儿不长的时间里发生不同寻常的事情。

单说黄德骥，他这一天可谓是志得意满，用他的话说就是办成了两件事儿。第一件事儿是他的舅舅忽然玩影视玩腻歪了，把他叫到了面前，指着他说道："打今儿起，半年之内，这个公司就交给你打理了！玩转了，赚钱全是你的！"说到这里，舅老爷洪老板洪剑生站起身点着了一根烟儿抽了一口，继续补充道："亏了也不用你赔，夹着铺盖卷儿滚蛋就是！"

黄德骥被弄蒙了，他愣愣地望着舅舅洪剑生张口结舌一句话也说不上来。洪剑生笑眯眯地望着他说："别这么看着我，我在香港投资了一个项目，刚开张必须要去盯上一阵儿。这儿暂时交给你吧！"

黄德骥抑制住心里的狂喜，装出一副愁眉苦脸的样子问道："我的亲舅舅，我可没独挑过大梁啊？这可是您多年的心血啊。您看这行吗？"

洪剑生很狡猾地一笑，说："那你放心，行不行就看你的造化了。反正资金我全抽走了，能不能玩下去可就不赖我了。"说着，他顺手把一嘟噜钥匙扔给了黄德骥说道："你不是很眼馋我那辆劳斯莱斯吗？先开着玩儿吧！"

黄德骥摇身一变，从一个穷小子一下子上位成了影视公司的老板，虽然没有一分钱资金，但整个公司的壳子却全都给了他。就在他坐在原本属于舅舅的老板台上，把玩着手里的劳斯莱斯钥匙，内心空虚不知所措的时候，公司的会计小张突然打来电话向他报告："老板，上个月拍完的那个电视剧已经被卫视收购了，对方刚才把钱打到咱们的账上了。"

黄德骥心不在焉地问道："多少钱？"

"和计划书上的一样，两千七百万！"小张回答说。

黄德骥在那一刻脑子里只是在反复地想着一句话："妈的，老子有钱了！"他不知所云地跟小张说了两句什么就挂上了电话，然后把自己办公室的门从里边反锁上了之后，就趴在桌上呜呜地哭了起来。直到一个小时之后，他才哭够了坐直了身体。他从包里拿出一张请柬看了看，然后很气派地拿起电话颤抖着拨了一个号码，中气十足地说道："夏小菲，晚上陪我去参加一个晚会好吗？都是些影视圈儿的朋友……"

黄德骥这样做并不是有意气叶三儿，而是没想到他可能会看见这一幕。在他的软磨硬泡下，夏小菲终于答应跟他去吃吃饭饭和出席一下需要带夫人的重要场合了。

得到了夏小菲的允诺，黄德骥换上了自己最好的一身行头儿，亲自指挥着把那辆垂涎已久的二手劳斯莱斯擦了个锃光瓦亮，这才满意地坐了上去，发动起来，朝着南七条的方向开去。

夏小菲原本不想答应黄德骥的这个请求。她现在实在是没心思去跟他参加什么劳什子的晚会，但一想到人家黄德骥能把辛辛苦苦攒起来的三十万块钱交给自己，并且从来没提过一句还钱的事儿，自己也不好在这位发小儿面前太矫情了，于是便答应了下来。

夏小菲按照黄德骥的要求，仔细地化了妆，换上了原本为日后求职准备的那套衣服。准备停当后，她看了看手表，就要动身前往七条胡同口外的马路上去等黄德骥。正在此时，她的手机突然响了。夏小菲一看是黄德骥的号码在不停地跳动，就接了起来。还没等夏小菲开口，黄德骥就急切地问道："准备好了吗？"

夏小菲回答说："准备好了，你在哪儿呀？"

黄德骥说："你出来吧！我把车开到你家门口儿了。"

夏小菲听了马上顺手抄起了身边的皮包，笑着说道："服务到家啊。那好，我马上出去！"

一出门儿，夏小菲看见了穿着打扮很夸张的黄德骥，还有他身后那辆同样很夸张的车，也看见了胡同里最近没少背着她指指戳戳的邻居。本来这南七条就没秘密，夏小菲离婚的事儿在她父母知道之前就已经传遍了整条胡同，要不是夏小菲及时制止，已经由小庆儿的嘴唱了一个下午，达到口耳相传的地步了。

在相对闭塞的南七条，离婚可是个难得的茶余饭后的好话题——尤其是跟房子挂上了钩。有人说别看夏小菲仗着脸蛋好看骗着叶三儿那傻小子领证多得了半间房子，以后成了"二锅头"，谅也不好再嫁了。也有人说是叶三儿在外面勾搭上了女大款，把个没见过世面的夏小菲给甩了。人们因为多少惧怕着叶三儿的武力威胁，因而大部分舆论是诋毁夏小菲以至于她家的。若不是黄德骥那三十万顶着，夏小菲在家里家外都待不住了。

此时黄德骥的闪亮登场，让夏小菲近日来第一次扬眉吐气。在骄傲的个性驱使下，她故意朝着黄德骥把胳膊一伸，给了他一个蚀骨销魂的笑容。黄德骥比得了奥斯卡大奖还兴奋，马上殷勤地小跑过来，受宠若惊地挽住了夏小菲的胳膊，向只有两三步远的劳斯莱斯走去。由于太过兴奋，他根本没有注意到胡同那边正在走来的一个人。

那个人当然是叶三儿，他不仅被眼前发生的一幕给惊呆了，还因此受到了强烈的刺激。因为他看见夏小菲和黄德骥挽着胳膊走向了一辆闪闪发光的劳斯莱斯。特别是黄德骥身上的名牌儿，能让南七条所有懂行的人都嫉妒死。还有夏小菲那张俏脸上满足和陶醉的表情，让他觉得作为一个男人似乎完全没必要再活下去了。

叶三儿感到自己有些晕眩，一时之间竟然不知道该如何是好。很显然，自己绝对管不着已经跟自己解除了婚姻关系的夏小菲了。就连黄德骥也不能说是落井下石，因为他们之间早就有着赌约，他只不过是最后赢得了这场打赌而已，完全无可指责。在这一瞬间，叶三儿终于做出了一个明智的决定——有意地躲避开夏小菲和黄德骥的视线可能波及的范围。可是时间已经来不及了，于是叶三儿情急之下想来个更潇洒的——干脆装出自己已经不再在乎夏小菲了。不料，当那辆劳斯莱斯风驰电掣般地从叶三儿身旁经过的时候，车子里的夏小菲正好看见他这副吊儿郎当、满不在乎的模样。叶三儿哪里知道，他的这个一举动被夏小菲看在了眼里，更是极大地加深了他们之间的误会。正在志得意满的黄德骥却根本没有注意到叶三儿的存在。

其实叶三儿就像秋风中的枯草，那个姿势才保持了半分钟就坚持不住了。就在那辆劳斯莱斯绝尘而去跑远的时候，他只觉眼前一黑腿一软，整个儿人“咕咚”一声倒在了地上。当居委会的大妈指挥着几个治安志愿者把他抬进了值班室的时候，他已经人事不省。

第二十四章 水晶鞋

夏小菲跟着黄德骥走进了到处都让人感到不真实的中国大酒店。通过踩不出声音的红毯，他们来到了西餐厅那两扇足有两三人高的木质大门前。黄德骥很优雅也很自然地挽住了夏小菲的胳膊，并从身上那笔挺的西装里拿出了一份精美的请柬，递到了侍立在门前的侍者手里。

那位身着黑西装衬着雪白的衬衣带着鲜艳的红领结的侍者先是微微鞠了一躬，紧接着飞快地溜了一眼手中的请柬，客气地做了个请的手势，然后对着领子上的便携式麦克风低声说道："制片人黄德骥先生和夏小菲女士到了，你给引一下位，谢谢！"

他的话音刚落，就看见眼前闪出了一位身穿红色丝绒旗袍的礼仪小姐，客气地带着他们进到了大厅里，这才客气地鞠躬走了。马上又有一位身穿白色西装上衣、深色条纹裤子的酒保走上前来，把手中一个明晃晃的银色托盘连同上面放着的满满一托盘酒水托到了很适合他们选择的角度上。黄德骥不无炫耀地拿起一个盛有琥珀色酒浆的广口杯递给了夏小菲，自己又拿起一杯量很少的白酒，这才朝那酒保欠欠身，把头转向了夏小菲。

感觉到自己好像是在看大片一样的夏小菲望着黄德骥奇怪地问道："这里的

人为什么知道我叫夏小菲？”

黄德骥笑道：“这还用问？当然是我事先告诉他们的。”

夏小菲略显嗔怪地说道：“你都跟人家说了，我要是不来你岂不是很丢面子？”

黄德骥玩弄着手里的酒杯目光炯炯地望着夏小菲回答说：“我认为你不会那么让我栽面儿的！”

夏小菲矜持地一笑，不无讥讽地说道：“你凭什么这样认为？是因为你带我这土妞儿来开洋荤，我必须要知足并且表示感谢吗？”

黄德骥郑重地摇着头回答道：“绝对不是！因为我事事处处都在为你着想，你需要我的时候我绝对能冲上去，并且从来不问为什么，我相信你也是！”

夏小菲听了顿时哑口无言，因为黄德骥这句话里除了真诚的态度之外没有半句假话的成分，反倒是自己显得有些矫情。她脸上原本一直保持着的略带冷峻的神色一下子消失得无影无踪，取而代之的是一种温婉和歉疚。

黄德骥很会把握时机地挽起夏小菲，对她温柔地说道：“来吧！让我在大家面前露一次脸吧！”

夏小菲诧异地问：“就凭我？”

黄德骥满怀自信地回答说：“就凭你！在任何人的面前都露脸！”

他们向前走了十来步，转过了一组屏风，来到了一群正在高谈阔论的男女面前。夏小菲心底里那种看大片一样的感觉再次油然而生，而且愈演愈烈。许多原本只能通过电视剧屏幕才能一睹芳容的明星大腕儿，如今就出现在近在咫尺的地方儿。

而黄德骥就像一条被扔进了水温合适的鱼缸里的锦鲤，显得那样自如、轻松。他不失亲热地和一些女性特别是著名的女星周旋着，既不显得下作，也没有故作姿态。他在称颂她们身上的某一件东西时，总能摸透对方的心思，一语中的，说中对方的最爱或是今晚想要展示和炫耀的部分，因此博得一阵欢声笑语。

“你用伊丽莎白·雅顿香水真的很棒，这款白钻的甜香的味道和你今天的感觉一样，甜美、高贵，让人感觉如沐春风，如沐春风啊！呵呵……”黄德骥对一位显然是很有地位但浑身上下没什么明显可以称颂的东西的女人说道。那女人由衷地喜形于色，伸出了大拇指笑道：“有见识！德骥，真的有见识！”

“你这套晚礼服一定是唐娜·卡兰公司手缝的吧？一看就是大师的杰作！以前我们就在杂志里看过，今天可算是开了眼了。这个牌子又前卫又有品位，你太会选了。”黄德骥夸张中带着真诚地称赞起一位最近走红的明星来。那个明星嫣然一笑，小声耳语道：“老黄真懂行，这是我去美国度假定制的。我穿了好几天还没你了解得多呢……”

“只有卡地亚的首饰才能配上你，真的！中国代言人非你莫属！这个牌子一般人还真镇不住。”黄德骥在称颂一位一向以冷峻著称的半老徐娘的时候这样说道。那女士居然展颜一笑，轻轻地朝他一举杯说：“借你吉言！”

终于走到了一个比较僻静的角落，夏小菲笑着说出了自己的真实想法儿：“你们这些人怎么个个都跟卖杂货儿的似的，不是戴着这个就是穿着那个，亏得你都能认出来。”

黄德骥举起自己的杯子跟夏小菲的轻轻一碰，不无豪迈地说道：“这才是生活！是我黄德骥和你夏小菲本来就该拥有的生活！”

夏小菲心里虽然已经有些同意了他的说法儿，但嘴上还是倔强地问道：“为什么这样说？”

黄德骥盯着她的眼睛说道：“咱们虽然出身于南七条，但不可能总是做梦想着老孙的刀削面！”

在接下来的谈话中，夏小菲才开始吃惊地了解现在黄德骥。他已经是成功地鼓捣了两部连续剧，跻身于制片人之列的成功人士了。不能不说黄德骥离开南七条后建造的世界极大地震撼了夏小菲。无论是私密而豪华的会所还是金碧辉煌的酒会，还有那些明星出于对制片人权力的觊觎而不断给予她的微笑和恭维，使这位南七条小屋出身的女子真正地动摇了。

又聊了一会儿，冷餐会开始了。夏小菲看见一队身穿着带有银色扣子白制服、腰里扎着各色腰带的侍应把一些做工精致的餐桌摆好，又井然有序也是无声无息地退了出去。人们纷纷放下手里的酒杯，开始朝着那一长溜儿餐桌围拢了过去，虽然人多，但一点也不显得杂乱。

夏小菲和黄德骥也慢慢地走到了餐桌旁，拿起了一个纯净的白瓷盘，来到了那些精心制作的美味佳肴跟前。夏小菲看见身旁的人净捡着一些绿色植物下手，朝黄德骥投去了略显困惑的一瞥。黄德骥哈哈一笑，走上前轻声说道："别理他们，那是在显示自己吃过见过，返璞归真了。"说着话他指着面前的一道菜对夏小菲小声说道："来，咱们吃这个！葡国咖喱皇炒蟹，味儿特地道！"

就在这时候，一个很有点儿艺术家气质的大高个子笑着走到了黄德骥的面前，上下打量着夏小菲毫不掩饰地大声叫道："天呐！黄德骥呀黄德骥！你怎么会认识这么漂亮的美女？"

黄德骥顺着声音一看，脸上马上绽放出了花一般的笑容，他朝着夏小菲说道："看见没有？肯说实话的不止我一个吧？"

夏小菲受到了两个男人这样露骨的称赞，脸上顿时飞过了一抹儿红霞，愈发显得娇羞可人。说实话，夏小菲忽然有了一种很怪的想法儿——她感觉到自己原本就属于这个阶层，而且是这个阶层的佼佼者，天生应该得到称赞。有了先前的那些历练，夏小菲爽朗的个性也渐渐地发挥了出来，她笑着对那个大个子男人笑着说道："你也很帅！绝不亚于那些明星！"

大个子一听马上喜形于色，鼓掌大笑道："能得到你这样儿的美女称赞，三生有幸！上帝啊，我太幸福了。老黄，你真厉害！"

黄德骥笑着推了一下那个假装疯魔地做了个紧握双手、朝天赞美上帝动作的大个子，朝着一个角落里空着的座位示意道："咱们那边聊聊？"

大个子嘿嘿一笑说："好！没问题！你们先去，我去拿点儿吃的就来！"

望着大个子拿了盘子前去取食物，夏小菲小声问道："这是谁呀？"

黄德骥回答说："著名的导演周小茹啊！正在跟我合作，亲自执导我们公司投拍的《杨柳轻摇》呢。"

刚来到座位上坐下不久，导演周小茹就端着盘子回来了。他一边吃着东西，一边对黄德骥汇报似的说道："放心吧，咱们那边儿全都搞定了，后天一早就开拍了！”说到这里，他又笑着朝夏小菲仔细看了一眼，很友善地笑了笑，然后看着黄德骥说道：“这位姑娘是你朋友？我看应该在咱们那个戏里露上一小脸儿。”

夏小菲听了心中暗喜，她从小就听说过星探，可还是第一次遇到这样的机会。不承想黄德骥笑着说道：“那可不行！这是我的发小儿，已经从小追到大了，不能跟你去演配角！”

话题跟着就变了。周小茹吃惊地叫道：“没那么夸张吧！还从小追到大，唬人呢吧？”

黄德骥很认真但也很失水准地说出了今晚最不上台面儿的一句话：“谁骗你谁孙子！”

周小茹望了望夏小菲，又望了望信誓旦旦的黄德骥，点头说道：“我有点儿信了，真的！”

不知道为什么，夏小菲听了这句话非但没有生气，心里反倒有些感动，因为黄德骥这句话又是那样，除了纯纯的真诚之外，没有掺杂一点儿虚假的成分。

这天的酒会进行到很晚。这个匆匆从外景地赶回来，一见到夏小菲马上惊为天人的周大导演和黄德骥聊了很久，还捎带着说了一大堆恭维黄德骥的话和赞美夏小菲的话。特别是刚才他那句应该让夏小菲在这部戏里露一小脸儿的话，让夏小菲有些想入非非。随着话题转到《杨柳轻摇》的具体操作上，夏小菲一直满怀期待地听着，可她懊恼地发现再也没有半句话跟自己有关。时钟一直走过了十二点，夏小菲还是没有机会让他们再次想起这个话题，她发现自己面前的水晶鞋原来是放在博物馆的展柜里的，看得见摸不着。

说句实话，天底下的美女有哪个能抵挡住这样的诱惑的？古人曾说过“大丈夫身着锦衣不能夜行”，这句话要是套用在美女的身上，就可以改成“长得漂亮，不展示就是犯罪”。

夏小菲虽然这样想，但天生的骄傲和矜持使她没有开口。她不愿意乞求导演给自己一个机会，甚至无法让黄德骥为自己美言一句。因为她很清楚，在巨大的经济链条里，自己的乞求并不是等价交换。

第二十五章 求婚

晚会结束后，黄德骥开车把夏小菲送回了家。临别的时候，黄德骥带着无限依恋的目光注视着夏小菲，过了很久才开口说道：“我想请你明天去怀柔郊游，你看可以吗？”

夏小菲咬着嘴唇进行了一番不可谓不激烈的思想斗争后，期期艾艾地问道：“我琢磨一下吧？不知道明天会不会有公司约我去面试，这样的机会挺难得的。”

黄德骥笑道：“放心吧，哪家公司也没有我的公司适合你！”

夏小菲忽然感到自己的自尊心受到了侵犯，马上瞪着眼睛佯怒道：“别以为有了钱就了不起！”

黄德骥先是一愣，马上又换作原来在南七条跟着她屁股后面跑酷时常有的那般嘴脸，笑着赔起了不是：“您看，您看！我这张嘴越来越笨了，我不是那个意思，我……”

夏小菲看在眼里，心情一下子又舒畅了起来，她望着黄德骥刁蛮地说道：“那你明天早上八点给我打电话吧！我得好好想想。”

黄德骥诚惶诚恐地讨好地说：“好，我八点整给你打电话，分秒不差！”

这一夜，夏小菲失眠了。她感到心中的天使和魔鬼开始了一场你死我活的争斗。代表着正义和正统思想的天使在拷问着夏小菲，问她为什么不珍惜和叶三儿那青梅竹马、相濡以沫的爱情，非要在叶三儿最需要她的时候离开他。难道同生死与共患难就只是一句空话吗？

此时夏小菲心里的那个魔鬼在这个时候粉墨登场了，他替夏小菲辩解道：这难道能怪夏小菲吗？在叶三儿被抓走之后，夏小菲难道不是尽了百分之二百的努力去营救他？难道他不是为了一个女人而造成了这个后果的吗？叶三儿要是对这个叫李银爱的女人没有非分之想，为什么会在刚刚领了结婚证即将和夏小菲举办婚礼之前这样做？这绝不是传统意义上的报恩，难道不是吗！

想到这里，天使显得有些没话可说了。魔鬼的理由却越来越充分，夏小菲几乎在虚空中看见了魔鬼那胜利的笑颜。他理直气壮地陈述了自己的理由——叶三儿亵渎了这份原本纯洁得像雪一样的爱情。你难道没看见昨天他在劳斯莱斯前表现出来的那份无所谓吗？正是因为夏小菲不是他的唯一，他才会如此无所谓。就冲着这一点儿，夏小菲就不该再原谅他！魔鬼斩钉截铁地进行了总结，夏小菲也因此得出了结论，不再去想叶三儿的事情了。

早上七点五十九分，黄德骥准时地打进了夏小菲的电话。夏小菲也在矜持了一会儿之后答应了他的请求。他们开着车沿着高速公路出了城，来到了怀柔地界儿。一路上尽管说说笑笑的，但谁都没有提及那些惹人不快的话题。

转眼之间，车子拐进了一条岔路，眼前的景象也跟着为之一变。长期生活在喧闹都市里的夏小菲吃惊地看见，路上的车越来越少，满眼全是苍翠的绿色。在春天的风中轻轻摇曳的树木和清新的野花构成了一幅让人有重新活了一回感慨的画面儿。

很快，他们把车停在了一座皇帝行宫般的建筑物前。停车场上虽然全是足以在北京使劲儿按上几声喇叭故意引起别人注意的高级轿车，但黄德骥的劳斯莱斯还是受到了保安隆重的礼遇。保安不仅殷勤地进行了引导，还在车停好后，在车的尾部摆上了一溜儿镀着金的围栏。

在这座宫殿般的建筑里边，黄德骥点了几个颇有京郊风情的菜肴，又吩咐沏上了一壶清香四溢的普洱茶。他把精致的水晶玻璃茶盅往夏小菲面前一举抱歉地说道："不开车实在是不方便，但开了车又没法儿陪你喝酒了。"

夏小菲笑眯眯地尝了尝杯子里醇厚的普洱，美目一翻，从一个让黄德骥很难掩饰什么的角度望着他问道："今儿，确实只是来郊游的吗？"

黄德骥带着被看穿了心思的人惯有的那种窘迫，讪笑着回答说："就算是吧！"

夏小菲提高了声音用很悦耳的声音说道："那好，咱们就只谈郊游的事儿吧。"

黄德骥忽然像电影里的慢动作一样，慢吞吞地犹豫着问道："除了郊游的事儿，别的是不是也能聊聊？"

夏小菲听了哈哈大笑，顺嘴说道："当然可以了，谁又没堵上你的嘴。"

黄德骥一边运气，一边咬牙切齿地说道："那我可真说了啊？"

自小一起长大的夏小菲当然能猜到黄德骥想说什么，心里一下子乱了。为了掩饰内心的慌乱，她站起身来倚窗望向远处。在轻轻拂动着发梢儿的清风里，她看见轻轻晃动发出了海潮般若有如无的林涛的林莽。黄德骥一直在默默地等着她的回复。沉吟了良久，夏小菲终于默默地点了点头，轻声回答说："你说吧。"

黄德骥接下来的话不用说也能想到——就是被世上的饮食男女翻版最多的那句台词——他望着夏小菲背影优美的曲线和飒爽的短发说道："夏小菲，我爱你，嫁给我吧！"

夏小菲听了这话慢慢地转回身来，用带着凄绝哀婉的眼神望着黄德骥摇着头说道："我一分钟之前还想着如果你会说这个，我也许会答应你。但我却忽然发现，我真的做不到。"

黄德骥禁不住失声问道："告诉我为什么！"

夏小菲轻声地说道："我忘不了叶三儿，你怎么可能娶这样一个女人？"

黄德骥跺着脚急赤白脸地表白说："你错了！咱们三个人从小一起在南七条长大，彼此心里都会留下深刻的印象，这很正常，很正常！我不会在乎的。"

夏小菲固执地反驳道：“你在乎，你一定会在乎的！”

黄德骥真的急了，他拍着自己的胸脯儿大声说道：“夏小菲，其实我从你小的时候就爱上了你！那时候我混得不好，不敢表白什么。现在我终于有了人模样儿，我愿意给你一切！不管你是不是离过婚，就是当了寡妇我也不在乎！我真的爱你！”

夏小菲感到自己的最后一个心结儿被解开了，终于望着黄德骥不出声儿了。黄德骥像是一个犯了错的孩子乞求家长不要使用暴力一样，用期待的眼神望着夏小菲。直到夏小菲眼睛里的神色越来越柔和，他才从兜里摸出了一枚很璀璨很耀眼的钻戒，手忙脚乱地往夏小菲的纤纤玉指上套。

钻石确实是女孩子最好的朋友，能让人突然产生托付终身的感动。之前叶三儿是不可能给夏小菲买钻戒的，所以夏小菲没经历过这个场面。夏小菲没想到黄德骥这小子准备得如此充分，终于不自主地嫣然一笑伸出了左手，接受了黄德骥给自己的手指戴上紧箍儿的行动。

黄德骥看着高高挑挑的夏小菲接受了自己的订婚戒指，嬉皮笑脸地望着夏小菲，用得寸进尺的腔调儿说道：“抱一下行吗？我都期待了很多年了。”

夏小菲嫣然一笑，很大方地给了他一个深深的拥抱和一个轻吻。黄德骥激动得脚底下忽然莫名其妙地一软，差点栽倒在地上。夏小菲一把拉住他，笑着数落道：“稳当点行吗？”

夏小菲答应了黄德骥的求婚，自己也感到很幸福。虽然黄德骥不是她爱的人，但绝对是爱她的人，老天这样安排一定很有道理。要是能与像叶三儿那样既爱自己自己也很爱他的人相守，出了事情只能加倍伤心。不知道为什么又想到了叶三儿，夏小菲感到自己的心好像被什么刺了一下，尽管很轻，但很疼很疼……

为了避免这种不怎么美妙的感觉继续下去，夏小菲扭过头儿对正沉浸在幸福当中专心致志开车的黄德骥说：“我有件事，不知道你支持吗？”

黄德骥毫不迟疑地回答说：“支持，包括回家去拆房！”

夏小菲笑着说道：“我要在你们公司投资的那部电视剧《杨柳轻摇》中演个

小配角儿。”

黄德骥听了连连摇头。夏小菲忍不住望着这个刚革命胜利就想闹独立的家伙有些愠怒地问道：“怎么了？”

黄德骥坏笑着回答说：“我自己做主的电视剧，我的老婆只能演主要配角儿，而不是什么小配角儿！”

第二十六章 解铃

夏小菲在黄德骥的恳求下搬进了他准备用作新房的一套高档公寓。住到了这套房子里，夏小菲才感到自己前半截儿绝对是白活了。别的不说，就单说这套房子的卫生间都也比自己长大成人的环境要宽松得多。

细心的黄德骥在很绅士地替夏小菲安排好了一切之后，才小心翼翼地告辞走了。那神情就像是刚刚收集到了一个很怕磕碰的瓷娃娃，生怕因为自己的一个不留神，就将她打碎，从而永远地失去她。

黄德骥嬉皮笑脸地告诉夏小菲说："晚上睡觉当心点儿，别遇上了色狼什么的……"

夏小菲啐道："只要你个色狼不来骚扰，别的色狼还瞧不上我呢！"

也就是在这一晚，夏小菲的心境发生了很大的改变。无论是可以溜达上一会儿才能到达另一间屋子门口儿的客厅，还是放置着一个精致的小茶儿和两把舒适程度很到位的椅子还显得很宽敞的阳台，都让夏小菲感到了前所未有的满足。她心里很明确地告诉自己，这才是她所向往的生活。

晚饭的时候儿，估计是早就急着下班儿的黄德骥回来了，身后跟着他的秘书。黄德骥笑吟吟地用打量着艺术珍品的眼神儿望着夏小菲，对身后穿着白领套装的秘书炫耀地说道："看见没有？没瞎吹吧？"

那个女秘书认真地打量着夏小菲，然后很好看地一笑，对夏小菲说道："我们老板今儿下午没干别的，就是一直在夸您漂亮来着，这会儿见到您我才真的信了，呵呵……"

夏小菲用充满爱意的眼神儿看了看仍在微笑着欣赏自己的黄德骥，笑着对那个时髦的女秘书说道："别听他胡说，你才是真正的漂亮人儿呢。"

听到她这句话，那女秘书慌得连连回答说："哎哟，你可千万别这么说！"说着话，她乖巧地放下了手里的一大堆各色袋子，识趣地告辞走了。

望着那一大堆花花绿绿的袋子，夏小菲不解地问："这是怎么回事儿？"

黄德骥得意非凡地回答道："这就是你老公我给你采购的结果，花了小十万呢！"

夏小菲听了重新用目光打量起那些袋子来，看似很随意地问道："和你那个漂亮的女秘书？"

黄德骥点头笑道："当然了！"

夏小菲忽然不满地提高了声音问道："为什么？我不能和你去吗？"

黄德骥坏笑着解释道："别吃醋啊，人家可是服饰搭配大赛的亚军，我就是为了她将来能服务你才把她招进公司来的！"

夏小菲听了满足地笑道："谢谢你了老公！你真有心……"

黄德骥蹬鼻子上脸地说道："我当年就知道你穿多少号的鞋，什么尺码的衣服。"

夏小菲也颇有感慨地随声附和道："是呀，不容易呀！你知道吗，这次的婚礼算是堵住了我们家那几口子的嘴了！"

黄德骥不解地问："他们当初为难你了？"

夏小菲一边翻看着各式各样的衣服首饰，一边叹了口气说道："这事儿其实不赖他们，要换你也得急眼！谁让我们家小呢，我弟弟偏偏在这个时候搞了一个小对象儿。好容易盼星星盼月亮地把我嫁了出去，没承想我半截儿又回去了。别看平时那么黏着我，一有了对象就把我看成了眼中钉、肉中刺，生怕我日后跟他争房产。要不是后来你那三十万救了他的小命儿，还指不定要跟我出什么幺蛾子呢！”

黄德骥笑着劝道：“一个小孩儿，没什么，不用往心里去。好在你爹妈没为难你就是了……”

夏小菲苦笑着说道：“怎么没为难？他们想出的法子更绝，一天到晚总想着把我赶紧随便找个人嫁出去，哪怕是嫁给天蓬元帅也行！”

望着夏小菲的脸上浮现出不愤的颜色，黄德骥赶紧笑着想岔开这个话题，打着哈哈说道：“幸亏刘德华什么的那段时间没来北京，要不你爸妈还真没准儿把你给推销出去了，呵呵……”

夏小菲略显怨毒地冷笑着：“还刘德华呢？你认识咱们七条的老郭吗？”

黄德骥大惊失色地叫了起来：“该不会想把你嫁给老郭吧？那可可恨了！再说老郭也不会那么没有自知之明吧？他可是早就丧了偶，还带着一大帮的孩子啊！”

夏小菲冷笑道：“哪呀？他真的去相亲了，只不过没进门就让我给骂出来了！不仅如此，这段时间他们什么人都介绍，还包括有钱的残障人士呢。我可算是一下子阅人无数了。”夏小菲自嘲地笑道。

黄德骥哀号道：“你妈他们真是太有才了！”

夏小菲说道：“一方面是沾了叶三儿的光，没进洞房就变成了二婚。二来也是因为人穷志短，我也不怪他们了……”

黄德骥低声咕哝道：“叶三儿真他妈害人！”

夏小菲没想到这话题越说越离谱，也不想再说这些没劲的事情了，赶忙收拾起那些袋子，站起身柔声对黄德骥说道：“老公，咱们吃饭吧！”

细心的夏小菲早就给黄德骥准备了一顿地地道道的家常饭菜。当菜端上来的时候，黄德骥忽然得意非凡地举起腕子使劲儿地咬了自己一口，由于很用力，他“哎哟”一声叫了出来。

夏小菲诧异地看着他问道：“干吗呢？这饭菜不是已经上了桌儿吗？怎么还兴吃自己的？”

黄德骥攥着被自己咬疼的腕子站起身来，志得意满地回答说："太幸福了，所以我总怕是做梦，这才……"

夏小菲看着黄德骥脸上满溢的幸福感，感动地说道："真想不到你竟然真的是个性情中人，但叶三儿怎么就会那么不珍惜呢……"

夏小菲无意中又提到了叶三儿，黄德骥闷不作声地夹了一口菜，放进嘴里慢慢地咀嚼着，不再说话了。夏小菲也意识到这个话题会很刺激黄德骥，马上和解地笑了笑，对他解释道："我没别的意思，只是咱们自小一起长大，不知道咱的事儿会不会刺激他？"

黄德骥微笑着抬起头，轻轻地叹了口气回答说："说真的，作为发小儿，我又何尝不希望他能赶紧混出个样儿来呢。"说到这里，他忽然又很仗义地望着夏小菲说道："说真的，要后悔你现在还来得及。"

夏小菲听了当即怒道："怎么，我看是你后悔了吧？"

黄德骥苦笑一声说："我怎么会后悔呢？我是怕为了想让你幸福却害了你。"

夏小菲想了想说："你也知道，我夏小菲是个什么样儿的女人！当初叶三儿出事儿的时候我就知道，就算不是他的错儿，有那个李银爱在，这事儿也简单不了。"说到这里，夏小菲顿了顿又接着说道："我是一个简单人，只想痛痛快快地去爱，纯粹干净就可以。谁知道到头来却落得这样儿的下场，唉！"

黄德骥望着夏小菲一脸痛惜的模样儿，想了想提出了自己的看法儿："其实这件事儿谁也不赖，叶三儿按照当年的标准那么优秀，你是作为咱们南七条最美的女孩没道理不爱他，这是顺理成章的事情。但叶三儿和咱俩一样，要不豁出命去奋斗就得永远甘心当一个安善良民，算计着柴米油盐过一辈子。要是努力了最终却失败了，最终还是会成为一个胡同儿里的混子，注定不会有出息。可咱们三个却偏偏有都不属于这个假设里的前者。不瞒你说，当初我们都知道你发的那个誓，所以还曾经打赌谁先买了房子谁就娶你。呵呵，够傻的吧。可谁让你漂亮呢？我们也没错儿，改变自己的生活，娶回自己心爱的女孩儿，这官司就是打到老天爷那儿也输不了！"

听着黄德骥的话，夏小菲很认可地点了点头。不知道为什么，一向做事很有主见的她今天竟感到十分茫然，很想听听靠着自己的努力成为成功人士的黄德骥的话。

黄德骥望着夏小菲貌似认可了自己的说法儿，掏出一支烟点上，吸了一口稳定了一下情绪，才又接着说道："叶三儿跟我比，各有一个优势。说真的，要是改革开放前那一阵子，肯定他赢，我也许直接就认输了。但现在不一样，我有个经商的舅舅，他身边正好需要我这么个人，可他只能去找自己的路，结果却遇上了李银爱。咱们再说李银爱吧，她也没错儿，喜欢叶三儿这样的好男人无可厚非。"

夏小菲听得有些糊涂了，不解地问道："难道这件事儿里边就没有错的人吗？"

黄德骥抽了一口烟抬起头摆了摆手，制止了夏小菲的话头儿，又自顾自地说道："你没错儿，李银爱没错儿，我和叶三儿没错儿，甚至林福生也没错儿！"说到这里，黄德骥激动了起来，他在烟灰缸里掐灭了手中的烟，挥舞着双手继续分析说："你还别嫌我说的尽是废话！正是这些全都没错儿的人，在接下来的事情上全都或多或少地犯了错儿，改写了自己的命运。"

夏小菲忽然感到自己这些年真是不应该忽略黄德骥，他竟然有着这样清晰的思路和敏锐的思维，难怪他能成功。她用鼓励的眼神儿看着侃侃而谈的黄德骥做了个手势，让他再继续说下去。

得到了来自夏小菲的鼓励，黄德骥就更加来劲儿了："李银爱不该主动去勾引叶三儿，叶三儿也不该在心里认可这份感情，伤了你的心。今儿要是叶三儿也在，他肯定会使劲儿地解释他打林福生只是为了报恩，没有一点儿别的意思。但这绝对不可能，因为只有一个男人觉得一个楚楚可怜的弱女子需要自己呵护的时候才会挺身而出，哪怕是刀山火海都敢下，这其实就是内心里悄悄地背叛！"黄德骥一语诛心地说。

夏小菲很认可黄德骥对叶三儿的分析，马上陷入了沉默。过了一会儿，夏小菲终于开口打破了两人之间的沉默，温柔地笑着对黄德骥嗔怪地说："好了，关于我和他事儿这一篇儿就算是翻过去了，你再白话，这饭菜就全凉了。"

黄德骥听了赶紧赔着笑说道："就是，吃饭！赶紧吃饭！"在使劲儿地扒拉了两口饭以后，黄德骥才笑着解释道："今儿我这样说，是为了让你解脱出来。我虽然不是那个系铃的人，但眼下解铃的工作还就剩下我行了。放下心结，大把好日子还等着咱们呢！"

夏小菲笑道："你说得对，曾经跟我领过结婚证儿的叶三儿不必再提了。我想咱们还是应该关注一下和咱们一起跑酷的那个叶三儿。朋友一场，在我获得解脱的同时，我也想让叶三儿最终获得解脱！"

黄德骥很认同地点了点头，盛了一勺汤回答说："没错，应该这样！"

看着火候儿已经到了，夏小菲给黄德骥提出了一个简单的要求："毕竟是发小儿，你要是有机会就偷偷地帮助帮助叶三儿。他的路也还长着呢……"

现在的黄德骥早已经不是两三年前那个小角色了，这样的要求自然马上能给予满足。他放下碗筷称赞说："这么些年还真没吃过你做的饭，味道实在是地道！"他想了想说："我看这样吧！我准备让那个剧组把叶三儿找回来，给他个挣钱却没多大用途的闲职。机会不是别人给的，需要自己慢慢地品，慢慢地熬，你说对不对？"

夏小菲用感激的目光望着黄德骥，使劲儿地点了点头。

第二十七章 婚礼

黄德骥和夏小菲这种举案齐眉的神仙眷侣般的日子大约过了十几二十天，经过双方家长的认可，两人终于举行了一场盛大的婚礼。这场盛大的婚礼无论是规模和豪华程度全都让南七条的街坊们叹为观止，大开了眼界。连小庆儿这样的人都忍不住羡慕地说道："黄德骥这个王八蛋真是趁不少糟钱儿！太牛叉了！"

他们结婚的那天，南七条所有能挨上边儿的街坊邻居全都得到了实惠。不仅老孙家新开张的川菜馆被黄德骥包下，从上午就开始摆上了流水席，只要是在门口儿的签名簿儿上画两笔，进门就能享受抽不完的中华烟、喝不干净的青花瓷二锅头。

接亲的时候，在开路的丰田霸道后面，就是黄德骥那辆劳斯莱斯，再往后边跟着一拉溜儿崭新的红旗旗舰版，足有十几辆。关于为什么要选定红旗这种车型，黄德骥对婚庆公司给出的解释是："我们南七条的人最认这个，觉得他们全是中南海里开出来的！"

总之，黄德骥在南七条充分地展示了一回自己强大的实力，让他们带着敬畏和艳羡的心理，参观了一回几十年内没出现过的盛况，从而至少在短时期内失去了传播闲言碎语的勇气。据说赵大爷那天最激动，他望着穿戴着凤冠霞帔的夏小菲，忍不住失声叫道："妈妈哟！这哪儿是他妈的娶媳妇儿？简直是往宫里接娘娘啊！"

婚车绕着三环开了一圈儿，黄德骥和夏小菲又出现在了国贸附近的一处高档建筑里。在这儿咱们也别提它的名字了，反正不仅是北京人，只要是中国人就应该都知道。

刚才还是一身凤冠霞帔的夏小菲换上了一袭洁白的有两米长拖尾的婚纱、戴着两克拉的钻戒，踩着从大堂一直铺到宴会厅的红毯，和身着燕尾服的黄德骥在神圣的《婚礼进行曲》里漫步走进了高朋满座的宴会厅。夏小菲的身后，是六个托着婚纱裙摆的花童。那些衣冠楚楚的绅士淑女看到了新郎新娘入场，立即报以一阵雷鸣般的掌声。无数侍者立即施放了拉花儿，四周点燃起冷烟火，现场的气氛浪漫迷幻。

在漫天飘落的花雨中，夏小菲真正地陶醉了，她感到自己已经变成了世界上最幸福的女人。在她身边，黄德骥脸上也带着抑制不住的幸福和大丈夫生当如是的感觉。的确，如今他得偿所愿，真的没什么可再奢望的了。

就在黄德骥和夏小菲登堂入室的时候，一个人漠然地坐在马路对面儿的公园里，独自一个人望着天空发呆。虽然他脸上没有眼泪，但心却在滴血。不用问你也能猜到，这个人就是叶三儿。

叶三儿出神地看了一阵儿之后，在明净蓝天上看到了一些别人看不到的东西。那是一种在天空中到处飞窜的无形的物质，但上蹿下跳却总也摆脱不了天空的束缚。叶三儿知道，这就是那种被称为奋斗的东西，没人知道它们下一步的发展方向，也不会有人知晓它最终的去处。因为它之中被包裹在蓝天之中，穿出大气层的机会不是没有，但实在是渺茫。正如自己，尽管他永远在不懈地努力，但结果却不一定尽如人意。

在得出了这个结论之后，叶三儿终于获知了蓝天的真实面目——它其实就是永远默默地左右着人们的喜怒哀乐，主宰着世界上所有生长与消亡的王者，它的名字叫作命运。在和几乎涵盖了一切的命运对决了几分钟之后，叶三儿没有屈服，最终选择去抗争。他对着茫茫苍苍的天空说道："看着吧，我一定要赢得这场赌约！"

和夏小菲的婚礼结束了，黄德骥也开始为了生活而奔波。他平时基本上一周总有一两天回不了家，不是因为新的项目醉卧桑拿，就是为了跟某些想用项目让自己的利益最大化的老板们吃吃喝喝，最后不明不白地被人抬进各种休息场所昏睡不醒。但黄德骥是个细心的人，不仅次日都要对夏小菲进行一番详细的解释外带诉苦，通过感叹生活的艰辛来赢得夏小菲的安慰，之后还会再给夏小菲的卡上打进一笔让她目瞪口呆且不知道该怎么才能用掉的钱。

然而，夏小菲突然发现如愿以偿地过上了梦寐以求的日子后，自己其实并不感到幸福。她变成了一只被关进了金丝笼子的八哥儿，抑或是一只昂贵但只具有观赏价值的花瓶。她不自然地想起了和叶三儿一起跑酷时的情景，那时候尽管很穷但充实。因为总是沿着这条思路去想，她又难免回忆起了两人以往在护城河边遥望故宫时的那一幕幕，进而有了很多现在完全不该有的感觉。

夏小菲感到了自己日渐危险的思想，便开始试图寻找一种让自己再次变得充实的途径。于是，她购买了健身卡，办了美容卡，甚至还成了许多高档女子俱乐部的成员。每当她拿到了一张这样或那样的金卡或是白金卡的时候，黄德骥总是大声称赞，并且连眉头也不皱地掏钱买单。尽管如此，注定不是一个庸庸碌碌的圈养女人的夏小菲还是感到很无聊，并准备向黄德骥提出，必须要给她一些具体的事情去做。

黄德骥当然不会被这种小小的问题难倒，他马上对夏小菲解释说："你不说我也正要告诉你呢，咱们那个电视剧《杨柳轻摇》播出后效果很好，第二部下个月就要开拍了。昨天我还跟周小茹提到你，他们正在改剧本，增加一个专门儿属于你的角色，到时候你就该抱怨累，而不是闲得发慌了！"

夏小菲听了很高兴，搂住黄德骥使劲儿地亲了一口说："太好了，我早就等着这一天呢！"

黄德骥很潇洒地回答说："放心，你说过的话就是咱们家的圣旨！我绝对不敢忘。"

出了门儿之后，黄德骥赶紧拨通了导演周小茹的电话，急赤白脸地对他说道：“哥们儿，赶紧让编剧给增加一个女配角，既不要影响剧情，也不能戏太少，要体面的那种，听见没有？”其实，他早就把被自己标榜为圣旨的事情忘在了脑后，因为答应了夏小菲才赶紧行动了起来。

剧本果然很快送来了，夏小菲开始安心地在家等着电视剧开拍，除了读读剧本，她大多数时间还是一个只能靠挥霍来弥补内心空白的贵妇人。最重要的是，她并没有忘记叶三儿，总是在各种间隙想起他。而这一点，黄德骥是不可能没有感受的。黄德骥只是在心里暗暗地发着狠，极力地掩饰着自己。

第二十八章 认赌服输

不知道出于什么样的心理，黄德骥拨通了叶三儿的电话，张嘴就说："哥们儿，咱们打赌的事儿，嘿，嘿，不好意思，还是我赢了！"

叶三儿原本想好好地把黄德骥骂上一顿，但听他这么一说，反倒不好说什么了。因为两人打赌的事情千真万确。自古道"认赌服输"，人家赢了只能证明人家本事大，自己还有什么好抱怨的？叶三儿支吾道："好，哥们儿！你真是好记性，还记得这事儿呐！"

黄德骥诚恳地说道："说实在的，拿自己的老婆打赌真是有点儿不着调！这也就是一句笑谈罢了，我打电话是想问问你，有什么能帮上你的？"

叶三儿冷笑着说："算了吧，我已经混得够惨的了，要是在这个节骨眼儿上再让您赏口饭吃，那我就是死了阎王也不饶我。您新婚燕尔的还是好好过吧！就别为我操心了。"

黄德骥赶忙说道："别价呀，咱们可是哥们儿，说到底也是从小一起长大的发小儿。"

叶三儿因为想起现在每天和黄德骥卿卿我我的人正是自己深爱的夏小菲，感到心里一阵无法忍受的剧痛。他郑重地对黄德骥说道："德骥！好好对夏小菲，她是一个好姑娘，要不我当了鬼也不依你！”

黄德骥还想再说什么，叶三儿已经挂上了电话，任凭黄德骥再怎么拨，也不肯接听了。

就在黄德骥连着拨了十几个“您拨叫的电话正在通话中”之后，终于放弃了努力，自言自语地说道：“这个叶三儿今儿是怎么了，不是阎王就是鬼的，别是要想不开吧？”但这个念头儿仅仅像叶三儿那个赖以成名的跑酷绝技“浮光掠影”一般，很快就被他推翻了。因为在他的心目中，叶三儿是一个很坚强的人。

其实，聪明绝顶的黄德骥这一回真的错了。这时候的叶三儿已经不再那么坚强了，就算是盖世英雄，也是属于乌江自刎前的楚霸王一类的末路英雄了。他真的厌倦了这个世界，恼恨这个世界的原因就只是两条儿。一是分配机会实在是不公平，他连番奋斗却始终不能成功，还向着反方向发展，连原本的一切也失去了。二是太没有人情味儿，严酷的现实让他失去了夏小菲。这难道不是和十冬腊月抢走一个乞丐最后一件衣服一样吗？叶三儿可忍不了这个，他恨恨地想：你不让我好好活，我干脆不活了！

夏小菲跟黄德骥结婚的消息如同鱼雷般威力强大，一旦打在他这艘千疮百孔的破船上，自然会引起灾难性的效果。再加上黄德骥今儿这么一个带有明显的补偿和怜悯性质的电话，爆发也是理所当然的。挂断了黄德骥的电话后，叶三儿开始了自己的行动。

沐浴更衣后，叶三儿从里到外换上了李银爱送给他的那套行头，照着镜子想：“李姐，感谢你有先见之明，先是胡乱掺和让我把夏小菲拜托给了黄德骥，连装裹也给预备好了！真是太谢谢你了！”

之后，叶三儿出了门儿打了一辆车，直奔自己那个梦开始的地方——故宫外边的护城河而去。他准备将自己的皮囊抛弃，离开这个冰冷的世界，再重新投胎做人。

来到了杨柳依依的护城河边，叶三儿忽然感到春天的风竟然是这样的冰冷，连自己涌出的泪水也在一瞬间被它冷却，冰凉地停留在脸上，陡然增加了一种悲怆的感觉。他缓缓地闭上了眼睛，开始回味着自己和夏小菲在这里发生的一切。他过电般体验完这种感觉，开始决心和这种撕心裂肺的感觉彻底告别。他希望自己尽快去喝孟婆汤，把今生变为前世。就在一切准备妥当的时候，忽然有人使劲儿地拍了拍叶三儿的肩膀儿，用很生气的语气说道："想死是不是？"

叶三儿扭头儿看，只见一个鹤发童颜的老人出现在他的面前，一双眼睛里满是愤怒和揶揄的神色。那老头儿一头雪白的头发半根儿不乱，一双眼睛鹰隼般炯炯有神，再加上一身白绸子练功服，一看就是练家子。叶三儿心里这个懊丧啊，心里说，我怎么这么倒霉，连死也有人拦着。他想了想终于开口说道："大爷，你误会了，我好好的哪能想着去死啊？"

那老头儿微微一笑，望着他说道："小子！我今年八十二了。知道再往前推上八十年是什么年代么？我只想告诉你，想自杀的人全是孬种，没一个好玩意儿！"

叶三儿听了，又被触动了心里的伤口，喃喃地说道："大爷您也真是，既然人家不想活了那就自然有活不下去的理由儿，您干吗临死还刺激别人？"

不料，那老头儿却没有沿着这个问题继续说下去，而是抽冷子问道："是走投无路的逃犯吗？"

叶三儿下意识地摇了摇头还没答话，就听见老人又问道："那就是家里遭了惨祸，没了今儿下晚儿的饭食儿？"

叶三儿一听这个气呀，心说，你烦不烦？这都什么年月了，哪儿还有吃了上顿没下顿的？于是他把脖子一梗说道："大爷，你好像是出来遛弯儿的吧？赶紧该上哪儿就上哪儿吧，我干什么跟你没关系！"

没想到那个老头儿根本不理睬他的蛮横，而是在下一个猜测中击中了叶三儿的要害："那肯定是媳妇儿跟人家跑了？"

望着叶三儿没了词儿，眼里也现出了悲苦的神色，老头儿证实了自己判断的正确性。他使劲儿地往地上吐了口吐沫，大声骂道："看他妈你这点儿出息！为了个女人就想着轻生，你的命怎么那么不值钱！你爸、你妈当初真不如养一条狗！那样儿到了冬天还能给他们焐焐脚。养你个王八蛋，真是白养了！"

叶三儿被这句话骂得再也没心思去死了，愣愣地站在当场，一句话也说不出来了。就在他尴尬的时候，一个女子突然出现，朝着老头儿鞠了一躬用一种软软的听起来很悦耳的南方话说道："谢谢您大爷，我们再也不吵架了，给您添麻烦了！"说着，她拉起叶三儿就走。

望着他们的背影儿，老头喃喃自语道："孩子，别嫌大爷嘴损，不这样儿还真救不了你！"

第二十九章 谍影重重

叶三儿做梦般逃离了现场，这时才注意到，拉自己走的这个女子就是那个曾经在同一家公司里当过优秀员工的林晓丽。他诧异地望着林晓丽失声叫道：“怎么会是你？你不是回家结婚去了吗？”

林晓丽妩媚地一笑，回答说：“我怎么会轻易嫁人？如今好男人真的很难找到了。”

叶三儿自失一笑，低下头不好意思地回答说：“想不到竟然是你救了我。”

林晓丽咯咯地笑着说道：“我怎么了？我本身就是个很传奇的女子嘛！昨天我掐指一算，知道你今天命里该有一劫，所以就赶来搭救你了，呵呵……”

原本还一心想着去死的叶三儿被那个老头儿一番严厉的训斥，心里已经感到了惭愧。他原本以为自己死后最少能被人当作痴情的男子称颂，谁知竟然连狗都不如，因此也就打消了死的心思。人就是这么怪，想死的时候可以什么都不想，连害怕也可以抛在一边儿。现在一旦不想死了，心底残存的斗志却一下子被激发了出来。这时的叶三儿又开始琢磨起卷土重来，从头收拾他的旧山河了。

叶三儿听了林晓丽的话，也不禁莞尔。林晓丽看在眼里，马上拍着手叫道：

“哇，笑了！这下子我相信你不会再去死了！”

这句话尽管不怎么中听，还给叶三儿招来了一些路人好奇的目光。但从她那一脸关切的神色上，叶三儿不难判断出这个女孩是真的为自己的新生高兴。

“咱们去喝点东西怎么样？”林晓丽提议说。

叶三儿不好意思地说道：“我……我没带钱……”

林晓丽捂着嘴笑道：“知道了啦，哪有出来寻死还带着巨款的？我请客，走！”

说着话，林晓丽不仅伸手拦住了一辆出租汽车，还殷勤地给叶三儿拉开了车门儿。正好有一对儿谈恋爱的青年男女从他们的身边走过，那个男的不无羡慕地对自己的女友说：“你看人家，你以后学着点儿！”话音未落却被他的女朋友狠掐了一把，女友很泼辣地骂道：“德行样儿！”

出租车从神武门前转到了景山东街，穿过繁华的平安大道，把他们送到了目的地什刹海边儿上。叶三儿望着林晓丽说：“怎么想起来这儿了？”

林晓丽有些刁蛮地说道：“怎么？只许你和李银爱来，就不许我来吗？”

叶三儿听了哑口无言，只得笑着回答说：“姑奶奶，别提这个茬儿了，我跟着你走还不行吗？”

他们在一家藏式酒吧里坐了下来，叶三儿看着林晓丽要了一杯藏式甜茶，忽然想起了一首歌，便点了一杯经过欧化处理的青稞酒，坐在那里慢慢地品尝起来。

“你怎么会找到我？”叶三儿放下酒杯，提出了自己心中的疑问。

林晓丽望着叶三儿一笑，直截了当地告诉叶三儿：“我一直在找你，不想却在那里碰见了。难道不是天意吗？”

叶三儿想起了自己刚才的狼狈相儿，不好意思地笑了笑。他望着穿着冲锋衣和牛仔裤的林晓丽问：“你一直在找我？有什么事儿吗？”

林晓丽听见叶三儿问，忽然间变得郑重其事起来，不再是原来那副嘻嘻哈哈的样子了。她并没有马上回答这个问题，而是挥手叫来了服务生，对他说道：“给我一杯青稞酒，和他那个一样的！”

叶三儿敏感地觉察到，林晓丽这样做肯定是要靠酒来提高自己的勇气，由此可见她将要说的事情一定也很重要。他端起酒杯和已经端到了林晓丽面前的那杯青稞酒轻轻一碰，浅浅地喝了一口，摆出了一副倾听的架势。

林晓丽也端起来酒杯，猛喝了一杯青稞酒之后，开始讲述了。通过林晓丽的讲述，叶三儿吃惊地发现，自己正在步入一个充满了阴谋的场景。原来，正是这个林晓丽当初利用他们的信任偷走了公司的全部客户资料，给了那个特意把她安插进公司的叔叔林福生。

说完这些事情之后，林晓丽把眼睛一闭，不敢正视叶三儿，胆怯地问道："你现在可以打我了！"

望着眼前这个在清纯背后隐藏着如此巨大的秘密的姑娘，叶三儿的眼里闪过一丝怒火。但这怒火很快就平息了。太多、太严酷的现实已经让他不再那么冲动了。更何况，不知道为什么，叶三儿从很久以前就对林晓丽抱有一种莫名其妙的好感，就算在得知了事情的一切真相之后，仍旧还是这样。

经过了一阵沉默之后，叶三儿推开酒杯慢慢地站起身来，态度明确地表示："过去的就让它过去吧，不过你和你叔叔真的很谍战！我要走了，感谢你能告诉我这一切！回去转告你叔叔，就说我叶三儿真的很佩服他！五体投地！"

叶三儿说完就想朝外边走，却被林晓丽硬拉着坐了下来。她告诉叶三儿："你那句话我是没办法替你转告了！"

叶三儿重新坐了下来，望着林晓丽不解地问道："怎么？你叔叔出国了？"

林晓丽摇着头回答说："你还不知道吧，他一个月以前就遇到车祸，现在已经是植物人了！"

叶三儿听了笑了笑，没有就这个问题给出评论。林晓丽却说："这下子老天爷替你报了仇，你这方面的心事应该能放下了吧？"

叶三儿正经八百地摇着头说道："你错了，我现在只有一个仇人，那就是我自己。"

林晓丽自然知道叶三儿的所指，她回避了这个问题，单刀直入地说道："我想跟你一起干一番事业，可以吗？"

看着叶三儿直愣愣地望着自己，林晓丽进一步解释道："这回是真的，没有谍战的成分。"

叶三儿"扑哧"一笑，用揶揄的眼神望着林晓丽说道："姑娘，咱们俩是好朋友。以前是，现在也是，你说我要是有事儿可干，会去自寻死路吗？"

林晓丽说道："话不是这样讲的，我以前没把你当成过朋友，现在却可以考虑这样做了。"

叶三儿听得一头雾水，狐疑地望着林晓丽问道："为什么会这样说？"

一向爽朗活泼颇具现代女性气质的林晓丽竟然涨红脸，忸忸怩怩地好半天才低声回答说："因为我以前爱上了你，即使当时的对手是李银爱也没想过服输！我觉得你是一个好人，可以信赖的好人。这一点不是随随便便就可以评价的，咱们毕竟在一起共过事情的。"

叶三儿苦笑道："看来我真是命犯桃花啊！"

林晓丽浅笑着说："说明你走桃花运的嘛。"

叶三儿懊恼地哀号道："还桃花运呢！对我而言简直是桃花劫，桃花煞！"

林晓丽没有继续沿着这个话题说下去，而是叹了口气不再言语。不知道是由于内心激荡的缘故，还是那杯青稞酒发生了作用，她的脸上红扑扑的，倒很像是一朵桃花。

叶三儿叹了口气对林晓丽说："我要让你失望了，我这辈子不可能再有爱情了。要是继续活下去并且再萌生爱意的话，恐怕也只有对夏小菲了。"

林晓丽干脆地回答说："那是你的事情，我说的是以前。我们南方人很实际，咱们现在谈的是事业，不是爱情！今后如果你爱上了我我会优先考虑你，你去爱别人跟我也没有关系的啦！拜托搞搞清楚，好不好！"

叶三儿把两手一摊，无可奈何地说道："就算这样，但你说我现在还有什么事业可言？实话跟你说吧，眼下我连个最起码的工作机会也没有！"

不想林晓丽却叫道："你当然没有，可我有的啦！"

叶三儿不解地问："什么机会？"

林晓丽回答说："实话告诉你，我已经给咱们想好了一条路。按我的计划发展下去，人生很快就会改变。你可以去干你想干的事情，我也可以留在北京了，这样不好吗？”

作为一只受过伤的动物，叶三儿并没有急于追问林晓丽到底掌握了什么商机，而是很干脆地问道：“我凭什么相信你？万一又是谍战怎么办？”

这句话气得林晓丽跺着脚对他低声吼道：“叶思安，你以为你现在是什么？谍战你有用吗？电视剧看多了是吧？”

叶三儿想了想笑道：“倒也是，你说来听听吧！”

林晓丽白了他一眼说道：“这个态度还像回事儿！”说完之后，她便讲开了自己的打算。

通过她的讲述，叶三儿才知道，如今林晓丽在一个香港摄影师手下当助理，她是想让他也去那里一起学习摄影技术并挣一份工资。

叶三儿这时哪还有这个心思？当时就摇头谢绝道：“算了吧，晓丽，谢谢你还想着我，我现在这个心境哪儿还能踏下心来当学徒？”

谁知，林晓丽却一语诛心地说道：“你干脆再回去护城河那里死吧，估计这会儿那个老人家应该已经回家了。你现在会的不足以搏击这个世界，实现你的想法或是野心，不会的又不想去学，真后悔刚才没推你一把！”

叶三儿苦笑着望着林晓丽，揶揄地笑着问道：“跟你去学照相就可以实现野心了吗？”

林晓丽点了点头回答说：“别小看这个，要不人家摄影师为什么会巴巴地从台湾跑来这里？”

叶三儿心里好像明白了什么，若有所思地点着头，过了好半晌才问道：“你是不是有什么计划？”

一看叶三儿这样问，林晓丽才恢复了笑容说：“当然，你不会认为我不想当老板吧？”

叶三儿连忙正容问道：“那你具体说说……”

林晓丽把自己的另一个计划告诉了叶三儿的时候，叶三儿听得很专注。在他那张重新恢复了自信的脸上，林晓丽分明看见，叶三儿的眼睛中闪动着一种刚才没有过的目光。那是一个男人的信念，是一个想要实现心中渴望着的幸福的表露。

在最后下定决心之前，叶三儿严肃地问：“最后一个问题，为什么要这样做？”

林晓丽啐道：“刚才说过的啦，人家原来爱你的嘛。”

叶三儿依然严肃地回答说：“现在呢？告诉你千万别往这边儿想，我不想骗你！”

“那好，我们就当合作伙伴吧！反正你是个好人，跟着你比较安全！”林晓丽略显遗憾地回答说。“学到了本事咱就另起炉灶，帮助你找回失去的一切。叶思安！”林晓丽坚定地说道。

叶三儿也激动了起来，真诚地对林晓丽说了声：“谢谢！”

第三十章 剧组

来到了《杨柳轻摇 2》的拍摄现场，夏小菲算是大开了眼界，感觉哪儿都很神奇。她走进一号外景地的时候，正赶上导演周小茹正在指挥着大家拍摄国民党士兵抓捕地下党情报员的一幕。

由于没见过电视剧到底是怎么拍的，夏小菲很感兴趣地挤到了前面，伸长了脖子往里张望。不想，一个穿着国民党军官服的大汉使劲儿地瞪了她一眼，大声嚷道：“往后站，往后站！一会儿把你也拍进去了算怎么回事儿？”

夏小菲吓了一跳，忙不迭地往后退去。这一情景正好被刚刚拍完了一个镜头的导演周小茹看见，他赶紧站起身来，笑着跑过来对她打起了招呼：“哎哟，我当是谁？看看，看看，大水冲了龙王庙了不是，呵呵……”

说着话，周小茹一侧身，把夏小菲拉进了圈子里，然后头也不回地对那个国民党军官说道：“你今儿真是戴着眼镜来的！该拦的一个没拦住，最不该拦的你却真给拦在外边儿了，真棒！”一席话说得那个大汉低下头，不敢吱声了。夏小菲看在眼里暗暗称奇，想不到导演竟然是如此威风。

在导演专用的监视器旁边儿，周小茹笑着告诉夏小菲：“来得正好，马上就拍下一个镜头了，先跟着看看吧！”说着话，这位文质彬彬站起身来已经像是变了一个人似的，扯着嗓子对周围正等着他命令的人们喊道：“赶紧的，拍下一条儿！张家二少奶奶自杀！各部门注意，预备！”

夏小菲看见，随着周小茹的命令，刚才还在场子边儿上嘻嘻哈哈的一个女演员忽然间拉下了脸，做出了一副地球上最少有十亿人欠了她的钱，有九亿已经表示不还还有一亿干脆卷款私逃找不到下家儿架势，很快地入了戏。

周小茹这边儿刚一说开始，她就“嗷”的一声儿朝着一口井去了，慌得扮演丫鬟的两个演员赶忙死死地抱住她，拼命地劝解。其中一个实在受不了这个刺激，竟然“扑哧”一声笑了出来，惹得周围围观的人一片哗然。气得周小茹跺着脚骂道：“笑什么笑，再不长记性，下回让你演个被鬼子轮奸的，看你还笑不笑！”这句话把那个女演员骂得低下了头去，一张脸涨得通红，再也笑不出来了。

那个准备投井的女演员也勃然大怒，骂了句：“靠！这都什么事呀？”说完扭头就走，周小茹连叫了几声也不肯停下，扭搭扭搭地自顾去了。

夏小菲忍不住问道：“这主儿谁呀？脾气可是够大的……”

周小茹尴尬地笑着解释说：“她叫王茜，咱们组的女二号。嗨，本事大，脾气也就大呗，呵呵……”

在第二天的上午，夏小菲也正式进入了角色。她换上了一件丫鬟穿的紧身儿小袄，头上还被梳了两条辫子，看上去很清纯可爱。鉴于她的特殊身份，周小茹还特意给她说了说戏：“您演的这个丫鬟不是一般的丫鬟，有着地下党的身份……”

说着，周小茹还把一只做工十分精细的道具手枪交给了夏小菲，指着场中扮演革命者的女一号说道：“她就是你的主人，你很敬佩她。待会儿一看见叛徒上来，二话别说，踹开门儿就是一枪！”说着，周小茹特意指了指女二号王茜：“这就是叛徒！”

预备的命令下达以后，女一号躺在地上做出了伤重后的痛苦姿态。王茜手里拿着枪得意地指点着她冷笑着说道：“投降吧，要不就只有死路一条！”

副导演很自然地在夏小菲身后一推，夏小菲马上就冲了上去。她对于演员这个行当儿倒是丝毫也不发怵，一来她早就干熟了主持人，从那次演出后走了不少穴；二来她练习跑酷多年，身手特别的矫健。只见夏小菲入画之后二话不说，踹开门对着扮演叛徒的王茜就是一枪。随着音响效果的发生，王茜捂着肩膀儿就跑，这场戏只拍了一次就顺利地通过了。

镜头结束之后，那个很有点儿名气的女主角走过来朝夏小菲一笑："演得不错啊，很有点儿气势！"

而女二号王茜却仰着头从夏小菲的身边无视地走过，一副趾高气扬的样子。

电视剧拍摄现场的一切都对充满了好奇的夏小菲具有很大的吸引力。她顺利地扮演了那个小角色。尽管只有几句台词，出场的概率也不够高，但这却极大地满足了她的心理。兴奋之余她也渐渐发现了一些问题——扮演女二号的女演员王茜不仅对自己总是有意地避开，每次见到黄德骥的时候神情还很不自然。凭着一个女人的直觉，夏小菲意识到这里边有些不对劲儿，但又不知道自己是哪里惹了她，因此也没往深处想，转脸儿就把这件事忘在了脑后。

其实王茜之所以敢在剧组这么嚣张，还是仗了黄德骥的势。因为前一段儿在拍摄《杨柳轻摇 1》的时候，黄德骥还没有把握能娶到夏小菲，因此就把王茜列入了今后妻子的候选人之一，并且还加意地笼络了一番。自打黄德骥跟夏小菲的婚礼盛大举行，把本来还在拿搪的王茜弄得十分恼怒，不但不依不饶地勾搭着黄德骥，还对夏小菲有了一种莫名的仇恨，一心想着要利用她不在黄德骥身边的这段时间重新掌握主动权，就算是不能让黄德骥为了自己抛弃了夏小菲，也要把他的家庭彻底搅乱，来个两败俱伤。打定了这样的主意之后，王茜在一次野外拍摄结束后，躲在一个无人的角落，拨通了黄德骥的电话。

踌躇满志的黄德骥这时候正在筹拍下一部都市偶像剧，刚刚缓了一口气儿，就看见电话上闪动着王茜的电话。皱了皱眉头之后，他终于还是接听了。

"你个小山雀，娶了媳妇儿就把我忘了是怎么的？人家可是很想你呀……"王茜嗲声嗲气地说道。

黄德骥打着哈哈说道："哪里，哪里！最近我这不是特别忙吗？没顾上跟你联系。你最近的戏挺紧的吧？"

王茜一针见血地指出：“我的戏紧不紧不重要，我看是你老婆看得紧吧？”

一听王茜的话茬儿下了道儿，黄德骥感到有些不耐烦，于是就顺水推舟地回答说：“是呀，你不说我还真不好意思提，我那老婆是挺冲的，咱们以后有机会再联系吧！”

王茜听到这里，冷哼了一声说道：“别过了河拆桥啊！忘了上回你是怎么把我骗到手的了吧？我可是忘不了啊，女人都狠毒，你要小心了呀！”

黄德骥一听就有点慌，赶紧用教训的口吻说道：“王茜，你到底想干什么？别太过分了，听见没有？”

一看黄德骥的口吻越来越硬，王茜也变了调儿，恶狠狠地说道：“你占了便宜就想当正人君子了？告诉你，你的祸事来了！我已经怀孕四个多月了，等拍完这部片子，你就等着抱儿子吧！”

曾经和王茜有过一夕之好的黄德骥一下子慌了，但还是故作镇定地回击道：“别扯淡了！我知道你肚子里到底有没有孩子？吓唬谁呀？”

王茜平静地回答说：“这不要紧，等孩子生下来咱们算日子就是了。”

黄德骥这回更害怕了，有些慌乱地回答：“就算有，我怎么知道是我的种儿？哼！”

王茜笑道：“没关系，亲爱的！到时候凭DNA说话吧，现在医学多发达啊。”

话说到这个份儿上，黄德骥只能自认倒霉了：“你想要多少钱？开个价吧！”

王茜带着猫戏弄老鼠的腔调说道：“钱？我不稀罕！我就得嫁给你！”

黄德骥央求道：“好王茜，求求你给个机会吧。我现在可是有老婆的人了。别逼人太甚啊！行不行？”

王茜带着满意的笑容说道：“好吧，我可以想想，你先买一辆跑车给我吧！省得总是坐大巴，把你的孩子颠登坏了。”

夏小菲当然不会知道黄德骥和王茜私下里的这些破事儿，还照旧很愉快地待在剧组里，没有顾及王茜阴毒的目光。很快，她也有了一个好朋友，一个活力四射、天真可爱的姑娘徐颖。在夏小菲看来，徐颖除了比当年的自己“二”一些之外，其余的地方竟然很像自己。特别是徐颖是个热心人儿，总是张罗着跑前跑后，把夏小菲照顾得很到位。两人一来二去成了无话不谈的好朋友，剧组的生活也因此轻松愉快了许多。由于徐颖是个配角里边的老戏骨，夏小菲通过她也对这个行业有了较深的了解。

第三十一章 打女

一天中午吃饭时，跟夏小菲要好的女配角徐颖告诉了夏小菲一个好消息，编剧跟导演开会回来，决定给她加戏，以后几乎每场都有她的镜头。因为徐颖最近成了编剧的女朋友，正好得发腻，她提供的消息绝对准确。

《杨柳轻摇 2》接着第一步的剧情发展，也是一部年代戏。夏小菲扮演的是女一号的侍女甲。原本的剧本上，她有限的几次出场全都是跟在身为地下党的女一号身边，常常跟女二号演对手戏。这回戏一改，她被女一号派往了解放区，跟女二号一起出镜的变成了由徐颖扮演的侍女乙，她也开始出现在八路军的队伍里。

当天下午，夏小菲对徐颖笑着说道："行啊，你这个编剧男朋友没白交！再这么下去该轮着你演解放军的女首长了！"

徐颖笑了笑，忽然对夏小菲说道："我算什么？你看人家王茜，最近不知道勾上了哪个大款，跑车开上了不说，听说还特意给她加了不少戏、单独买了服装呢！"

经徐颖这么一提醒，夏小菲才发现，女二号王茜的戏明显多了起来，平时只要耍小脾气的王茜也开始涨了大脾气。不仅经常对跟组的编剧横挑鼻子竖挑眼，有时候甚至连剧组的皇帝——“导演”也敢顶上两句。每回一拍完当天的镜头，她就开自己新买的跑车飞也似的离开剧组不知了去向，弄得组里人人侧目。

夏小菲不禁暗暗地想：“这个狐狸精到底是傍上了谁？是导演周小茹还是其他什么人，这一段儿时间，除了自己以外，几乎人人都受过她的气了，回头得跟黄德骥叨咕叨咕。”

原本以为不会找自己晦气的夏小菲真的错了。王茜越来越不可一世，很快就找麻烦找到了她的头上。那天傍晚，夏小菲正和徐颖站在路边闲聊，冷不防一辆红色的跑车旋风一般地从她面前掠过，差一点儿就刮到了她。夏小菲望着惹了麻烦后视而不见停好车就想走的王茜，大声叫道：“等会儿！你差点儿撞到人知道不知道？连句客气话都没有啊？”

王茜白了夏小菲一眼，不屑地“哼”了一声说道：“是你自己站的不是地方儿，怎么反倒怪起了我来？”

夏小菲一听这个气呀，伸手拦住了甩着片儿汤话仍旧不肯停留的王茜，沉声说道：“慢点儿，你还没道歉呢！不准走！”

对于王茜的潜在身份，导演周小茹也是刚刚闹清楚的。前一段黄德骥特地来找他说了这事儿，这才有了改戏、把夏小菲从女二号身边调走的事情。制片人的妻子和情人干架的消息传到了他的耳朵里，他无可奈何地对前来报信儿的副导演说道：“你来得不是时候儿，我肚子疼得已经站不起来了，哎哟，哎哟……你自己处理一下吧。”说着，连句话也没撂下，捂着肚子就逃离了现场。

副导演也是个混老了的油子，知道打架的都是不好惹的主儿。一看导演跑了，自己也赶紧脚底下抹油，躲到了一边儿，偷偷观战。

这里主事儿的不敢出头，那边看热闹的人却有了机会。所有的演职员都停下了手里的事儿跑过来围观。平时都是自己演戏，这回好不容易当回观众，大家的热情自然是空前高涨。几十个人一下子把夏小菲和王茜围了个水泄不通，想走都走不了了。

夏小菲原本不想惹事儿，看见王茜实在不肯道歉，教训了她几句拉着徐颖就准备走开。谁知，王茜却还以为夏小菲怕了自己，贱嘴贱舌地说了一句：“就凭你还敢跟我叫板，没人要的烂货！我要是你妈，生都懒得生你！”

骂完之后她得意扬扬地转身就走。却冷不防被夏小菲回转身来，一把薅住了头发，厉声喝道：“你刚才骂我什么？敢不敢再说一遍？”

面对出手狠辣的夏小菲，王茜一边使劲而挣扎着，一边不干不净地继续骂道：“松开我！要不姑奶奶我整死你！”

夏小菲平时虽然做人十分低调儿，不想惹是生非，如今又顾忌着自己制片人老婆的身份，不想往黄德骥的脸上抹黑。但这回面对王茜赤裸裸的侮辱，她实在是忍无可忍，决心好好地教训她了。想到这里，夏小菲猛地一提王茜的头发，迫使她扬起了脸来。另一只手使劲地扇了她两记耳光，然后猛地一松手，任凭她很难看地倒在了地上。

这个王茜也绝，人还没倒在地上，哭声却已经传了出来，她一边在地上努力地坐起来，嘴里哭喊着：“看见没有，制片人的老婆欺负人了！泼妇！女流氓……”虽然她的音量不小，效果和演技也不差，但因为平时人缘太“好”的缘故，人人都抱定了看热闹的心思，没一个肯上来拉架。

由于倒地后的王茜骂得太凶，夏小菲只得二次过来修理她了。只见夏小菲一把把王茜拉了起来，一个漂亮的背摔，“咕咚”一声把她撂倒在地上，摔得王茜哭喊着求饶道：“我服了，姐姐！饶了我吧，尿都给摔出来了……”

夏小菲一看王茜的下身果然湿了一大片，也懒得再跟她计较，冷冷地问道：“还骂人吗？”

王茜哭着求告说：“不敢了，再也不骂了……”

夏小菲听了伸手把她拉了起来，然后带着徐颖雄赳赳地走了。也不知道是谁带的头，人们哄然叫起好来。副导演见势赶紧叫随组的医生快来看看。可王茜却执着地拒绝检查，一瘸一拐地自己走了。

也不知道是王茜还是周小茹打了电话，黄德骥很快就知道这件事情。他亲自打来电话，无可奈何地对夏小菲说道：“老婆你怎么回事儿？跟人家吵架还带动手的？你真把剧组当成咱们南七条了……”

夏小菲打完了王茜也觉得有点儿不好，期期艾艾地对这电话那头儿的黄德骥说道：“哎呀，老公！你是不知道，她嘴太损，要不是侮辱我说得太过分，我才不会动手呢！”

心里有数的黄德骥打心眼儿里知道王茜是个什么货色，叹了口气回答说：“下回遇事儿你可得忍住火儿啊！你可别忘了叶三儿是怎么栽的……”

挨了打的王茜变得老实多了。不管后期女二号王茜多么风光，但她曾经被夏小菲打出了尿来的笑话还是广为传颂。王茜从不以为忤，即使听见了也佯装不知。她这段时间表现得一直很小心，不仅见了夏小菲总是远远地躲开，有意回避着跟她再次直接冲突。一旦剧组没事儿就开着跑车呼啸而去，总是摆出一副急匆匆要去拯救地球的样子，没人知道她到底在忙活什么。

在王茜的提议下，周小茹抢先把有她的所有镜头都拍完，让她第一个离开了剧组。临走那天，王茜冒着再一次被夏小菲打出尿来的危险，径自走到夏小菲面前轻声说道：“夏小菲，你够狠！我惹不起你，但我走之前必须要告诉你一句，你迟早会栽到我的手里！”

望着说完这句话逃也似的转身就走的王茜，夏小菲冷笑着回答说：“随便，我等着这一天！”

黄德骥很快便接到了王茜的电话。王茜在电话里哭哭咧咧地对他说道：“老公，你赶紧跟这个泼妇离了婚把我娶了吧！”

黄德骥听了没好气地回答说：“凭什么呀？”

王茜突然换了一种腔调儿对黄德骥说道：“要不我回到北京就去告你强奸我！”

黄德骥也恼了，提高了声音说道：“我看夏小菲揍你揍得还轻！随便吧！”

王茜阴笑着说道：“先别急呀，老公！等我到了北京给你看看我准备带去报案的证据，你就不这样说了。”

黄德骥一听有点慌神儿，赶忙改口说道：“别价呀！你回来我先给你压压惊，请你来顿鲍参翅肚的大餐怎么样？万事好商量嘛！”

黄德骥忽然间没了底气，是因为他突然想起了那个和王茜幽会的夜晚。为了寻找刺激，他的确是跟王茜玩了点儿变态的游戏，要是王茜真把这些东西拿去报案，任谁也会相信她所说的全是事实……

第三十二章 裂缝

时间真快，一晃儿就是好几个月。前一段时间因为收视率较高而拍了续集的《杨柳轻摇 2》的摄制工作终于结束了，剧组这个临时集体也同时宣告解体了。

通过在剧组几个月的摸爬滚打，夏小菲感到活得很充实。在这个新鲜的环境里，夏小菲不仅接触到了很多对她来说属于未知领域的新鲜事物，还着实在这个小圈子里恶补了一回社会知识。她原本生长的南七条和后来接触的大学毕竟太单纯、太单纯了。新婚的她，有几次很想回家去跟黄德骥团聚一下，却总是赶上黄德骥特别忙，每次通电话总是听到他唉声叹气地解释道：“老婆啊，我这都快想死你了！但眼下实在是忙得掰不开镊子了，呵呵……”

夏小菲对黄德骥的这一番一成不变的表白总是表现得十分宽容，只是偶尔在心里实在落寞的时候调侃上一句：“我说黄德骥！怎么好像这整个儿世界上除了你就是你大哥最忙呀？真是的！”

黄德骥几乎每次都会上当，老是傻傻地问道：“我哪个大哥呀？你给提个醒儿……”

夏小菲每逢这时候老是很得意地说：“美国那个卷毛儿的奥巴马呗！”

好在黄德骥对这样的抱怨从不多说，而是一味儿地道歉。久而久之倒让夏小菲感到很不好意思，觉得自己没有尽到妻子的责任。他们之间还形成了一个不成文的默契——每到这时候黄德骥肯定会大大的往夏小菲的卡上打一笔钱来以示慰劳。想想自己从小日子就过得艰难，能找到黄德骥这么一个绝版的好男人，已经属于侥幸中的侥幸了。因此夏小菲也不多加抱怨，而是知足地过着这种日子。

直到有一天，徐颖匆匆跑来找她，亲热地搂着她的脖子发起了嗲，请她帮一个忙，这才引出了一些蛛丝马迹，使得夏小菲平静的日子开始山雨欲来风满楼了。不久之后发生了一件天塌地陷的大事情，让夏小菲的世界全面坍塌。

看着绞股糖似的鳔在身上的徐颖，夏小菲嗔怪地推了她一把说道："疯什么疯？怎么总是小神经似的？不怕以后没人敢要啊！"

徐颖是夏小菲忠心耿耿的伙伴儿，她此时做张做智地说道："没人要就没人要呗！有什么了不起的。"

夏小菲笑道："那你以后怎么过？别现在嘴硬，到时候你就知道了！"

说着笑着，徐颖忽然搂住夏小菲小声地说道："姐呀，帮咱个忙呗……"

夏小菲很爽快地把徐颖的身子扭过来面向自己，认真地点着头回答说："说吧，丫头！上刀山还是下火海？都没问题！"

徐颖听了高兴地马上又抱住夏小菲，使劲儿在她的脸上亲了一口叫道："谢谢了，你真是我的亲姐！"

夏小菲笑着一把推开了她，往椅子上一坐问道："说吧！能办咱们马上就办！"

徐颖望着夏小菲说道："我的内线儿告诉我，你家黄大哥的一个铁哥们儿最近正在搞一部连续剧，说清朝的事儿。我想在里边演一个小角色，你让黄大哥给咱打个电话呗，行不？"

夏小菲一听，用手指点着她笑道："就你鬼心眼子多，这小道消息的渠道还真不少！"说完这句话，夏小菲拿出了手机，很快地拨通了黄德骥的电话。

"喂？我在开会……"黄德骥接了电话之后不仅显得呼吸有些急促，甚至还有些畏畏缩缩。夏小菲忽然感到有些不对劲儿，因为那声音里分明带着几分运动过后的成分。

“开会？开什么会？”夏小菲狐疑地问，“你怎么好像刚跑完酷哇？”

黄德骥很快就恢复了镇定，哈哈笑着回答道：“哪儿呀？这不怕迟到刚跑到会议室门口儿嘛！”

夏小菲不知道为什么心里忽然感到有些不快，马上提高了声音说道：“我说黄德骥！我很快就要回去了，你可别乘我不在搞什么歪的斜的啊？要真那样……”

黄德骥好像急于要结束这次谈话，当即笑着说道：“行了，我这不是忙着呢吗？有事赶紧说吧，呵呵……”

夏小菲说道：“你有个朋友最近要拍一部电视连续剧，关于清朝的是不是？”

黄德骥马上回答说：“没错儿呀，你怎么知道的？”

不知道为什么，夏小菲心里忽然间感到很烦，一股火儿直往上蹿。她不想再啰唆些什么，只是强压着火气说道：“我一个姐们儿叫徐颖，想在里边演个小角色，能不能？”

就在这时，电话里忽然传来了一个很轻的声音，好像是一个女人在慵懒地舒展着腰肢。就在夏小菲准备就这个声音对黄德骥进行质问的时候，黄德骥很痛快地答应说：“就这事儿呀，没问题！快要开会了，我得关机，待会儿我给你打回去！”说完就挂上了电话。

徐颖没心没肺地向夏小菲道了谢，又准备天南海北地神吹海侃。冷不防被夏小菲笑着把她推出了门去：“先回去，待会儿他回了电话我第一时间告诉你！我想先躺会儿……”

打发走了徐颖，夏小菲心烦意乱地躺在床上。她把双手枕在头下，望着天花板琢磨起了黄德骥那个让她颇为不快的电话。但不快归不快，这个电话到底有什么不妥，问题出现在哪里呢？答案很快就有了，因为刚才有两个问题实在是可疑。首先是黄德骥刚才没有按照以前的习惯叫她老婆。再就是以黄德骥现在的身份根本没谁会让他跑着去开会，还得关上手机。很显然，前者是在回避什么人，后者则是生怕自己再刺激到这个神秘的人。

“难道是黄德骥背着自己找了女人？”夏小菲不太自信地想。于是她在心里马上打定了主意：再见到黄德骥的时候必须让他做出合理的解释。“不管怎样，自己离家还是太久了一点吧……”夏小菲默默地想。

快要吃晚饭的时候，导演周小茹在楼道里遇到了郁郁寡欢的夏小菲。他笑着对夏小菲说：“想家了吧？”

夏小菲正想要摇头表示否定，但周小茹却已经大笑着指着夏小菲说道：“看看被我说中了吧？哈哈……”

受到了周小茹的感染，夏小菲的心情也好了很多，腼腆地一笑算是默认了这个主观臆断的推论。周小茹看在眼里，更加高兴，紧接着说道：“放心吧！咱们的镜头已经拍完了，明儿中午吃过杀青饭你就可以回去找你的郎君了……”

恰好这时夏小菲的手机突然响了，夏小菲一看是黄德骥打来的，马上接听了。

“老婆，你交给我的那事儿已经办好了，让你那姐们儿下周一去找我那哥们儿，一提我名儿就成……”黄德骥笑嘻嘻地说道。

夏小菲忽然间不想再跟黄德骥再聊了，马上不耐烦地回答说：“我知道了，你挂了吧！继续开你的会吧！”说完也不管黄德骥怎么解释，就挂上电话，还顺手关了机，把反思的空间留给了新上任的丈夫。

尽管这样做了，但夏小菲还是有些自责，她打心眼儿里认定黄德骥不会犯这种低级的错误，可能是自己离家太远，所以疑心太重了吧？

第三十三章 偶遇

第二天中午，《杨柳轻摇 2》的剧组吃完了杀青饭，还没等周小茹的讲话结束，大家便欢呼着各奔了东西。夏小菲本来准备马上乘车赶回北京，好好地审问审问已经在心里成了嫌疑人的黄德骥。但就在她准备出酒店大堂的时候，突然听见有个女人在叫自己的名字，不由得扭过了头去。

出现在夏小菲面前的女人竟然是李银爱，夏小菲万万没料到会在这里意外地见到了这位久违的熟人。她先是一惊，但马上就恢复了常态，笑眯眯地点了点头，开始仔细地打量起同样正在偷眼审视自己的李银爱来。

夏小菲发现，多时不见的李银爱竟然愈发丰腴迷人。一套一看就是正版的香奈儿高级成衣穿在身上——这是成衣系列中本年度最打眼的蓝色抹胸装——使得她显得有些艳光四射。一条长款丝巾瀑布般地从李银爱的脖子两边流泻而下，衬托得她落落大方、雍容华贵。尤其是她身上佩戴着的 CHANEL 高级珠宝，由于和服装的搭配得体，竟然凭空营造出了一种凛然难犯的气质，绝对能配得上她女强人的气质。

李银爱也对于夏小菲的变化也感到十分意外，这个原本浑身上下洋溢着青春的野性之美的小女孩，如今已经变得成熟、奢华，像个贵妇。本来就身材高挑的夏小菲，已经把一头短发留长后在头顶上巧妙地挽了个高高的发髻，既自然清新又贵气十足。夏小菲那雪白的长脖子上垂吊着一颗硕大的水滴型独钻，简约的镶嵌彰显出了主人高贵的身份。她身上穿着淡蓝宽松短衬衫搭配宽松阔腿牛仔裤，配着脚下一双精致的豹纹靴子，随意中显得优雅，又带了几分张狂。

此时的两人显然都为自己的装束而自豪，没有因为疏忽而使自己在这次偶遇中尴尬。也同时认同了对方的装束，完全没有了想借此压对方一头的心思。毫无疑问，她们现在各自都用顶级的装束包裹着，尽管风格迥异，却无可挑剔。

这次见面令她们都感到十分意外。夏小菲忽然由黄德骥那鬼鬼祟祟的电话联想到了叶三儿。不知道为什么，夏小菲算是落下了一个终生难以治愈的病根儿——只要一想起叶三儿，她的心脏就会产生一阵剧烈的收缩，丝丝拉拉地隐隐作痛。也许是太久没见到叶三儿这个冤家了，夏小菲竟然对李银爱也难以再生出恨意，而是笑着伸出手笑道："李姐，咱们真是有缘，想不到又见到你了。"

李银爱也赶紧笑着紧走两步，迎上去把她那张芙蓉面堆满了笑容，热切地回应道："就是的，真是人生何处不相逢啊！呵呵。"

说完这句话，李银爱忽然开口说道："要是妹妹你没什么急事儿的话，咱们聊聊如何？"

夏小菲想了想点了点头回答说："那好，咱们就到下边儿咖啡厅去叙叙旧？"

李银爱很有气势地回过头对身后不远处的一群人吩咐道："你们先去安排住宿，我先跟一个姐们儿聊会儿天儿！"

李银爱这么一说，那群人马上答应着朝着大堂走去。就在这时，夏小菲居然看见了那群人里有一个很像叶三儿的男人，抱着孩子从不远处一闪而过。夏小菲的脸上顿时变了颜色。

李银爱看出了夏小菲的脸上表情的变化，马上笑着解释道："别误会，那人不是叶三儿！那就是那个当年跟野女人跑去匈牙利的负心汉，现在又回来了。"

夏小菲一听释然了，心中也明白了李银爱当年一眼看上了叶三儿的原因。赶忙笑着说道：“恭喜你们破镜重圆啊！”

李银爱笑着说道：“我如今已经原谅了他，我们已经复了婚。”说着用手朝那人的背影一指继续说道：“我们已经有了孩子，就是他抱着的那个。我现在的宗旨就是走到哪儿就把他和孩子带到哪儿，再也不分开了。”

说着话，两个人已经来到了设在酒店大堂的咖啡厅，找了个清静的地方面对面地坐了下来。随意点了两杯咖啡。其实她们都是怀着同一种心思，想打听一下叶三儿如今的状况。夏小菲虽然绝对属于南七条里飞出来的金凤凰，李银爱无论怎么讲也算是个成功人士，但叶三儿这个男人抑或是大男孩在这两个女人心中激起的波澜此时还没有散去，只是随着各自境遇不同程度的改变，慢慢地变成了微微涟漪。现在两人一旦相遇，不免又起到了一石激起千层浪的作用，心中又开始沉浸在那段其实没过去多久的往昔之中。

好在时过境迁，两个女人如今都已经不再那么激情燃烧了。她们默默坐下之后，李银爱端起了自己要的那杯拿铁，用小勺慢慢地搅拌着，等着夏小菲开口讲话。夏小菲也喝了一小口自己最喜欢的卡布奇诺，望着杯子里的泡沫儿发愣儿。

一阵沉默之后，还是李银爱率先开口，打破了两人之间的沉默。她干笑着说道：“真是太巧了，我今儿正好因为一笔生意住在这里，缘分啊……”

夏小菲无声地一笑：“没错儿，不仅在同一个屋顶下，还在酒店的大堂里喝咖啡，总觉得跟做梦一般。”

两人感慨了一阵意外的邂逅，又开始陷入了沉默之中。刚才见面时的惊喜，这会儿已经慢慢地冷却。两人都吃惊地发现，自己和对方其实没什么话好说。

在彼此用复杂的眼神对视了一阵之后，李银爱微微一笑直接问道：“冒昧地问一句，你和叶三儿……”

夏小菲发现，原来总爱颐指气使、盛气凌人的李银爱如今身上多了许多人情味儿。她苦笑着摇了摇头说：“如今我老公也是你的熟人，但不是叶三儿。要不刚才我看见你那位，还以为他就是呢，呵呵……”

李银爱很急迫地问道：“你们为什么没成？”说完这句话，她马上想这完全是由于自己的搅和，便不好意思地闭住了嘴。

夏小菲倒是大方，笑着说了句：“姐姐是贵人多忘事啊……”

李银爱恢复了镇定，望着夏小菲真诚地说道：“真对不起，都怪我！那时候真是鬼迷了心窍！”

夏小菲幽幽地答道：“没什么，现在一切都已经成了过去。”

又聊了一会儿，两人便各自直奔主题。夏小菲问：“当时咱们约定好叶三儿由你负责，你们为什么没成？”

李银爱笑道：“我还以为叶三儿跟你在一块儿呢，我想我那五十万算是白花了，他一门心思地爱着你，根本就对我没有任何意思，作为一个女人真是失败啊。所以还不如大气一些，放手算了。”

夏小菲不解地问：“你们当初在那公司不是？”

李银爱继续慨叹道：“他自始至终没对我有过任何表示，自始至终也只是我一厢情愿！本来还真没什么，但是看到他为了我铤而走险，我当时也是一时冲昏了头脑，想要为了幸福冒一回险。”

夏小菲瞪大了眼睛，带着无比震惊的表情问道：“你们俩没什么，那他怎么会替你去打林福生？”

李银爱不及思索地回答说：“那时候他因为一心想买房子娶你，我只能从多方面来帮助他。我觉得他之所以为了我去拼命，完全是为了不欠我的情，一点也没有爱意，只不过是以这种方式报恩……”说到这里，李银爱忽然恍然大悟地叫道：“天呀！这不会就是你没有嫁给他的原因吧？”

夏小菲郑重地点了点头，望着李银爱回答说：“没错儿！我一直认为他要是不爱你，就不会替你去赴汤蹈火的，看来我真的错怪他了！”夏小菲说这句话的时候，李银爱注意到，她的脸上全是负疚甚至是悔意，整个人好像在这一刹那光华散尽，突然间衰老了许多。

她们又谈了很久，才相互告辞离开。在这次谈话中，李银爱告诉夏小菲，自己如今已经找回了当年的感觉，生活得很幸福。只是因为自己当年的过火儿行为，耽误了他们的幸福。说到这里，她又极力地称赞起对爱情很是忠贞的叶三儿，并说自己已经很久没他的消息了。

夏小菲半晌无语，只是魂不守舍地回答说：“这就是命运啊，谁也不怪！”

李银爱见状赶忙安慰道：“人如何能和命争？认了吧……”

李银爱吃惊地发现，夏小菲原本永远带着高傲的脸上隐藏着一种难以言传的东西，也许是对叶三儿的愧疚，也许是和命运抗争的勇气……

第三十四章 谜底

夏小菲在返回北京的途中，心里一直很郁闷。因为不论她闭上还是使劲儿地睁开眼睛，叶三儿的样子总是在眼前晃来晃去，怎么也不能消失。夏小菲没想到叶三儿的事情竟然是这样的实情，一个对自己痴心不改的汉子，被自己冤枉成了这个样子。想到这里，夏小菲的眼角儿流出了眼泪，她感到自己在这件事情上完全充当了一个彻头彻尾的糊涂蛋、一个自以为是的傻瓜，甚至是间接谋杀叶三儿幸福的恶魔，已经到了罪无可赦的地步。

夏小菲所乘坐的大巴车在日落之前开进了北京的城区。此时的天边布满了怒火般的晚霞，这个情景在夏小菲看来完全没了美感，简直像是威猛、恶毒的地狱之火一样，无时无刻不在烧灼着她的心脏。在一阵阵难以抑制的阵痛当中，夏小菲忍不住面向苍天，对着神仙居住的苍穹喃喃说道：“对不起了，叶三儿……”

夏小菲的念头儿一旦转到了叶三儿身上，就再也无法跳转到别处了。一种想要见到叶三儿的冲动充盈着她的全身。正巧，她坐的这辆大巴进城的路线途经南七条附近。看着周围熟悉的地标，一股热血涌上了夏小菲的胸膛，她顿时拿起了自己的拉杆箱，走到了正在专心驾驶的司机旁边，指着马路对面的南七条方向对司机说道："师傅，麻烦您给停一下，我要下车！"

夏小菲下车的时候，晚霞已经消失，路灯开始散发出柔和的银辉。一阵阵很是舒爽的晚风迎面吹来，原本应该感到无比惬意的夏小菲却感到这风很是麻烦，被风吹起的一丝丝的碎发撩拨得她心头冒火，很想找人干上一架。走着走着，夏小菲突然停住了脚步。因为她面前的哪里还是什么南七条？几个月的工夫，这里已经被拆成了一片瓦砾。

夏小菲的目光沿着瓦砾当中那条过去一直以为很直但现在看在眼里却是弯弯曲曲的马路不断地向远处延伸。在视线的尽头儿，一片拔地而起的居民小区已经破土而出，整体结构已经搭建得差不多了。一种时过境迁、恍然如梦的感觉袭上心头，夏小菲叹了口气，刚刚准备不顾一切去见叶三儿的念头也逐渐被理智所代替。她意识到自己已经不再是这块土地上骄傲的平民公主，这顶桂冠早在这里还保持着原貌的时候就已经失去了。她也不再是让这里唯一的一位跑酷王子心仪的姑娘，因为她已经嫁作人妇，相见只能是徒增彼此的苦痛，不如怀念吧。

想到这里，夏小菲决定先回自己的领地，去给事先没有得到通知的黄德骥一个惊喜。她甚至已经不再想去追究那个很带着一些暧昧色彩的电话，准备以后慢慢地找个合适的时机再说。

夏小菲伸手打了一辆出租车，说明了自己的目的地，开始朝着自己的家奔去。她准备明天回娘家一趟，再从那里侧面打听一下叶三儿的消息。尽管当时她是为了救他脱离囹圄之灾，才和李银爱定下了那个比叶三儿跟黄德骥为谁娶自己而打的那个赌还要荒唐的赌约，但她自问，自己真是仅仅为了这个才离开叶三儿的吗？如果非这样说，某些苍白的借口根本就立不住。这里包含着很多东西：有她夏小菲的偏听偏信，有她的主观臆断，更有着她心底里多年来想摆脱贫困、攀龙附凤的可耻的情结。现在想想，整件事情毕竟是太荒唐，太儿戏，也太疯狂了。

夏小菲转悠了一圈儿最终回到了自家居住的小区。这里虽然没有叶三儿曾经带给她的那种惊心动魄的爱情，却有着黄德骥带给她的满足和富裕的生活，真实地滋养着她。

就在夏小菲调整着满怀的惆怅向家中走去的时候，她也许永远不会想到，与此同时，在她刚刚注视过的那片瓦砾尽头儿的一间周转房里，叶三儿正在那里独自凭窗凝望着夜空。

自从叶三儿到了那家台湾影楼上班之后，发生了太多的变化。他身上那股总是像出了鞘的剑一般的锋芒渐渐收敛起来，取而代之的是一种男子汉的成熟。最近叶三儿混得不错，好像天生就对摄影很有灵性的他，表现出了惊人的进步。首先，他画面感很好，只要是他摆的位，把眼睛一凑近照相机的取景框，一张很好的照片马上就会浮现在眼前。其次，他对光影的处理十分独到，总能设计出出人意料、时尚感十足的效果。

除了灵性，叶三儿也对摄影表现出了强烈的热爱。这位很年轻就开始当师父的人，竟然心甘情愿地当起了徒弟，到处学习摄影技巧。为了使自己的技术不断精进，他还特意拜访了原来北京很有名的国发照相馆的一位退休老摄影师，希望能拜他为师，用心钻研。本来这老师傅有点儿怪脾气，但叶三儿虚心求教的精神终于打动了他，让他甘心把自己压箱底儿的手艺毫无保留地传授给叶三儿。

短短几个月，叶三儿已经成了影楼的第二摄影师，除了老板刻意把一些重要的活儿交给他，有的顾客也开始慕名来找他了。难怪林晓丽曾在私底下开玩笑说，自己当女摄影师是没希望了，现在唯一的愿望就是叶三儿赶紧出名，好当他的助理。

林晓丽一直近距离地观察着叶三儿，并成功地把自己从一个爱慕者的位置调整到了合作者的角度上来了。说起这个林晓丽，虽然长得不算很美，但的确很甜，她不会像北方姑娘般炽烈地示爱，却用有钟灵毓秀的江南韵味的柔情，不断地软化着叶三儿。她发现叶三儿没事儿的时候最喜欢望着天空发呆，便好奇地追问他原因。叶三儿竟然一脸情痴地回答说，那天空里有他累世的情人夏小菲，有他暂存在天界准备随时献给夏小菲的最最真挚、最最热烈的爱情。这原本有点矫情的一席话却说得林晓丽唏嘘不已。在不断地接触中，这位东南沿海的少女终于被叶三儿对夏小菲的痴情折服了，也终于彻彻底底地把他划为了事业上的伙伴儿，不再纠缠他了。

夏小菲下了出租车，穿过林荫小道儿，来到去剧组前才换的独栋别墅。在别墅门口，首先映入眼帘的竟是一辆扎眼的跑车。从那辆车张扬的外表和炫耀嫌疑严重的色泽上看，无疑就是自己很瞧不起的王茜的那辆。联想起了那个可疑的电话，夏小菲意识到这辆车好好地停在这里，那它的主人王茜肯定也在，而且来者不善。

夏小菲警觉了起来，拿钥匙的手也开始颤抖了起来，她意识到自己很可能会目睹某些不堪入目的场景，因此做好了思想准备——打定主意不管是看见男女交欢的春宫图，还是看见化作厉鬼吞噬黄德骥的血腥场面，自己都要保持镇定。想到这里，夏小菲悄悄地放下了自己的拉杆箱，她深深地吸了一口气，然后小心翼翼地尽量不发出任何声响地把钥匙插进了孔里，一只手转动着钥匙，另一只手按住了门上的把手儿。

夏小菲走进房间的大厅之后，并没有看到刚才想象中的画面。但她还是被眼前的一幕给惊呆了。黄德骥和王茜衣冠整齐地坐在那里，但两人的表情却已经泄了密，不管是垂头丧气的黄德骥还是不依不饶、一副不达目的誓不罢休的王茜，都表示他们之间应该什么都发生过了。也许不是今天，而是遥远的过去……好在已经有了足够的思想准备，夏小菲终于在几秒钟之内使自己稳定了下来。

果然，随着夏小菲的出现，屋子里立即展开了一场用目光当武器的对决。首先是夏小菲用箭一般目光狠狠地刺激了一下一直妄图保持镇定的王茜。再就是用一种威力转换成能量之后肯定能杀人的眼神紧紧地锁定了已经吓得三魂七魄少了一半的黄德骥。

不知死活的王茜率先发起了进攻，她站起来很不礼貌地告诉夏小菲："你不要怪我，我也是个女人！他黄德骥玩弄了我的感情，用结婚当幌子，已经跟我发生过能发生的一切了。现在我只不过是想要向他讨回公道！”

夏小菲听了淡淡一笑没有理她，而是猛地提高了音量对黄德骥吼道：“站起来，给我一个解释！”说着，夏小菲情不自禁地朝前迈了一步，吓得王茜“妈呀”一声躲到了低着头始终不敢正视夏小菲的黄德骥身后，很欠揍地摆出了一副柔弱不堪的样子。

夏小菲果然被她这个架势激怒了。她一个箭步冲上去，伸手就要去抓王茜，准备先好好教训一下这个不知廉耻的家伙，告诉她以后别动人家的蛋糕。不料，她的这个打算却落了空。一直没有动静的黄德骥突然蹿了起来，很刺痛夏小菲地把王茜护在了身后。

黄德骥迎着夏小菲的目光望着她说道：“夏小菲，别冲动！她已经怀孕了……”说到这里，他似乎从王茜的肚子里的孩子那里得到了一丝勇气，居然指着长沙发说道：“你冷静一下，咱们坐下来好好谈谈吧。”

夏小菲感到胸膛里的怒火已经无法抑制，她怒视着黄德骥说道：“不慌着坐，我也懒得跟那个婊子谈什么！我先告诉你一件事情，然后再问你三个问题就可以了。”

黄德骥刚要说话，冷不防躲在一边儿的王茜突然指着夏小菲插话道：“你怎么回事儿？人家都不要你了，还不赶紧挪窝儿，啰唆什么！”

夏小菲杏眼圆睁，大声朝她吼道：“闭嘴！再废话信不信我扒光了你之后，再把你送到派出所去！”

被夏小菲这么一吼，王茜果然闭住嘴，不敢再吭声了。黄德骥望着夏小菲低下头去说道：“好，你说吧！我听着呢……”

夏小菲柔声地问道：“你爱我吗？你当初跟我说的那些话都是真的吗？”

黄德骥眼圈儿一酸，流着泪回答道：“千真万确！没有半句假的……”

夏小菲看了一眼王茜继续问道：“你爱这个王茜吗？”

黄德骥想了想，摇着头说：“我一点儿都不爱她，只是我现在要不娶了她，我就得坐牢……”

夏小菲：“你愿意为了我去坐几年牢吗？我等你出来！”

黄德骥突然遭雷击般地叫了起来："不行！那不是人过的日子，求求你跟我离婚吧！"

夏小菲带着痛惜的表情望着黄德骥，叹了口气说道："好，一段儿没有爱情的婚姻我要它何用？离就离吧！"说着她又看了看脸上仍旧带着惊恐的神色的王茜，对黄德骥说道："咱们明天就离婚。"

黄德骥于心不忍中带着万分愧疚地说道："夏小菲，那你……"

夏小菲挥手止住了想要说话的黄德骥，平静地说："我还有件事情没跟你说呢……"

黄德骥魂不守舍地抬头望着夏小菲，仍旧处在被王茜威胁和折磨的阴影中。

夏小菲叹了口气用告诫的口吻对黄德骥说道："你和她的事情自己去处理吧！知道吗，我今天见到了李银爱，她跟我说起了叶三儿的事情。他跟你比就是一个有情有义、顶天立地的汉子！当初是我误会了他！现在我很后悔……"

黄德骥站在那里傻愣愣地听着，好半天才点着头说道："对不起，是我耽误了你和叶三儿的好事儿，我……"

不想这句话却惹得夏小菲勃然大怒，一记耳光抽在了黄德骥的脸上。夏小菲的情绪终于失去了控制，她哭喊着抓住了黄德骥，一个绊子把已经懵掉的他撂倒在地，没头没脑地一边踢着他一边哭喊道："王八蛋！你今后让我在南七条怎么做人？王八蛋！王八蛋……"

李银爱回到北京后，也正因为和夏小菲的这次见面而心潮澎湃，无法平复。她知道当初要不是自己想拿叶三儿填补感情空白，就绝不会制造出夏小菲和叶三儿今天境遇的这场闹剧。想着想着，本性善良的李银爱竟然抽泣起来，悔恨的她甚至想着赶紧从天上掉下一块石头，把自己砸死算了。

就这样，李银爱不由自主地顺着什刹海边上的小路，穿过灯红酒绿的酒吧一条街，没有任何目的地慢慢溜达了起来。就在她走到了地安门大街上的时候，忽然感觉自己被路边一个灯箱给吸引住了。她仔细地看着已经亮起灯的灯箱。只见那灯箱上是一对儿男女卿卿我我的婚纱照，下边写着这家来自台湾摄影师打理的影楼的地址，并无特别之处。但李银爱还是觉得自己在冥冥之中被吸引着，她的目光继续向下搜寻着。终于，在灯箱的右下角，她发现“本土新锐摄影师叶雨彤鼎力加盟”这样一行小字儿。李银爱的目光就是被这并不起眼的一行小字吸引过去的。

李银爱从来不信神佛，但这一次却马上双手合十，规规矩矩地向着苍天拜了三拜。因为她猛然想起，叶三儿曾经告诉过她，神仙和佛爷们全都住在高高的天上。这次，一定是他们帮助自己找到了他的消息。

此时的叶三儿忙活完了一天的工作，正在帮着他的台湾老板拉卷闸门儿。林晓丽噘着嘴对他说道：“叶思安，你今天到底还请不请客？要不请，人家就自己回家去了啦。”

叶三儿憨厚地一笑：“待会儿我想去瞧瞧我师父！他一准儿留我吃炸酱面，要不咱们一块儿去？”

林晓丽最不喜欢炸酱面这种老北京最普及的食品了，马上把脸变成了一个包子样儿，皱着眉说道：“这样吧，今天你就去你师父那里吃喽。我要你答应一声明天请我，我就先回去了，行不行吗？”

叶三儿望着林晓丽刁蛮的样子，笑着答应道：“放心吧！明儿请你上西四大地西餐厅去吃俄式大菜，怎么样？”

林晓丽终于满意了，笑着挥挥手说：“不许骗人啊！拜拜！”说着话，她已经跑向了附近的一个汽车站，急着回自己租住的工作室去了。

叶三儿笑着摇了摇头，拉好卷闸门准备离开的时候，突然感觉到身后站了一个人。通过那股熟悉但也是久违了的香奈儿香水味儿，叶三儿判断出了来人的身份，笑了笑头也不回地说：“银爱姐，你怎么来了？”

李银爱对他的这种打招呼的方式并不感到奇怪，叶三儿听见李银爱熟悉的声音从他背后传来：“想你了，来看看你……”

叶三儿和李银爱沿着街道走了一阵儿，开始了他们之间间隔很长时间的又一次谈话。闲扯了一会儿，李银爱言词闪烁地说：“兄弟，有几件事我不得不告诉你……”

叶三儿点了点头说：“说吧，银爱姐，不管好坏都可以！”

李银爱说道：“当年那个抛弃了我跑去匈牙利的家伙又回来了，我们现在已经结了婚，还有了孩子。”

叶三儿叹道：“姐姐啊，说真的我恭喜你。可你现在倒是功德圆满了。我的夏小菲却嫁给了黄德骥，真是造化弄人！”

李银爱终于在他们拐进鼓楼后边的时候鼓足了勇气，她对叶三儿说道：“真对不起你，兄弟！要不是我弄出了当年的那些破事儿，夏小菲也不会成为你心里永远的痛。我恳求你的原谅，恳请你叶三儿的原谅！”

叶三儿闻言停下脚步，望着一副低头认罪架势的李银爱，微微一笑，扶住她的肩膀儿望着她的脸说道：“姐，你多想了。我刚才的话不是埋怨你。既然事情已经过去了，我也已经比较平静了，我就不打算再埋怨谁。因为事情终究已经成了过去，不可能从头来过。我不会再恨你，仍会把你当姐姐看待的，我知道你真心对我好过。”

望着说到这里有些动情的叶三儿，李银爱感到内心特别舒畅，来时脸上的阴霾已经一扫而空，又恢复成了叶三儿记忆中那个动人的长着一张芙蓉面的美少妇李银爱。她的担心都消失了，一个多年的心结因为叶三儿的宽容而冰消雪释。

他们又并肩走了一段儿，话题也因为解开了心结儿而轻松了起来。叶三儿郑重地告诉李银爱，自己保证一辈子拿她当姐姐，并重新衷心地向破镜重圆的李银爱表示了祝贺。李银爱也跟叶三儿说了碰见夏小菲的事情，并表示愿意安排他们见一次面。

叶三儿听说李银爱已经帮他在夏小菲面前解释清楚了，心里十分高兴。但他告诉李银爱眼下还不是和夏小菲见面的时候，到了自己事业有成的那天，他肯定要去找她的。

李银爱听了叶三儿的这番话，不由得在心里感叹道：“想不到世间真有这样始终如一的痴情男子，可惜我没有福气呀……”

夜色越来越深，在两人决定分别并互相说了拜拜的时候，李银爱硬是逼着叶三儿记下了自己的新手机号码，让他不管遇到什么困难都想着第一时间来找她。

叶三儿摸着脑袋笑着说道："看我这记性，还口口声声说要跟姐姐密切联系呢，怎么把手机号都忘了记上了？"

李银爱笑着回应说："但愿你说的是真的，别敷衍我就好！记住，不管以后你有多大的出息，毕竟我是姐姐。"

叶三儿听了李银爱的话，微笑着点了点头。

第三十五章 回眸

也许肉眼凡胎的芸芸众生，看不出来高高在上的苍天的苦心。或者出于某种原因使得居住在九天之上却对红尘俗世仍有眷恋的天神动了情，整件事情又变得微妙了起来。

一眨眼的工夫儿大半年的时间过去了。从李银爱和叶三儿见面之后的那个晚上开始，北京又经过了漫长的夏季和到处散发着成熟韵味的金秋，随后便进入了严酷的冬天。这一年冬天，北京下了一场著名的大雪，造成了整个城市半日的瘫痪。这场雪一直被人们议论了好久、好久。在这段时间里，还发生了很多的事情。

首先是黄德骥因为惧怕王茜，不但任由她鸠占鹊巢，住进了自己的别墅，还让她在不知不觉中把自己的财政大权转移了过去。李银爱专门做跨国的文化交流，现在生意越做越大，许多民族特色的演出和节目经她的运作走进了国门或者走向了世界。在弘扬传统文化的同时，李银爱也终于获得了丰厚的物质回报。再说叶三儿，他已经成了著名的摄影师，如今想让他拍一组婚纱照不但必须提前两个月以上预约，而且还得外加多交一千元的点名费才行。正巧这时，1502 的房子下来了。叶三儿让李银爱转告夏小菲，自己很忙就住在公司里，

1502永远是她的家。正感到无处可去的夏小菲终于搬进了梦寐以求的1502，避开了一切她想要避开的人，过上了近似于半封闭式的日子。可她却同样委托李银爱传话说，自己已经很对不起叶三儿了，一旦安顿好就会搬出去，把房子还给叶三儿。

自打那次夏小菲痛骂了黄德骥，并从别墅中搬走之后，黄德骥始终觉得欠着夏小菲的。他想用钱来让自己的心理得到一些平衡，但一时没想好给她多少补偿合适，离婚手续也就拖着迟迟未办。好几次黄德骥都主动去找夏小菲想详细谈谈，谁知夏小菲根本不领情，总是鄙夷地挥手叫他快滚，说除了在民政局之外再多看他一眼都觉得多余。除了对于夏小菲的歉疚，更多的是源于对王茜的一种本能的恐惧感，黄德骥的内心并不想着急办理这个换妻的法律手续。时间一天天地过去了，黄德骥辛苦地左右周旋着。随着时间的推移，他发现自己正生活在一个恐怖的骗局之中——王茜根本就没有怀孕！但公开同居的事实和被掌握大笔资产的现状，让他对手腕高明毒辣的王茜感到投鼠忌器甚至无计可施了。

这天，夏小菲在1502这套对她意义重大的房子里，正到处擦拭、布置着。由于刚刚搬进来，房间还略显空旷。这时候手机的铃声响了，响亮的铃声在空屋子里回响着，产生了回音的效果。夏小菲一看，是李银爱打来的。

李银爱再一次主动打电话给夏小菲，对她真诚地说道："妹妹，今儿晚上有一场我从土耳其引进的演出，挺精彩的。你来看看吧？"

夏小菲对最近半年经常发出这类邀请的李银爱真的不知如何是好。不管这个漂亮的少妇现在是不是天使，但她从前确实扮演过魔鬼的角色，这让夏小菲多多少少感到有些别扭。但别扭之余夏小菲又不得不承认，不管过去如何，现在的李银爱绝对算得上是个好朋友，细致、周到、乐于分享，就跟自己当年在《杨柳轻摇2》剧组中结识的徐颖一样，越来越知心。想到这一层，夏小菲终于松了口儿："好啊，什么时候？"

李银爱一直对夏小菲和叶三儿抱有一种近似忏悔的感觉，一听夏小菲终于肯移尊就驾，马上高兴地说道："八点正式开始，你七点半之前到国家大剧院门前给我打电话就行！”

夏小菲问道：“我想再多带一个人不知方便吗？”

对今晚有着特殊安排的李银爱马上敏感地问道：“不会是男的吧？”

夏小菲倒没往深处想，笑嘻嘻地回答说：“姐你想到哪儿去了？是我一个姐们儿，本来晚上约好一起吃饭的。”

李银爱放心了，随即又特地用一种听着很随便其实却很郑重的语调儿嘱咐道：“没问题。记得打扮漂亮一点儿啊，呵呵……”

放下手机，夏小菲走到了阳台上，贪婪地吸了一口外面新鲜的空气，舒展了一下腰肢，朝着天上一块样子很像是一座仙山的白云望去，心里不由自主地想，要是这会儿叶三儿在的话，准会望着这块白云看上半天，指不定会产生什么感悟呢。

想到这里，夏小菲原本很好的心情忽然间变得晦暗了起来，心里的丽日晴空又开始被一阵乌云所笼罩了。她发觉，自己真正爱恋的人就只有叶三儿，其实一时一刻也没有变过。当初嫁给外表老实其实一肚子花花肠子的黄德骥，不过是这场绮梦中的一小段儿噩梦而已。但夏小菲经历了这么多梦境般的往事，原本骄傲的她现在已经不再骄傲，甚至变得有一些自闭了。她现在只愿意时时刻刻待在这里，不断地完善这个迟早要交还给叶三儿的家。她在心里想着叶三儿，不停地向过去的他和现在的自己道着歉。给过去的叶三儿道歉是自己误解了他那片火热的痴情，给现在的自己道歉是在央求自己：继续坚持这种潜水的状态，不再出现在叶三儿的面前，决不能重新打乱叶三儿估计已经平复也许已经有了新方向的心。

夏小菲精心地打扮了一番，并约好了因为演了黄德骥推荐的那部戏而跻身于二流明星之列的徐颖，一起在工体吃了晚餐。两个人又开着徐颖的车直奔长安街上那座现代化建筑的典范之作——北京新地标之一的国家大戏院。

见到徐颖之前，夏小菲的心情就已经好了。因为她打了一辆车去工体，遇见了一位很爱聊天的小司机。这个出租司机是个很健谈的小伙子，他望着打扮得风姿绰约的夏小菲坐到了副座上，在起步的同时说道：“说句话您别生气啊……”

夏小菲还以为自己犯了什么忌讳，马上不解地说道：“你尽管说，我是不是有什么不妥当的地方儿？”

小伙子一边把车开着并了线上了主路，一边由衷地赞叹道：“我是想说，您是我今年载过最漂亮的女乘客了。”

夏小菲听了心里感到挺美，但嘴上却故意说道：“嗨！我还以为是哪儿的扣儿没系好，或者踩着什么不该踩的东西了呢。我漂亮什么呀？我比别的乘客漂亮，说明真正的漂亮人儿都有自己的车，不用打出租，所以你平时看不见罢了。”说这句话的时候，她想起了已经开上车的徐颖，那丫头最近是越来越漂亮了。

谁知那个小伙子嘿嘿一笑，带着一种未卜先知的自信回答说：“您肯定开车。您的车坏了或是怕工体那儿不好停车才打的的吧？让我沾光开了一回眼！”

夏小菲无可奈何地笑道：“你可真会夸人！”

那小伙子仍旧继续着自己的猜测：“保时捷还是奔驰小跑？我看宾利才配得上您……”

夏小菲没有跟外人逗贫嘴的习惯，就不再多说什么了。但她的心里却因为这个饶舌的出租司机的由衷赞美感到心里甜滋滋的。至少，这说明严酷的岁月并没有在她身上留下多少岁月的痕迹，她还可以隐藏内心的波澜，保留颜面上的平静。

在剧院门前，夏小菲、徐颖终于和李银爱会合了。这三个女人到了一起如同鹤立鸡群般招眼，大老远就能看见。李银爱的头发烫成了大方美观的好莱坞式大波浪，她穿了一套很考究的绿色套裙，手里看似随便地拎了一个和衣服显然是同一品牌的绿色小包，但一望可知绝对不是普通人能够问津的。裙子外面是一件样式简单的皮草，也是绿色的，显得复古而贵气。最出挑的要数当年总是一副丑小鸭模样而今分明已经变成了凤凰的徐颖，年轻的她用了不少明亮的色彩夺人眼球。今天她身着一套异国情调突出的水果色彩雪纺上衣，配着利落的短裤和丝袜，加上过膝的大皮靴，很是后现代。这套过于单薄的衣服外面是一件极为夸张的拼色皮草，北极熊似的可爱臃肿显得十分温暖。因为走急了，徐颖的小脸儿红扑扑的，她不停地扇动着一只手，手腕上一只镶嵌着红蓝黄白四色宝石的宝格丽镯子格外耀人眼目。相比之下，倒是身穿一套浅灰色工装裤、平底鞋，上边配着同一色系的名牌羽绒服的夏小菲显得有些色彩单调了，但也恰到好处地起到了调节的作用。离开黄德骥之后，她特意低调起来，但她用来和这身低调的衣服搭配的皮包、围巾还有一些不起眼的小细节来不及调换，却都暴露出夏小菲曾经处于富裕阶层的种种信息。

夏小菲给自己的两个朋友相互做了介绍，那两个女人马上亲热得像是认识了一个世纪，很快就从彬彬有礼的问候变成了越来越放肆的调笑。

李银爱引导夏小菲和徐颖坐在了自己的位置上，自己则回后台支应去了。还没等夏小菲她们再聊上两句，开场的铃声便响起了。随着一阵音乐，现场的灯光逐渐变暗。追光中有一大群头戴帽子、身穿连衣裙似的白色长袍的男演员轻快地出现，伴随着音乐的节奏风姿翩翩地跳起了舞来，气氛神秘而诡异。

土耳其传统舞蹈丰富多彩，几乎每一地区都有自己的传统舞蹈。北部黑海地带欢快活跃的贺兰舞；西部爱琴海地区抒情缓慢的泽伊贝克舞；东部及东南部动人优美的哈拉伊舞和热情奔放的色雷斯舞以及表现英雄人物性格的巴尔舞，在风格上均有自己鲜明的特点。演出确实非常精彩，夏小菲和徐颖一边看着介绍一边欣赏着来自异域的舞蹈，感受着舞蹈传达的喜怒哀乐。

中间休息时，灯光亮起，徐颖拿起宣传册认真地阅读了起来。夏小菲则习惯性地看了一眼手机，上边有一条儿未读信息。打开一看，竟然是李银爱发来的：休息时出来一下，大厅中的书店见。

夏小菲一抬头，果然看见李银爱站在安全门的门口等着自己。她跟徐颖打了个招呼，便离开观众席，朝着李银爱走了过去。但李银爱却好像完全没有等她的意思，招了招手便抢先出了安全门，不见了踪影儿。夏小菲不知道李银爱到底是在弄什么玄虚，赶紧快走了几步，来到了灯火辉煌的大厅里。可她环视四周，却始终找不到那可恨的李银爱的踪迹，却看见了十几米外的小书店。

夏小菲狐疑着走向书店。就在这时，她发现在离她不远的地方儿站着一个人。虽然多年没见，但夏小菲还是立刻从那人的背影上判断出他便是叶三儿。

夏小菲的判断果然没错儿，那个人正是被李银爱用同样方法约来的叶三儿。为了能诱使他单独前来，李银爱特地向他诉苦说自己只剩了一张票，并保证下次一定给他的助手兼伙伴儿林晓丽也弄张票来。因为李银爱通知的时间有误，叶三儿到大剧院的时候演出已经开始了，他只好在大厅的书店里随手翻看着杂志，想等中间休息的时候再进去。没想到这期摄影杂志吸引了他的注意力，让他把看演出的目的都忘记了。

仿佛是感应到了夏小菲的目光，叶三儿转过脸来和她的目光撞在了一起。就这样，在李银爱的安排下，这对原本两小无猜的金童玉女般的恋人，在各自带着隐痛咫尺天涯的分别后的第三个年头，终于又见到了对方。

两人在第一个对视之后便明白了李银爱的苦心。因此，在第一个下意识地有些慌乱地逃开的目光之后，两人又带着澎湃的心情朝着对方投去了情意款款的第二个目光。这个目光就好像是代表着第一宇宙速度的激光，不仅迅速而且灼热、沉重。虽然在经历了一系列的事情之后两人都变得成熟了来，但他们内心深处不断喷涌的感情此时无法作假。很快，两人在对方的视线中全都变得模糊了起来，脸颊上也开始有了一种先是温热继而开始变得冰凉的感觉。

眼泪流在脸上，感觉皮肤麻酥酥的。夏小菲和叶三儿的心里也感到格外不好受。就如同被人粗暴地抛到岸上弃之不顾的鱼儿，他们感到心脏的跳动开始加剧，呼吸也开始变得急促了起来。

开场铃声响过，人们陆续地回到自己的座位上，把注意力投在那个土耳其剧团精彩的演出上了。徐颖看见演出开始，知道夏小菲这会儿是进不来了，也开始专心地欣赏演出。

此时剧场外的大厅里几乎没有人了，也没人会注意和讥笑此时两个人痴痴的对视。也不知道这对视进行了多久，直到躲在远处柱子后的李银爱腿都站得有些发麻的时候，叶三儿才终于开口打破了这漫长的沉默。他最终还是没能说出什么感人的情话，只是简单但饱含着汉语中许许多多含义地问道：“你好吗？”

叶三儿对面的夏小菲已经是泪眼婆娑。夏小菲听懂了这三个字里边带着的太多意思，她先是轻轻地点了点头，接着又摇了摇头，然后才同样简洁地回答道："对不起！"

说完这句话之后，夏小菲带着复杂的感情转身就走，脚下的平底鞋在水磨石地板上发出了一阵急促的声音。叶三儿愣了一会儿，也赶紧动了起来，迈开大步朝着夏小菲追去。

夏小菲抢先一步上了扶梯之后，像一个慢慢坠入莫名之地的女神般随着缓缓下降的扶梯逐渐地脱离着叶三儿的视线。叶三儿加快了脚步，追到了扶梯附近时，却赶上另一个小剧场里的京剧散场。刹那间出现的人群全都拥上扶梯，把夏小菲和叶三儿隔离了开来。

叶三儿终于在一片白眼儿和不满的声音中停止了徒劳的挣扎，最后只得道着歉走下扶梯。此时夏小菲已经芳踪渺渺，完全淡出了他的视线……

第三十六章 纸墙

叶三儿走出国家大剧院才发现，外边不知道什么时候竟然下起了雪。门外的人很少，三三两两地站在廊下看雪。叶三儿知道，以夏小菲的性格绝对不会停留在这里，一双眼睛开始焦急地向远处搜寻起来。地上落了一层薄雪的地面上，有几串脚印伸向不同的方向。他身旁一个男子很同情地拍了拍他的肩膀儿说道：“哥们儿，一个穿灰衣服的女孩奔那边去了……”

叶三儿道了声谢，马上义无反顾地朝着那个男子指点的方向追了过去。铺着薄雪的地面有些滑，好在路上行人很少。叶三儿终于在二百多米远的地铁口儿看见了夏小菲的身影儿。他刚要大声喊话，却只见那个身影儿一晃走进了地铁入口。

叶三儿追到地铁的售票处前，买了张票一直追到了站台上。当他朝着一辆仍旧开着车门的地铁车厢看过去的时候，猛然间发现夏小菲就坐在一个靠窗的位置上，正在默默地注视着自己。叶三儿来不及多想，立即发足狂奔了过去。但就在他距离地铁车厢只有一步之遥的时候，地铁的自动门缓缓而坚决地关上了。

叶三儿望着被地铁门关在车厢里的夏小菲，突然生出一种天人两别的感觉。

地铁载着车厢里一动不动望着叶三儿默默流着眼泪的夏小菲，慢慢驶出站台。刹那之后，地铁逐渐加快着速度呼啸而去，带走了夏小菲那张泪流满面的脸，也带走了叶三儿心里最后的一丝希望。

不久之后，在东单附近的一家咖啡厅里，李银爱和叶三儿再次见面了。他们对坐在一张深色的硬木茶几旁，茶几上摆着冒着热气散发着甜香的咖啡，灯盏透过彩色玻璃散发着柔和的光线。

李银爱带着一百二十分的抱歉向叶三儿说道：“真的太对不起了，兄弟！没想到事情竟会变成这样儿……”

叶三儿坐在沙发上，苦笑着回答说：“姐，道什么歉啊。我感谢你还来不及呢。真的！”

李银爱带着一份与年龄很不相称的天真和实实在在的不解问道：“谢我？谢我什么？”

叶三儿笑着点上了一支烟，抽了一口慢慢地吐着淡蓝色的烟雾，回答说：“感谢你三年后又给我创造了一个见她的机会，这对我真的很重要。”

李银爱想了想站起身来，一边走一边对叶三儿说道：“等等，我这就去给夏小菲打电话。”

叶三儿还顾不上开口，李银爱已经快步地朝着咖啡厅的门口儿走去。叶三儿想了想，与其追上去旁听还不如静静地等在这里听回音儿，便又颓然地安静坐着，默默地抽起了烟来。

大约过了二十多分钟，李银爱终于带着无可奈何的表情回来了。李银爱那红红的眼圈儿充分地说明了刚才这个电话肯定很煽情。

“她怎么说？”还没等李银爱坐好，叶三儿就迫不及待地问道。

李银爱虽然极力克制着自己的情绪，但最终还是带着颤音儿对叶三儿说道：“兄弟你别急，看来你们俩一模一样，都是太犟了……”

通过李银爱的讲述，叶三儿的眼前出现了夏小菲那泪流满面的俏脸，特别是她那总能刺穿自己胸膛以及心脏的目光，使他更加难以平静。他下意识地抬头朝头顶上望去。可惜，天花板上只有按照欧洲现代派风格胡乱抹上去的彩色线条，并没有预期当中的蓝天、白云、太阳那些他想看见的熟悉的东西。

“夏小菲明确地告诉我，自从她知道冤枉了你之后，一直不敢见你。她怕打破你现在刚刚安静下来的生活……”李银爱说到这里，瞟了一眼侧耳倾听的叶三儿，继续说道：“她说她虽然很爱你，但现在却没有这个资格和你平等地谈情说爱了。一来是因为黄德骥的事情让她感到无法面对你，二来是因为她感到自己的爱情已经受到了玷污，再也不是从前的她了。她这辈子不准备再嫁人了。她还让我转告你，当初用你们的名字分的一套房子她暂时先住一段时间，半年之内她就搬走，她不要。”

虽然从李银爱转述夏小菲的那些话里，叶三儿感到夏小菲不会云英再嫁的决心，但这也说明自己仍然有着大把的希望和时间。同时叶三儿敏感地觉察到，夏小菲此时的心境远远不如现在的自己。他又一次感到了自己的虚弱和无力，为自己在夏小菲最需要安慰的时候竟不能出现在她身边感到十分懊恼。想到这一层，他鼻子一酸眼圈儿当时就红了。

李银爱看在眼里，连忙安慰道：“兄弟，听姐姐说。从夏小菲的话里不难听出来，她还是爱你的，只是对当初冤枉你、误解你的事情还没有完全想开，应该过一段时间就没事了。真没想到，那个黄德骥实在可恶……”

看到叶三儿霍地站了起来，李银爱以为自己失言，刺激得他要去找黄德骥的晦气，连忙伸手拉住他说道：“对了，夏小菲让我嘱咐你，不准去找黄德骥算账，你要是去了她就一辈子不原谅自己，也不能原谅你了。”

叶三儿知道李银爱误解自己了，于是苦笑一声，又坐回了原位：“黄德骥那小子自有老天报应他，我不会再那么冲动了，您放心吧！”

李银爱听了心下稍安，用一只手捂着自己胸口庆幸地说道：“那就好，我真怕你会像当年去找林福生那样儿。”

叶三儿解释道：“我觉得我应该赶紧去找夏小菲，这个时候她可能很需要我！”

李银爱忽然想起了什么，轻声说道：“对了，夏小菲刚才告诉我。让你也千万不要去找她。她不让我把电话号码告诉你，还说一旦你打了电话，她就换号。”

知道了夏小菲的想法儿，叶三儿只得认命，一个人回到了如今已经半数回迁的南七条。此时路上的积雪已经有半寸厚了，北风刮在脸上像小刀子一样锋利。他只得拉高了领子一路小跑着回到了两站地之外的临时安置周转房，打开门儿先是抄起暖壶倒了一盆温水，把冰冷的双手浸泡在温暖的水里。

就在这时，他的手机突然响了，叶三儿接了一听，原来是他哥哥叶老二打过来的。还没暖和过来的叶三儿只得擦干了手上了床，窝在被子里，上牙打着下牙问道：“二哥，什么事儿呀？”

电话里叶老二用难得的亲热的口吻对叶三儿说：“兄弟，你那小屋冷吗？看把你冻得，怎么直哆嗦啊。还记得当初你闹着要跟夏家那个丫头结婚，准备和她一块儿分的三居室吗？”

这件事情叶三儿当然从来也没有忘记过，特别是那个被他视为吉祥数字的 1502 的房号，更是记忆犹新。他一听二哥提起这件事儿，马上警惕但也不耐烦地说道：“怎么了？”

“怎么了？”电话那头，恶习不改的叶老二恶声恶气地重复着叶三儿的话说道：“告诉你吧！人家夏小菲一个月之前就把房证儿领走了，我刚知道，她都住进去两天了。人家想得多实际，可是不管你的死活。你看你住在个破瓦寒窑里，连个暖被窝的人都混不上！那房子可是有你的一半儿，你赶紧去找她要吧！不成我陪着你去，上街道、上法院也得要回来！”

叶三儿淡淡地回答说：“这件事儿你别管了，我自己会处理的。”

叶老二听了叶三儿平淡的语气更是恼火，丝毫也不买账地说道：“你处理？处理什么呀？你最后的本事还不是抠哧家里人吗？你要是不要回那房子来，又得搬回来跟我们挤着。你怎么放着好日子你不好好过啊？她不就是一个小丫头吗？你怕她干什么？”

叶三儿听到这里，再也压不住火儿，提高了声音说道：“告诉你二哥！这件事不用你管，我绝对不会搬进属于你的房子去住，这一点儿你尽管放心！不过你要敢插手别怪我不讲兄弟情面，对你不客气！”说到这里，叶三儿也懒得再听叶老二废话，挂断电话把身体缩进了被窝儿里。

思索了片刻之后，叶三儿站起来穿上了衣服，拿起电话拨通了李银爱的电话。

“怎么，改变主意了，你还是想见夏小菲？”李银爱接起电话第一句话就这样说道。

叶三儿回答说：“我突然发现，我现在反倒不好贸然去见夏小菲了……”

李银爱不解地问道：“为什么？出了什么事儿吗？”

叶三儿说道：“没有，你别担心！我只是想托你打个电话给夏小菲，告诉她那套 1502 永远属于她！她愿意的话随时可以跟我办过户手续，我不会跟她分那套房的。”说到这里，叶三儿想了想又补充道：“你就说我买了房子了，不需要那个了。”

接到了李银爱的电话之后，夏小菲感动得哭了。她知道叶三儿绝对买不起新房子，只是在安慰自己罢了。经历了这么多的事情之后，夏小菲终于深切地感到，真正爱自己的也只有叶三儿。他根本不与自己计较一切得失，心里全是如何照顾自己。夏小菲虽然也知道，也许赶紧跟叶三儿破镜重圆才是这辈子最好的选择，把自己交给这个有责任感的男人，然后什么都不想，什么都不顾，过一个女人应该过的日子。但生性骄傲、根性好强的夏小菲还是下不了这个决心，她不想把包袱都扔给叶三儿。她发现自己和叶三儿之间那一层其实不堪一击的障碍竟然这样难以逾越，即便是纸做的墙，那也是墙啊。

夏小菲提出半年后搬出 1502 的想法，使得叶三儿不仅不敢再想着去那里找她，甚至连那个小区的边儿也不敢再沾了。因为自己所在的这一片儿的临时过渡房离着夏小菲居住的第一期工程很近，叶三儿生怕让夏小菲发现自己的现状，再刺激了其实根本就没地方可去的夏小菲，干脆和影楼的老板高同勋一商量，真的搬到了影楼去住了。这才算是彻底地离开了南七条，安下了心来。

叶三儿搬到影楼之后，虽然身居闹市，但下班后一个人独处的时间更多了。一关门，叶三儿便能处于一个安静的真空之中，静心盘算着到底该怎么打破自己和夏小菲之间的坚冰，才能够不刺伤看着高傲其实骨子里却极其容易受伤的夏小菲。想到最后，他仍是百思不得其解，便干脆买了些专业书籍，在想念夏小菲的同时更加认真地钻研起摄影技术来。

别看叶三儿的文化水平不高，但天生就对于色彩、光影和画面有着超人的悟性，没过多久就琢磨出了许多道道儿。他尝试着把绘画和实物相结合——在地面上画出了天空、白云和彩虹，然后让被拍摄者在地面上摆出类似于飞翔的感觉——自己则站在一个高角度拍摄，创造出很多意想不到的奇特效果。这种“飞翔”套系应用在给顾客拍摄的实战当中，效果果然不同凡响。

慢慢地，来影楼拍摄“飞翔”主题的，指名道姓要求叶三儿操刀的顾客越来越多，他的粉丝甚至超过了在台湾婚纱摄影领域中小有名气的高同勋，大有后来居上的劲头儿。灯箱上的宣传语也从“本土新锐摄影师叶雨彤鼎力加盟”悄悄地改成了“本土当红摄影师叶雨彤联袂演绎”了。好在高同勋本人旨在做生意，只要顾客盈门，他也乐得如此。

第三十七章 时机

俗话说得好，“情场失意，必然赌场得意”。叶三儿虽然没有赌博这样的不良嗜好，但他一心想要出人头地的想法，又何尝不是跟命运进行的一场豪赌？说来也怪，就在叶三儿沉浸在不能跟夏小菲成功沟通的苦恼之中的时候，事业上一直没能突破自给自足这条防线的叶三儿，终于有了转机——一个巨大的机遇毫无征兆地出现在他的面前。

这天下午，一整天没过露面儿的影楼老板高同勋忽然间在叶三儿和林晓丽准备招呼着员工关门的时候走了进来。他还没开口说话，脸上的神情就告诉大家：出了天塌地陷外加五雷轰顶的大事了。

林晓丽是个机灵鬼儿，当时就对店里剩下的三名员工说道：“你们先走吧，我和叶思安留下就可以的啦！”她敏感地觉察到，高老板肯定是遇上了前所未有的难事。

高同勋垂头丧气地坐在供宾客休息的欧式沙发上，一言不发，眼睛直勾勾地看着面前林晓丽刚端上来的一杯热水发着愣儿。叶三儿几次想要开口询问，却都被林晓丽伸手拽住了。

直到最后一名负责接待的小丫头走出店外，叶三儿从拉下了四分之三的卷闸门儿下重新钻进了店里，林晓丽才望着高同勋开口问道：“高老板，有什么不顺心的事情吗？”叶三儿闻听，也把询问的目光投向了高同勋，等待着他的回答。

这个高同勋原本是个非常开朗、豁达的人。除了待人接待物时常表现出机智和幽默外，平时还很健谈，就是有事没事总是爱吹嘘一件事情——夸他的老婆十分漂亮。据他讲，他老婆是台湾山地一个小部族里出名儿的美人儿，就算不能沉鱼落雁，也绝对是个闭月羞花的主儿。谁要是敢对这个论点持有怀疑态度，高老板准会马上跳起来半翻脸地说：“真的，绝对比张惠妹漂亮！张惠妹你知道吗？”一来是张惠妹大名鼎鼎，谁都知道。二来是没有哪个杠子头犯得着跟他较真儿，难不成还得买张机票把他老婆叫来瞧瞧？所以，他遇到的人总是当即或者最后表示了赞同，因此就更加助长了他的吹劲儿。

由于高老板总是按照张惠妹的模子猛吹自己的老婆，而且越来越离谱儿，后来大家干脆封了他个外号：“张惠妹她老公”。高老板不仅不认为这个称号里隐隐带有讽刺的意味儿，反而美滋滋地接受了下来。但这一次不同了，因为出事儿的恰恰是他那远在台湾的老婆小张惠妹。

高同勋听见了林晓丽的问话后，先是用一种无助到了极点的目光把他俩挨个儿看了一遍，然后脸上的五官便开始小范围地抽搐，并迅速扩张到了整张脸的范围，就像电视里表现一个花骨朵如何变成了一朵鲜花的快速镜头那样。就在叶三儿和林晓丽面面相觑，不知如何是好的时候，高同勋完成了整个儿怒放的过程，突然发出了一个凄惨到了极点的声音，哭喊着对他们说道：“我老婆完了！完了……”

叶三儿虽然不知道高老板家里那位张惠妹到底遭了什么横祸，但同情之心油然而生，不知不觉中眼圈儿已经红了。要不是嘴笨，他差一点就要说出“节哀顺变”这一类关切的话来。

还是林晓丽乖巧，她从高同勋嘴里掺杂着一些零星的闽南语的话里听出了一些端倪，知道那位张惠妹的生命并没有结束，赶忙柔声问道：“嫂夫人病了吗？现在有没有好一点？”

叶三儿感激地看了林晓丽一眼，赶紧掏出一支烟递到高同勋嘴边，并“啪”的一声打着了打火机，殷勤地帮他点上了烟，劝道：“高哥，先冷静一下，总会有办法的。没听我们北京人说吗？‘事大事小，到根儿就了’。天底下没有过不去的火焰山……”

就这么一来二去，在叶三儿和林晓丽的劝说下，高同勋总算是止住了哭声，望着他们凄惨无比地说了声谢谢，这才开口说道：“我今年真是运衰到了极点，上午我家里打来电话，说一辆汽车把我老婆撞出去三米多远，三米多远啊……”说到这里，高同勋又说不下去了，第二次号啕痛哭起来。

叶三儿最受不了这个，马上走过去焦急地问道：“现在怎么样了？脱离危险了吗？”

高同勋哭着回答说：“现在已经成了植物人，这辈子估计是醒不过来了……”

就这样哭一会儿、说一会儿，直到一个多钟头之后，高同勋才从极度的震惊中缓了过来，抽着烟可怜兮兮地对叶三儿说道：“我在北京就只和你们投缘，这次你们可是一定要帮我啊……”

林晓丽始终一声没吭，眼珠子咕噜咕噜地转着不知道在想些什么。只有叶三儿急得跟什么似的，搓着手跺着脚陪着高老板唏嘘不已。

高老板告诉他们，自己下决心马上赶回到老婆身边，这边的买卖不再做了，言语之间很是为自己这几年一直混在外边做生意没有陪在老婆身边而自责。叶三儿听了颇有同病相怜的感觉，到最后显得比正主儿高同勋还要伤感。要不是林晓丽暗中给了他一脚，叶三儿好悬就真要哭在高同勋的第三波次的哀伤到来之前了。

一直闹到夜深了，林晓丽才终于把这两个最后干脆抱头痛哭、物我两忘的性情中人劝好。她安排他们坐下，让他们安安静静地喝口水，自己则麻利地钻出卷闸门买来了一些包子，好歹哄着他们凑合着吃了晚饭。

看着众人的情绪都已经趋于平静，林晓丽才朝着高同勋试探着问道：“老板，你要是不准备干了，咱们这个店还有设备可怎么办呀？”

高同勋想了想才垂头丧气地说道："当然是卖掉了，好在我这一两年总算是赚了点儿钱，这店出手只要够本儿就可以了。不图多，就只图个利索吧。"

叶三儿听了担心地说道："恐怕一时三刻的找不到买主吧？这可不是三万两万的事儿呀！"

林晓丽也叹了口气跟着说道："没错儿，这种事情越急于出手价钱就会越低。我觉得不妨您先赶回去看看嫂子，我们先在这里找着买主儿？反正最近生意不错，只要开门营业，钱还是能赚到的……"

不料，高同勋却打定了主意，真的不愿意再等了。他望着叶三儿和林晓丽，诚恳中带着央求的表情说道："不如你们凑钱买下咱这影楼吧？现在生意正火，你们接着干，有钱为什么不赚呢？"

叶三儿还没开口，一旁的林晓丽却回答说："今天您已经够累的了，不如先休息一下，咱们明天再谈吧？"

高同勋忽然明白了林晓丽的话，点头答道："也好，你们先商量一下吧。"

离开影楼走在了空无一人的大街上，叶三儿望着和自己肩并着肩走出了老远还没开过口的林晓丽说道："我看你有买下这个影楼的意思？"

林晓丽点了点头回答说："你不觉得这是一个机会吗？你现在已经完全能够挑起这一摊儿了。"

叶三儿点头默认了林晓丽的这个评价，但很快就担忧地说道："我说，咱们从哪儿弄这么多钱来呢？"

林晓丽坏笑着说道："这就不是我这个北漂妹该想的事情了。要想当老板你得自己想办法解决。"

叶三儿听了苦笑着答道："那咱们干脆就别想了，我肯定拿不出这么多钱的。"

林晓丽哼了一声小声提示说："去借吧，我们南方那边儿做生意都是靠着借钱起家的嘛，你不会连个有钱的朋友都不认识吧？"

叶三儿猛然惊觉，望着林晓丽叫道："你不会指的是银爱姐吧？"说完，他又低着头走出了好几步才停住脚，为难地对林晓丽说："你说她会帮我这个忙吗？”

林晓丽颇有深意地看了他一眼，没有回答。两个人沉默地走了一路。叶三儿把林晓丽送到了她租住的房子看着她走进去之后，转身回到了自己在影楼的住处，很快便迷迷糊糊地睡着了。

第二天早上，那个估计是上辈子欠他账的林晓丽还没有给他把早点送来，叶三儿就被压在枕头下的手机突然间发出的响声吵醒了。他掏出手机一看，不由得大吃一惊，原来电话竟然是李银爱打来的。事情就是这么寸，别看叶三儿和李银爱没有姻缘上的缘分，但倒是颇有一点心有灵犀的意思。

叶三儿赶忙按下了接听键，马上听见李银爱那甜得发腻的声音传了过来。“还没起吧？是不是又梦见夏小菲了？”李银爱笑嘻嘻地说道。

叶三儿苦笑着回答说：“我的姐姐，夏小菲倒是没梦见，这一夜光想着你了，呵呵，倒真是梦见你了。”

李银爱啐道：“拉倒吧，梦见咬我了吧？怎么几天没见，嘴倒是学甜了？”

照例耍完了贫嘴之后，叶三儿才正经八百地问道：“您找我有什么事吗？”

李银爱回答说：“我们公司要推广一档民间节目去国外，你给照几张相怎么样？”

叶三儿笑道：“我就说你打电话不是给我叫早送早点的，说吧！室内还是室外？待会儿我那个助理一到就能出发了！”

李银爱亲热地笑着骂道：“德行！现在离了助理还走不动了！”

叶三儿领着林晓丽来到了红领巾桥附近的健一公馆，按照李银爱的要求给来考察节目的老外和现场表演的艺人们照了相。工作结束之后，他看见李银爱正在和对方的领队们说着什么，高高兴兴地收拾完器材站起就想走。

林晓丽着急地一把揪住叶三儿，指着正在和两个老外谈笑风生的李银爱说道：“去呀！没看见你的银爱姐姐就在那里吗？”

叶三儿为难地看着林晓丽说道：“要不算了吧，万一人家钱不凑手呢，多冒失。”

正说着话，正好李银爱打发走那两个老外，笑吟吟地走过来。她朝着林晓丽点了点头，对叶三儿说道：“晚上有时间吗？”

叶三儿想了想回答说：“有哇，想请我吃饭是怎么的？”

李银爱笑道：“我才不管你饭呢，要是有空儿晚上咱们到什刹海附近找个酒吧坐坐，我正琢磨着跟你打听一下夏小菲的事情呢……”

第三十八章 创业

当天晚上，叶三儿和李银爱来到了什刹海边上，找了一间安静的酒吧坐下。李银爱一上来就开口问道：“最近去看夏小菲没有？”

叶三儿摇了摇头说：“我哪儿敢去看她呀？躲着还来不及呢。我现在生怕她一看见我就又想着从那套1502里边搬出来。”

李银爱想了想神秘地一笑：“实话跟你说吧，我约你来其实是受人之托！”

叶三儿马上想到了托李银爱的人是谁了，于是瞪大了眼睛问道：“是夏小菲？”

李银爱点了点头回答说：“是夏小菲，没错儿！”

叶三儿由于紧张已经冒出了一脑门子汗。李银爱望着他说道：“下午夏小菲打电话给我，说不愿意再占着原本属于你们两个的那套房子了，但她跟你一样，对那套房号是1502的房子特别有感情，实在舍不得卖。因此想出了两个办法……”说到这里，李银爱停了停，瞟了一眼叶三儿，加上了个人的观点说道：“我看这件事对你来说是件喜事儿，从她的话里流露出她很珍惜你们之间的那份感情！”

叶三儿激动地如同喝醉了酒一般，望着李银爱一个劲儿傻笑着点头。李银爱伸出手在他面前晃了晃喝道：“醒醒！傻了是怎么的？”

当叶三儿恢复了常态之后，李银爱告诉他：“人家夏小菲说了，这几天就从你们的1502搬出去，要是你没地方就先住进去，要么她就干脆把房子租出去，房租分你一半儿，你看怎么样才好？”

叶三儿敏感地想，夏小菲这是在担心自己的状况，看来自己在她眼里永远也是一个不成气候的家伙。想到这里，叶三儿忽然感到肩头的担子又沉重了许多，他必须尽快地成就一番事业，摆脱自己在夏小菲心中留下的不着调的印象。由于被夏小菲的话激得热血沸腾，叶三儿终于打消了因为爱面子不向李银爱开口借钱的打算，真的准备要当那个影楼的老板了。他笑着对李银爱说道：“我看就是第二种吧，让夏小菲把房子租出去，我的那一半儿房租让她先收着，等我实在混不下去再拿出来给我！”

说完了夏小菲的事情，叶三儿望着李银爱说道：“姐，我有件事儿想求你，你看可以吗？”

李银爱听了吃惊地望着叶三儿上下左右地打量了半天才开口说道：“天呐！我兄弟终于肯开口求我了，真不容易啊！说出来听听吧，只要姐姐能办到的决不推辞！”

受到了李银爱的鼓励，叶三儿终于开口说道：“我……我……我想……”

李银爱见叶三儿吭吭唧唧地半天表达不出一个完整的意思，急得瞪起了眼睛数落道：“哎哟我的小祖宗，你倒是赶紧说呀！幸亏我的孩子大了，要不非让你急出奶来！”一着急，李银爱随口溜出了一句当初在南七条附近学的土话。

叶三儿听了放松地一笑，终于鼓足了勇气对李银爱说出了自己想要说的话：“我想借点钱，你看可以吗？”

“没问题，可以！说个数儿吧！”李银爱连想也没想就答应道。其实李银爱也很想知道叶三儿为什么要开口借钱，但由于深知叶三儿的性格，生怕问多了叶三儿又该挂不住了，所以才先答应下来，再听他慢慢地说出缘由。

叶三儿说道：“三十多万，能拿出来吗？我这一半天就要。”

这时候绝对属于财大气粗的李银爱听了马上不加思索地回答：“没问题，这点儿钱不成问题！”

叶三儿感激地看了李银爱一眼说道：“我想自己开个影楼……”

不等叶三儿说完，李银爱就由衷地表示：“好事呀！我明天就可以把钱给你！你要接的是你现在干的那个影楼吗？那个台湾老板呢，为什么不干了？”

叶三儿解释道：“就是那个影楼的设备，不过地方儿我想重新选。”说这句话的时候，叶三儿突然已经有了主意，他准备把自己的基业设在夏小菲将要租出来的1502里，要让她看着自己是怎么慢慢地在跌倒的地方爬起来的！

想到这里，他继续对李银爱说道：“我们影楼的老板要回台湾去了。他的太太刚刚遭遇了一场车祸，已经变成了植物人。因为时间仓促影楼来不及转手了，所以老板只得做出了贱卖设备的决定。我想来想去唯一有可能帮上这个忙的就只有姐姐你了。”

李银爱听了十分高兴，望着叶三儿笑靥如花地说道：“放心吧，姐姐永远支持你，尤其是干事业！”

李银爱果然是个信人，第二天一大早就开着车拉叶三儿到了银行，把需要的钱取了出来，交到了他的手里。叶三儿怀里抱着沉甸甸的牛皮纸口袋，捏着里边一摞摞的钞票，心里十分感动。他把钱交在单手，拿出一张事先写好的借条恭恭敬敬地递给了李银爱。李银爱拿过借条看了一眼之后，把它轻轻地折好，又重新塞回到了叶三儿的口袋里。

叶三儿禁不住失声叫道：“姐，你这是？”

李银爱笑着说道：“走吧，哪儿有这么多事儿？我要你的借条干什么啊。”两人说着话回到了车上，李银爱仍旧唠唠叨叨地数落着叶三儿说：“这年头有借条赖着不还的也大有人在，有的打上好几年官司还要不回来呢！所以这借条根本没用！”

叶三儿笑道：“那你就不怕我日后翻脸不认账了？”

李银爱用她那双有些狭长的大眼睛打量着叶三儿笑道：“就凭咱们之间的情分，你也绝不至于黑了我的钱，你就是最好的借条儿！没你这张借条儿，我不会拿出钱来的。”

叶三儿感激之余带着无限的憧憬说道："姐你放心，日后要真是挣钱了，我连你当初救我的那五十万也还一并还上！"

李银爱笑着白了他一眼说道："省省心吧。你还是先想着把影楼搞好再说吧！"

回到影楼，叶三儿跟归心似箭、急着飞越千山万水去照顾他的张惠妹的高同勋交割了钱款。第二天高同勋就要走了，叶三儿跟他依依惜别，两人一直聊到很晚，叶三儿亲自把他送到了门口儿。

在大门口，高同勋有些依恋地看了看影楼的招牌，拍了拍叶三儿的肩膀笑了笑，便挥手打了一辆出租车回家取行李去了。

林晓丽眼里含着泪水，满怀着深情望着渐行渐远的出租车，在叶三儿后面小声嘀咕道："高老板虽然长得丑了一点儿，人也不是太着调，但绝对是个好丈夫。"

第二天是个阳光明媚的上午，叶三儿在背上了经济和人情双重债务之后，终于变身成了影楼的老板。昨天还担心这个月老板一走工资领不到手的几个员工一看叶三儿当了老板，心里顿时踏实了下来，全都各司其职开始了一天的工作。

结束了当天的工作之后，叶三儿走到了林晓丽的身边对他说道："林晓丽同志，既然咱们已经成功地取得了政权，那接下来肯定就要论功行赏了。你说，我是给你涨一些工资呀，还是给你一些股份？"

林晓丽笑得跟花儿似的说道："你干脆就封我个老板娘，娶了我好了啦！"

叶三儿听了呵呵一笑，点头答应道："就这么办！下下辈子是你的了！"

林晓丽撇着嘴叫道："哇，叶思安你好狠哦！人家好心嫁给你，怎么连下辈子都轮不上吗？"

叶三儿笑着说道："这辈子我要娶夏小菲，那是肯定的了。但我这一辈子欠她的太多，所以下一辈子干脆变个女的嫁给她，这样一来你不就得下下辈子了？"

笑闹够了之后，林晓丽提出，自己只要叶三儿全部股份的百分之一就足够了。叶三儿听了觉得有些不可思议，问她胃口为什么这么小。

林晓丽笑着解释说："当然不会这么简单的啦，我还有个附加条件，那就是不管你叶三儿今后是不是还开影楼，只要是做生意，这百分之一就永远有效。"

叶三儿明白这位搭档的心意，当即便笑着答应了她这个请求，"没问题，以后我就是卖糖葫芦，也少不了你的这百分之一的。"

林晓丽听了很是高兴，当即便硬逼着叶三儿写了一份转让百分之一股份的合同，并仔仔细细地叠好，收了起来。

新影楼开张的半个月之后，有一天比较清闲，叶三儿正躲在自己的小屋里，在一个素描本子上勾画着自己的宏伟构想。门外的林晓丽看着叶三儿写写画画的样子有点好奇，便蹑手蹑脚地走到了他的身后，冷不防劈手把本子抢了过去。

林晓丽望着本子上画满了乱七八糟的小人儿和小房子，还有一些好像是象形文字似的符号，看了半天也不得要领，只得笑着问道："这是什么？怎么看着跟东方不败的葵花宝典一样？叶思安？你最近到底在琢磨什么呀？"

叶三儿看了她一眼，顺手扯过一把椅子，笑着对她说道："这几天我一直在想，咱们虽然买下了全套的摄影设备，但一直交这么贵的房租，随挣随花，总也不可能发展起来，要知道这里可是北京寸土寸金的黄金地段儿啊！"

林晓丽忽闪着大眼睛望着叶三儿不解地问道："那跟你画这些小人儿有什么关系？想学点法术凭空搬运金银吗？"

叶三儿笑着使劲儿点了她的脑门一下，四下里看了看，压低了声音进一步解释道："我是想趁着合同到期前的这一两个月再挣一些小钱，然后咱们就拔营起寨，重新搬个小地方另起炉灶！攒够了钱再实现更大的想法。"

林晓丽听了略显失望地嘟囔道："我还以为是什么，原来是想把影楼缩水，节约闹革命啊。钱是挣的，不是省的啊，叶思安。"

这时的叶三儿已经是一个合格的摄影师了，这大半年来的摸爬滚打，他已经摸清了门道儿，并且已经有了一些在实战中逐渐形成的想法儿。听林晓丽这么一说，叶三儿马上发出了一个鄙夷的声音，并用一种很不屑的眼光看着她说道："切！你也就这点儿出息，我是要把事儿干大，干大！懂吗？正因为钱是挣的，不是省的，我们才得积累股本，等着翻本啊。”

说着话，叶三儿用手指点着他那个画满了乱七八糟图案的本子，对林晓丽进一步说明：“看见没？这就是我下一步真正的打算。我想找个合适的地方建立一个摄影基地。用一流的布景，再加上灯光和一部分实物打造一个特殊的经营方式。咱们这个摄影基地里不仅要有西洋古典式的区域和中国古代皇宫内景儿，还要有超级豪华的家居，和一些平常人接触不到、享受不着的特殊布景区。我打算把摄影棚改造成微缩版的影视基地，草根儿的造梦天堂。有了这些，咱们想不火都不行！”

林晓丽在一旁都听傻了，带着由衷的赞叹叫道：“哇，叶思安，你可真是太有创意了哦！我好崇拜你哦！”

叶三儿得意地接受了自己搭档的吹捧，指着本子上一个机器人模样的图案神气活现地问林晓丽：“不知道这个是什么吧？”

林晓丽左看右看，研究了半天，最后还是摇着脑袋回答说：“不知道……”

叶三儿显然对林晓丽的理解能力很不满意，指着本子上的那个家伙说道：“真笨！你再好好看看？”

林晓丽又看了看，好半天才怯生生地说道：“你是想以后在这儿供个财神？”说完这句话她看见叶三儿的脸色不善，赶忙又改口说道：“那就是开业那天请道士画符净场喽？”

叶三儿实在不想听她那些越猜越离谱儿的推断了，便白了她一眼说道：“这是我想的第二期工程。咱们要是赚了钱，就在这儿追着市面上那些最热播的美国好莱坞大片儿，弄个专门的特殊场景区！当然，千里之行始于足下，这就是我刚开始说的那个搬家的理由，咱们这是以退为进。”

叶三儿在心里把第一步用作跳板的地方早就想好了，那就是夏小菲马上就要搬出去的1502。这样不仅能解决他的租金问题，也能保证他们视作风水龙脉的房子不至于租给别人。叶三儿悄悄地把1502当作了自己“梦开始的地方”，他决心退回原点，重新来过。

第三十九章 人性

叶三儿这里还没有付诸行动，黄德骥反倒成了1502的第一个客人。

夏小菲打开了门，只见衣冠楚楚的黄德骥马上泥鳅般地钻了进来。夏小菲用无比厌恶的眼神嘲讽地看着他说道：“黄总是哪阵风儿吹来的？真是稀客呀……”

黄德骥讪笑着对夏小菲说道：“俗话说‘一日夫妻百日恩’，何况咱们又是发小儿，从小儿一起长大的，你别老那么敌对我行不行？”

夏小菲听到这里，打断了他的话，直截了当地问道：“别提什么‘一日夫妻百日恩’了，那天的事情想起来真让我恶心。就说你到底有什么事情吧！我很忙，一会儿还要出去呢。你要是去民政局我随时奉陪，要是别的事儿就免谈了。”

黄德骥坐在夏小菲对面儿，一双眼睛在屋里逡巡了一圈儿之后，鼓足了勇气说道：“夏小菲，我今儿来就是想跟你说说王茜的事情。其实这种事情在我们的那个圈子里非常普遍，再说我跟她出那档子事儿的时候咱们的关系还没有确立，谈不上什么背叛。不就是简单的婚前性行为吗？你说我一个身体条件正常的男人，总是会有这方面的需求吧。”

其实，他今天之所以主动来找夏小菲，无外乎是两个原因。首先，他终于想明白自己还是爱着夏小菲的，还想着夏小菲能帮着自己尽早把入侵者王茜赶跑，恢复自己那个好不容易才赢了的赌约。再有就是，他跟夏小菲结婚的时候，除了领了结婚证并没有对财产进行任何界定。倒是专门儿把事情往歪处儿想的王茜提醒他，赶紧趁着夏小菲还没有和他办理离婚手续，把这件事儿赶紧办了，省得到时候连屋里的烟缸都得分给夏小菲半个。

黄德骥认定夏小菲不会想到这些，却因此对给自己出谋划策的王茜平添了厌恶的感觉，觉得这个女人太阴，便动了跟夏小菲联手对付王茜的主意。

夏小菲摇摇头，说："黄德骥，你们以前怎么样我可以不在乎，但是我不能不在乎你还是我丈夫的时候怎么样了。你不是说你不愿意坐牢吗？为了你自己，你可以什么都不在乎了。既然你宁可跟她一起过也不愿意对你的婚姻负责，那么咱们之间就已经没有什么好谈的了。"

一看夏小菲的态度如此坚决，黄德骥只得低下头嘿嘿一笑，故作轻松地说道："真的，不蒙你！这件事情其实很简单，只要你心里不在乎，我大不了花点钱了事。再说本来就是王茜勾引的我，我本身也是受害者。"黄德骥说到这里，越来越显得无辜，简直就要说自己跟王茜男欢女爱时完全是个被迫的受害者了。

夏小菲冷冷一笑，轻蔑地回答说："原来你竟然把这件在我看来很大的事情看得比配骡子配马还轻松，你真叫我看不起你！你和王茜之间的事情不用解释了，我也不想听。"

黄德骥一向对自己的谈判功力很是自信，这一次没想到自己的三寸不烂之舌没起到作用，跟夏小菲横竖也谈不拢，只得摊了牌："夏小菲，你说我辛辛苦苦地挣下了现在的这份儿家业，着实是不容易啊。当初要不是为你，我怎么会那么玩儿命地赚钱呢？不冲别的，就是冲着财产咱也得合起来对付她呀！她王茜是谁啊？也想着直接摘桃子。咱们好不容易苦尽甘来了，难道你现在还过得了没钱的日子吗？"

黄德骥本想用利益跟夏小菲统一战线，不想这句话让夏小菲更是反感，她十分震怒地对黄德骥说道："真是没看出来，你竟然把钱看得那么重要！那些钱都是你的，不是咱们的。我一分都不要，我也不用你管我，你过好自己的日子得了。具体你跟谁过日子我就管不着了。”

黄德骥并没有因为夏小菲的震怒而退缩，而是咳嗽了一声，借以掩盖自己的窘态。他觉得自己无法淡化之前发生的事情，也没办法用金钱掩盖他们之间的矛盾，便想进一步利用心理战术，于是继续说道：“夏小菲，咱们都是穷人家的孩子，当初都是苦过来的，一分钱掰八瓣还得看别人的脸色。钱重不重要咱们都门儿清。现在既然过过有钱人的日子了，再想回去过穷日子更是难上加难。你说当初我有钱了对你没亏过吧？我现在已经是贼上墙、火上房了，你必须要帮帮我啊！”

夏小菲努力使自己镇定了下来，朝着黄德骥投去了深深的一瞥，叹了口气说道：“说实在的，你说了这么半天只有这句是人话。不错，咱们都是穷人家的孩子，钱也的确很重要。但你别忘了，咱们同样都是人，办事就必须要遵循一定的准则，不能被几个钱烧得满世界胡嘬啊。”说到这里，夏小菲忽然仰头望着天长长地叹了口气说道：“你和王茜之间的脏事儿我真的管不了，也不想管，这件事儿你自己惹的就自己处理吧。但你放心，我绝不会给你添乱，看在你当初帮我救了我弟弟一命的份儿上，我会跟你尽快办理离婚手续，不跟你提任何财产要求。”

夏小菲的话强烈地震撼了黄德骥，他真正地从内心深处感到了无以复加的后悔。他甚至怀疑自己当初怎么鬼迷了心窍，放着身边冰清玉洁的美人儿不要，非得向着那个瞄准自己钱包的狐狸精。想到这里，黄德骥忽然站起来“扑通”一声跪在了夏小菲面前，伸手抱住了夏小菲的腿说道：“夏小菲，老婆，你就原谅了我吧！我今后一定好好地过日子，再也不到处去拈花惹草儿的了，我求求你了。我真的是被人陷害了，我求求你了。”说着说着，黄德骥真的说到了伤心处，他的眼角流下了眼泪，一副痛心疾首的样子。

这些日子夏小菲也经历了很多事情，成熟了不少。她断然地掰开了黄德骥抱着自己大腿的手，平静地说道：“黄德骥，我跟你说，咱们的事情就不必再提了。我夏小菲是个什么样的人你很清楚，咱们之间已经不可能了。不过我不会恨你，也不会陷害你。你要真想摆脱王茜，就把她告上法庭吧，我想王茜不一定还敢再继续纠缠，那样你就可以慢慢找个称心如意的姑娘，今后的生活也许要比现在好出许多。”

黄德骥又苦苦地哀求了半天，但夏小菲已经是心如铁石，就是不肯再回头了。到最后黄德骥终于失去了耐性，他站起来恼羞成怒地翻了脸。黄德骥望着夏小菲冷笑着说道：“夏小菲，你也别太绝了！其实你也比我强不了多少！”

黄德骥说到这儿还真的动了火儿，他涨红脸提高了音量说道：“我黄德骥这辈子倒霉就倒在女人的身上，我有今天跟你有直接的关系。你别以为我不知道，别看你嫁给了我，口口声声地叫我老公，其实你心里一直想着叶三儿。你平常话里话外地让我关照他，生怕他吃不上饭！我恐怕咱们俩那个的时候你也还想着他，我只不过当了他的替代品罢了！你觉得你这么做要脸吗？你他妈的有资格要求我正常吗？”

夏小菲被黄德骥这番无耻到极点的话激怒了，挥手打了他一记响亮的耳光，鄙夷地看着他说道：“黄德骥你真无耻！你亵渎的不光是咱们之间那段儿马上就要彻底破碎的婚姻，还亵渎了咱们从很久以前就开始了的友谊和一段曾经的真情！”

黄德骥捂着被夏小菲扇得火辣辣的面颊，已经意识到和夏小菲的谈判彻底失败，自己的小算盘绝无得逞的余地了，心里登时冷静了下来，不由得十分后悔。特别是听了夏小菲这一番诛心之论以后，他感到自己就像是一个在赌桌上输得精光的赌徒，再无翻本的可能，失望之余，一直以来压抑在心底的不满和猜忌一下子爆发了出来。黄德骥看着夏小菲这个自己心目中最美的女人就这样在得到之后又失去了，有些丧心病狂地嘿嘿怪笑着，反唇相讥道：“别以为你自己是圣女，其实你也不像你想象的那样完美无缺！”

夏小菲很快平静了下来，用嘲弄的眼光望着黄德骥摇着头叹了口气说道：“我可没说过自己是完美无缺的，我干了很多让自己遗憾的事情。比如当初平白无故怀疑叶三儿。”说这句话的时候，夏小菲已经是满脸的悔恨的表情。她望了一眼黄德骥，继续缓缓地说道：“还有就是嫁给了你。我本以为你会看在从小到大的情分上珍惜我、爱护我，谁知道你竟然在我的心上划了个大口子，拿我开了一个天大的玩笑！”

黄德骥也激动了起来，他带着不屑的表情望着夏小菲说道：“你没必要把话说得这么绝！在这件事上，我不认为你比我高尚多少。你再怎么描也没用了。”

说到这里，一向精明过人的黄德骥忽然间想起了自己此来的目的，急忙再次压下火儿去，苦笑着换作央求的语气，最后一次试探着说道：“夏小菲，刚才那些气话你别往心里去，我都是因为在乎你。我希望，你还是原谅了我吧。作为一个男人，我确实不愿意看你天天想着别人，就算我是小心眼儿，可是这种事儿搁谁也好不到哪儿去。你也不想想，我连你当初和叶三儿结过婚都没在乎，我还不是因为爱你？一个大男人在外面做做戏算什么，聪明的女人睁一只眼闭一只眼也就算了。”

这句话再次深深地刺激了夏小菲，她扭过身去，用决绝的声音说道：“你不用再说了，咱们两个人的婚姻已经走到了尽头，没有挽回的余地了。我刚才说过，我心里并不恨你，我不希望你把我心里最后的一点美好也都给毁了。”

第四十章 生存空间

这两个来月，叶三儿接手的影楼生意出奇的好。不仅大套系婚纱摄影的活儿接了不少，就连平时不怎么热门的艺术照也跟着火爆了起来。

叶三儿那些创意独特的布景果然引来了很多人，林晓丽看在眼里忍不住劝说叶三儿说：“我看咱们还是不要搬走了，这里肯定是风水宝地呀。要是搬走了客户不认可了，那不等于放着钱不挣吗？”

叶三儿诡秘地一笑说：“你说错了，咱们最近这是虚火，守在这儿根本就挣不了什么钱！”

林晓丽不解地问：“为什么说是虚火？”

叶三儿说道：“最近这么火的原因之一是咱们降低了价格，再有就是，下个月合同到期，一下子就要交十来万房租，最近挣的这些个钱都得倒腾出去，你说什么时候才能挣得回来？”

林晓丽想了想的确是这么回事儿，点头说道：“怎么跟着你我总觉得自己的脑子越来越不好使了？很奇怪哦。”

叶三儿笑着说：“别着急，很快就该你大显身手了。你看，咱们最近这把虚火也不是白烧的，其实是给以后打基础的。现在等于做广告、维护客户，以后再压低成本接活儿，能不赚钱吗？”

正说着话，李银爱打来了电话，叶三儿赶紧接了。李银爱对叶三儿说道：“三儿，夏小菲已经决定搬出来回家住了。”

叶三儿马上问道：“姐，你知道那套房子租给谁了么？”

李银爱笑道：“她委托给附近的房屋中介了，暂时还没有租出去。”

听到这里，叶三儿马上回答说：“好，我马上就去！”

由于叶三儿的动作很快，那套1502最终被他租到了手。叶三儿打电话向李银爱汇报了这个好消息之后，便拿着钥匙以一个房客的身份进到了这套曾经引发了他太多绮梦的地方，一时间不由得感慨万千。

叶三儿摸着只是简简单单地刷了涂料，还没经过其他现代化手段装修的墙壁时，不由得心头一阵酸楚，眼睛也慢慢地湿润了。他慢慢地环视着四周，看见房间布置得虽然简单，却温馨可人、独具匠心，看得出夏小菲真的是把这里当成家来布置的。

叶三儿起身走到了阳台上，迎着对面呼呼吹来的风深深地吸了一口气。他下意识地看了一眼楼下曾经是南七条的那片地方，又回头看了看原本是他准备用作迎接幸福生活的地方，心中涌上了一股豪情，下决心重新赢得属于自己的一切。

带着这种心境，叶三儿的思绪也渐渐地离开躯壳，融入了天地之间。叶三儿仿佛看到，在蓝天的掩映下，是一朵朵引人遐思的白云。它们根本无视太阳的存在，自由自在地飘浮着。那是一种叶三儿向往已久的状态，是真正意义上纯纯粹粹的自由。不用问，拥有这种自由的前提一定是已经获得了自身想要的幸福，失落或是其他不怎么美妙的感觉是沉重的，坠得使人无法产生那种飘然欲仙的感觉和那种漫无目的的任风儿随便带去哪里的心境。

叶三儿对着辽阔的苍穹，又带着无比的雄心默默地重复起他的誓言：“夏小菲，等着我，我一定要找回本该咱们共同拥有的幸福！”

夏小菲此刻虽然就在叶三儿瞩目的那些白云下边，但她的心境一点也不开阔，一点也没感到幸福。她拉着自己曾在剧组使用的拉杆箱，回到了自家人新搬进的另一个小区里。当她找到了完全不熟悉的新楼号，然后伸手敲开了房门的时候，她看见妈妈慢悠悠地打开了门。

原本母女相见应该是很感人的一幕，但夏小菲却没有体会到这种感觉。母亲在盯着她看了不到一分钟之后，才想起把她让进屋里。此时夏小菲的爸爸正在戴着老花镜看报，听见响动之后放下报纸也朝这边看了过来。当他看清了来人是女儿之后，先是轻轻地发出了一声叹息，紧接着便沉吟着开口说道：“小菲呀，那天小黄来了，你们到底怎么回事儿？”

夏小菲没想到爸爸说的第一句话竟然是这样的，她感到很不舒服，马上倔强地反问道：“爸，你这句话我该怎么理解？听您那意思好像是我犯了错儿？”

夏小菲的爸爸还没开口，里屋的门儿一响，夏小菲的弟弟夏小茏探出了头来。夏小菲一看是弟弟，马上笑着说道：“躲在屋里干什么？没看见姐回来了吗？”

夏小茏叫了声姐，走出屋来。当他看见了夏小菲拉着的拉杆箱时，忽然间吃惊地叫了起来：“你打算搬回来住？”

夏小菲听了这个气呀，心说你怎么这么不会说话呀。她马上板着脸提高了声音质问道：“我回不回来住碍着你哪门子的事儿了？什么时候轮着你管我了？”

夏小茏的脸上完全没有那种在过去的几十年中她所熟悉的、一直存在的那种相濡以沫的亲情，而是换上了一种小野狗护窝般的样子，瞪着眼睛嚷道：“姐，你先是跟叶三儿领了结婚证，后来不明不白地就离了。现在你又要跟黄德骥离婚回家来住，你说人家哪点儿配不上你了？”

夏小菲感到十分愤怒，冷冷地问道：“小茏，你说这个是什么意思？”

夏小茏望着怒形于色的姐姐并没有退却，他说道：“没什么意思！只是我想告诉你，别把离婚当吃饭似的那么不在乎。再有一点就是，我现在谈恋爱了，不想看见你回来跟我抢地方儿！”

夏小茏的话让夏小菲的爸爸实在看不下去了，他走上来扒拉了儿子一下，大声喝道："老二，不许这么跟你姐姐说话！"

夏小茏不服气地嚷道："我为什么不许跟她这样说话！她是我爸还是我妈？她不就是比我大两岁吗？"

夏小菲的妈妈觉得这空气中的火药味过于浓烈了，赶忙蹿过来，给了儿子一记响亮的耳光，指着他骂道："你个小兔崽子！再这么跟你姐姐说话就滚出去！你好好看看，周围的人谁不结婚呀！怎么就你这么下作！"

挨了打的夏小茏更加暴躁，他捂着脸叫道："你打我？你敢打我？"

夏小菲再也看不下去了，伸手抓住了弟弟的胳膊，用手指着他说道："你想干什么？不仅妈打你应该，就是我打你也理所当然！"

夏小茏被姐姐眼里那喷薄而出的怒火惊呆了，他心虚地问道："为……为什么？"

夏小菲使劲攥住了他的腕子，冷冷地说道："他们把你生到了这个世界上，才有了今天的你。是让你好好做个人不是让你学着耍混蛋的。而且我还想提醒你，这几十年是他们一把屎一把尿地把你养成了这个样子！看你以后还敢不敢这么跟妈说话了。"

说到这里，夏小菲猛地一用力，把弟弟推到了一边。夏小茏踉踉跄跄地倒退了好几步，终于因为后背撞上了墙才勉强刹住了车。他恼羞成怒地叫道："别跟我说什么大道理。你凭什么打我，难道你也养了我几十年吗？"

夏小菲一听，走过去瞪起她那双美丽的大眼睛死死地盯着弟弟说道："告诉你，你欠我的。你不光欠我的，你还欠着叶三儿一笔还不完的人情债！"说到这里，夏小菲又一字一顿地说道："记好了，当年你住院换骨髓的那三十万块钱，本来是我拿回来想要救他出来的，你明白了吗？"

自打闹了这么一出儿之后，夏小茏彻底老实了。他虽然没有当面儿给姐姐道歉，但从来都是夜间活动白天睡觉的他，第二天居然起了个大早儿去买了豆浆油条摆在桌上，还特意嘱咐他妈说："这是给我姐买的，您一会儿让她吃。"

夏小菲起床刚要去洗漱，正好看见了这一幕，心里顿时感到热乎乎的。在这一瞬间她已经原谅了弟弟。夏小菲叹了口气，心中暗想：弟弟昨天的表现虽然实在不怎么样，但自己其实也不完全对。难道他不应该奢望住上大房子，把自己心仪的女孩儿娶回家来吗？难道仅仅是由于自己过于纠结、坎坷的经历，就该去剥夺他好不容易盼来的这天吗？很快，夏小菲的心里就给出了答案：不能，自己没有剥夺他获得幸福的这个权利！夏小菲想到了老天爷赋予弟弟的权利，又不由自主地想，老天爷为什么就不肯眷顾眷顾自己，属于她自己的那份爱情究竟在哪里呢？

此时的夏小菲没有想到，在离她大约不到一公里远的另一条街上，有一个人正在为了她的幸福在默默地努力。这个人就是已经搬进了 1502 的叶三儿。

叶三儿一门心思放在了新租来的房子上。在简单的装修过后，被重新更名为 1502 摄影工作室的影棚开张了。

有了这个新的工作室，叶三儿开始在双重力量的激励下拼命地投入摄影工作室发展的工作中去了。这两种力量分别是男子汉大丈夫与生俱来的血性和叶三儿天生倔强的性格，更重要的当然还是由于夏小菲。叶三儿执着地想用自己实实在在的努力，挽回自己今生今世不可或缺的爱情。

在这块生养了他的土地上，叶三儿开始兢兢业业地干起了自己的事业。在布置好了一切之后，这间摄影工作室的两个合作伙伴开始坐下来研究今后的战略。

叶三儿望着他的搭档林晓丽说道："我琢磨着，打今儿起，咱们就彻底改变过去那种大影楼的工作套路，专门设立一些价格便宜的小套系吧。只要咱们的服务到位，照片质量过硬，就不愁没有顾客。一传十，十传百，这就是口碑的力量。"

林晓丽把嘴一撇望着叶三儿笑道："我看可以，你现在不但照片照得很好，而且构图也越来越有创意了。我相信你很快就会有更大的知名度了。"

叶三儿笑眯眯地看着林晓丽开玩笑地说："怎么？咱们现在规模都变成这么小了，你还拍马屁？"

林晓丽听了朝他做了个鬼脸儿，吐了吐舌头回答说："臭美吧，我拍你干什么？”说完这句话，林晓丽忽然想起了什么似的问道：“别开玩笑了，咱们说正经的吧，你看咱们的户外广告用什么图片，你想好了没有？”

叶三儿听了马上回答说：“暂时先不要用图片了吧。”

林晓丽听了狐疑地问道：“那用什么？”

叶三儿郑重地个回答说：“就用 1502 这个数字！”

林晓丽听了带着一脸疑问拖长了声音叫道：“为什么？”

叶三儿淡淡地一笑，回答说：“不为什么，就是因为这个数字对我很重要！”

第四十一章 生意

叶三儿热火朝天地为了理想和爱情开始了又一次冲刺。此时，原本志得意满的黄德骥也没有闲着，他正在酝酿着一件大事。

自从夏小菲走后，王茜就一直赖在他们住的别墅里。黄德骥手里拿着一份文件快步走到了她的面前，把手里的文件夹往她面前一甩，很不高兴地说道：“你说说你，整天在这儿涂脂抹粉儿的给谁看呀？家里的活儿你不爱干有下人呢。可我生意上的事儿你也从不打听，放着这么大的生意你就不怕我让人算计了？你到底是来干什么的？难道是为了毁我来的吗？”

王茜听了先是一愣，紧接着就装出一副千娇百媚的样子冲黄德骥叫起了撞天屈：“哎哟，我涂脂抹粉的当然是给你看了。我容易嘛，守着你半年多了，大门不出二门不迈的，连个正经名分都没有。你要是早看这也不顺眼，那也不顺心的，当初干吗非招我呀？你当我愿意跟你是怎么的？现在可好，你连跟我说句话都是这样鼻子不是鼻子脸不是脸的，这要是结了婚往后可怎么过呀。”

黄德骥无可奈何地望着王茜说道：“行了，你就别叫委屈了！其实这天底下最冤的人是我！我昨天去跟夏小菲跟摊牌了，眼看这就要去协议离婚了，你也不给我出出主意。那少给的钱，还不都是你的钱嘛，笨女人。”

这一下王茜听懂了，她马上美女蛇一般地趴在黄德骥的肩膀上，在他的脸上亲了一下，说道："你这人真是，我都住进来这么长时间了，你却一直让我独守空房，连碰也不肯碰我一下，人家怎么知道你在想些什么？"

黄德骥深深地叹了口气，低下头胡乱地抓挠着自己的头发，用很低的声音说道："还碰你呢！我跟夏小菲的婚姻关系一天不解除，咱们就一天脱不了狗男女的帽子。现在的婚姻法学过没有？因为不忠行为导致婚姻破裂的一方在分配财产时，那是要受损失的！"

王茜依旧长虫般依附在黄德骥的身上，把自己的脸紧紧地贴在黄德骥的脸上，眼睛叽里咕噜的一通乱转，仿佛心不在焉地抚弄着自己的发梢儿问道："你今天见过夏小菲了？她不肯离婚吗？"

黄德骥轻轻地推开她，点上了一支烟，点了点头说道："是呀，我刚从她那儿回来。"

王茜瞪大了眼珠子问道："怎么？她后悔了？"

黄德骥吸了一口手中的烟，徐徐地吐出了一阵烟雾之后，苦笑着说："同意，她当然同意了！夏小菲的态度特别地坚决。她那种人浑身上下都充满着自信和骄傲，绝不会原谅我的这种背叛行为。"说到这里，黄德骥打住了话头儿，又低下头去自顾自地抽起了烟来。

急等着听下文的王茜等了半天也没听见声音，一下子急了。她赶忙放开黄德骥那可怜的肩膀儿，快步走到了他的前面，蹲下来仰头望着沉默不语的黄德骥催促道："你抽什么烟呀？赶快说，夏小菲到底说什么了？"

在她的再三催促下，黄德骥才慢慢地抬起头望着王茜说道："她不跟我谈，想让法院判。说要严格地按照法律规定的执行，所有财产一人一半儿。"

王茜听了这话先是吃惊地"啊"了一声，紧接着便用不信任的眼光望着黄德骥说道："你不是在蒙我吧？那会儿她不是还当着咱俩的面儿说什么也不要吗？"

黄德骥抬起头轻蔑地瞟了王茜一眼，夹枪带棒地说："蒙你？咱俩之间要是非找出一个蒙人的来，恐怕应该是你而不是我吧？"

王茜听了这句话顿时语塞。她的嘴巴动了动，但最终还是没有说出话来。因为她心里清楚，自己正是利用长期生活不规律导致的月经不调，骗黄德骥说怀孕了，就这么一直骗了三四个月。

黄德骥好像察觉到了王茜的尴尬。他不动声色地把手里的烟头儿使劲地在烟灰缸里捻灭，头也不抬地说道："这件事儿本来没有这么大波折，都怪叶三儿那小子，非在这个节骨眼儿上开什么摄影工作室，真是添乱！"

因为没有听到过叶三儿这个名字，王茜不解地问道："谁是叶三儿？"

黄德骥回答道："还有谁？就是夏小菲的前夫呗！"说着，黄德骥简单地把他和叶三儿、夏小菲的事情简单地叙述了一遍，然后望着王茜垂头丧气地说道："这下儿你该知道叶三儿是谁了吧？"

王茜不知道自己到底是该点头还是摇头，愣了一会儿不知所措地问道："夏小菲是要跟他复婚吗？"

黄德骥点了点头回答说："夏小菲因为你的事儿特别恨我，我看她那架势，是越来越觉得自己对不起叶三儿，非要在这件事情上帮衬叶三儿一把不可。夏小菲说了，她更想马上就去民政局，要是我不同意法院也行，反正属于她的那一半儿财产少一分也不行。"

王茜想了想，有些茫然地问黄德骥："你看咱们到底应该怎么办？难道真的分她一半儿？"

黄德骥鼻孔里"哼"了一声说道："一半儿就一半儿！反正真正的大头儿还在后边。要不然到时候更分不清楚了。"

王茜听了眼睛一亮，连忙问道："什么大头儿？"

黄德骥忽然像扎了鸡血一样又重新振作了起来，诡秘地一笑说："一笔两千多万的资金马上就到了……"

叶三儿的 1502 摄影工作室在南城崭露头角，他推出的一系列小套系个性婚纱摄影果然大行其道，生意火得不得了。在这种情况下，他又推出了一个被称作"酷梦"的特殊艺术照系列，在网上一经宣布马上就引起了轰动效应。

叶三儿这个创意极大地迎合了年轻人多梦的心理。只要花上三百块钱，你便可以成为自己理想当中的人物，在白宫前挥手微笑也行，在NBA的赛场上留影也可以。再加上若干的时尚酷评，总之只要是顾客能想到的基本上全能心满意足，还能显得不落俗套。不仅如此，叶三儿他们除了把照片弄好，还免费给每位顾客做一张海报，想往哪儿贴就往哪儿贴，很适合年轻人的叛逆想法。

这种套系一经推出，先是影棚的预订电话响个不停，紧接着就是顾客盈门，出现了排队照相的盛景。生意做得风生水起，票子也流水般进了叶三儿的腰包。

这一天，又是1502结账的日子。林晓丽把财务报表拿到了叶三儿面前，得意地对他说道："看见没有？这才三个月，赚的纯利润比在影楼时还多。看来你这些奇怪的想法还真行得通哦。"

叶三儿听了不满地瞟了林晓丽一眼，抢白道："你们南方人真小家子气！这才哪到哪儿呀？等着吧，日后有的是大把挣票子的日子！"

林晓丽笑着回答道："好，我小家子气，你高瞻远瞩。我看你比我也强不到哪儿去！"

叶三儿不服气地问道："我？我怎么了？"

林晓丽笑着数落道："这还用问？用你们北京话说，你这就是标准的小人乍富！"

笑了一阵，叶三儿忽然想起了什么似的望着林晓丽问道："这个月还人家银爱姐的钱没有？"

林晓丽听了笑着回答说："放心吧！按照你的指示，每次月底结账后，我总是第一时间把借李姐的钱按照每月营业额的一定比例汇过去，误不了事的！这不，这个月的钱算出来了。我马上就去。"

叶三儿满意地朝林晓丽点了点头，随即又嘱咐道："要是赶上哪个月挣得多，就尽可能多地还上一些。每汇走一笔钱，我都会感到踏实一些，你这是给我减负呢。"

林晓丽知道叶三儿又想起了当年李银爱拿出五十万救他的事情，赶忙郑重地点头答应道："放心吧，忘不了！"

林晓丽转身出去上银行了，桌上的电话突然响了起来。叶三儿接起来一听，原来是个想要预约照相的顾客打进来的，马上客气地说道："是，您说得没错儿，是 1502 工作室，你想照一套什么样儿的？"

正在这时，他的手机也响了起来，一个熟悉的电话号码在他的眼前不停地跳动，可是那个关于预约的电话还在叽叽歪歪地挑不出重点。叶三儿急忙对这个不合时宜的预约电话说道："麻烦您快点儿，我这儿来客人了。"

叶三儿望着手机上那固执的仍在闪动个不停的号码，从吃惊到厌恶。他忽然感到一阵烦躁，于是毫不客气地对电话里那个要求各色的客人说道："不行，萨达姆不行，拉登就更不行了！等你想起靠点儿谱儿的人咱们再照吧，对不起！"说完这句话，叶三儿"啪"的一声挂断了电话，拿起了手机。他看着屏幕上的名字犹豫了一下，最终还是按下了接听键。

"你打电话干什么？是不是拨错了？"叶三儿咬牙切齿地对打电话的人说道。

但电话里的那个人却好像早就知道叶三儿会是这种态度，已经做足了各种心理准备。他干笑了两声之后说道："没拨错，就是找你！"紧接着，也不等叶三儿表态，就说出了一个地方儿，并告诉叶三儿说道："我现在就去那儿等你，不见不散……"

叶三儿心烦意乱地想了一会儿，终于随便编了个借口，赶去赴约了。但到了约好的地点之后，他只看见了一片在轻风中摇曳的小树林。他四顾观察了一圈儿，确信没有他要等的人的时候，扭头正往回走。不承想，那个要见他的人却已经不知什么时候鬼魅般地站在了他的身后。

叶三儿气急败坏地指着那人骂道："你什么时候摆弄成鬼了？你要真是鬼倒也好了，省得我以后再费劲儿收拾你了！"

面对叶三儿尖刻的指责，那人没有什么激烈的反应。他把脸一仰、眼一闭，轻声说道："来吧，趁我还是人赶紧的吧……"

第四十二章 斗智

这几天负心的黄德骥找不到夏小菲，又追着打了几个要命的电话给她，把夏小菲几乎刺激得精神世界都垮塌了。要不是还有个叶三儿活生生地待在那里，夏小菲真的要怀疑这世界上到底还有没有真正的爱情了。

回到家里的这些日子，夏小菲几乎是完全进入了苦思冥想的状态。她每天的大部分时间都会把双手枕在头下，眼睛一动不动地注视着天花板发呆。猛一看，真好像只有一具躯壳留在这里，而三魂七魄早就到混混沌沌的太虚中去游荡了。

看着女儿这副样子，夏小菲的母亲几次都心疼地要过去劝慰，但都被他的老伴儿给拉住了。夏小菲的爸爸每次都会这样对她说道："她的那些个事儿你根本不懂，你那些老妈妈令儿劝不动她啦。我看你还不如就让她这样好好地想想吧，要是她能自己个儿想明白了那是最好的。"

夏小菲的妈妈望着整天植物人一般的女儿，总是咬牙切齿地在心里暗暗诅咒那个造成了这一切的肇事者："老天爷我求求你，赶紧让黄德骥那个王八蛋掉进臭水沟里淹死算了！"

别看夏小菲仿佛已经到了羽化登仙前的临界状态，但她毕竟没有真的脱胎换骨、名列仙班。正如某位大人物儿说过的那样：“人只要活着，就要不断地面对各种难题。”夏小菲既然现在还食人间烟火，还呼吸着造物主覆盖在大地表面上供凡夫俗子呼吸的空气，就难免会有人给她捣点儿乱，添个堵。这个人就是她那个不知道懂事儿为何物的弟弟夏小茏。这小子刚刚懂事了没几天，被他的女朋友一番煽惑便又故态萌生，打起了姐姐的主意。

这一天，早已经打定了坏主意的夏小茏一回家就满脸堆笑地走到了入定般的姐姐面前，他先是俯下身仔细地观察了一阵儿，然后轻轻地叫了声“姐……”便搬了个凳子坐在了夏小菲身边。

因为足足过了一两分钟还没听见夏小菲答应，夏小茏急忙站起来伸出一只手在夏小菲的眼前边儿来回晃动了几下，又稍微提高了一些音量再次叫道：“姐，你听见了吗？”

他这一连串动作把原本懒得理他的夏小菲给烦得实在受不了了，她紧闭上双眼开口说道：“有事儿说事儿，跟这儿瞎比画什么？”

夏小茏被突然开口说话的姐姐吓了一大跳，一边用手胡噜着胸口，一边自言自语地说道：“呀哟妈呀！吓死了，吓死了。你别这么一惊一乍的行不行？”

夏小菲看在眼里，知道这小子明摆着是有话要说，索性翻身坐了起来，用不带任何感情色彩的眼神望着，静静地等着他开口。

在夏小菲的注视下，夏小茏扭捏了一番之后，终于鼓足了勇气说道：“姐，我想求你两件事儿。”

夏小茏的这句话居然把最近一直心情不佳的夏小菲给气乐了，她用揶揄的眼神望着弟弟笑道：“一次求人办俩事儿的还真不多见，原来还只是听说，这回总算是让我给见着了，真是开眼呐！”在用嘲弄的口气丢出这句话之后，夏小菲这才望着弟弟说道：“说吧，让我听听你那两件具体是什么事儿吧！”

夏小茏讪笑着说道：“其实也没什么大事儿，就是两件小事儿，对您来说根本算不了什么……”

夏小菲听了微微一笑，点了点头说：“说吧，只要我能办到的，我肯定不惜力。”

一看姐姐说了活话儿，还不等夏小菲把话说完，夏小茏就抢过话头拐弯儿抹角儿地说道：“姐，是这么回事儿！今儿我对象来了，跟我商量起订婚的事情来。她提出了两个要求，一是结婚以后我们单独过日子……”

听到这里，夏小菲不耐烦地打断了他的话冷笑着说道：“结了婚当然是你们关起门儿来自己过日子，这还用说？捞干的吧！”

挨了姐姐的抢白之后，夏小茏再次讪笑着说道：“好，那我就捞干的说，等我们结婚的时候，您能不能给我出几万块钱？我们想买点家具电器什么的。另外我们还想……”说到这儿，他打住了话头儿，一双眼睛贼溜溜地在夏小菲的脸上来回心虚地逡巡着，一副欲言又止的样子。

夏小菲的嘴角儿微微翘起，露出了一个冷冷的笑容。她对吞吞吐吐的弟弟催促道：“还有第二件？一打总儿说了！”

夏小茏涨红了脸犹犹豫豫地好一阵子，终于还是说出了那难以启齿的第二件事：“我们还想借您那套三居室结婚，借，您看成不成？”

夏小菲慢慢地站起身来，严厉地盯着弟弟的眼睛说道：“第一，你太高看我这个姐姐了！别说我现在拿不出几万块钱，就是拿得出来我也不能惯着你这种异想天开、不劳而获的臭毛病！”

夏小菲望着脸上青一阵儿、白一阵儿的弟弟继续严肃地说道：“第二，你压根儿就别朝我那房子那儿想。你没看见因为那房里有人家叶三儿的一半儿，连我自己都搬出来了？再说，那套房子现在已经暂时租出去了，如今谁住在里边我根本不知道！”

一看姐姐不仅断然地拒绝了自己的要求，还劈头盖脸地把他给损了一顿，夏小茏一下子恼羞成怒，站起来扯着嗓门儿叫道：“告诉你说，别这么理直气壮的！既然你这么不通人情，那就算了，我也不求你什么了。不过你别忘了我可是你的亲弟弟，不是要饭的！”说到这里，他忽然又捡着夏小菲最不爱听的话说道：“你可真是比我早生了两年，真不愧是我姐姐，心眼儿就是比我多！自己有房子不住，租出去自己干落房钱，然后再回来跟我们瞎挤着，真的是思维缜密！”

这句话可算真是把夏小菲给惹恼了，她把自己那双大眼睛一瞪，用手指着面前斗架公鸡般的弟弟喝道：“住嘴！再废话看我现在就揍扁了你！”

尽管心里不服，但慑于姐姐过人的身手，夏小茏还是闭上了嘴，瞪着眼跟夏小菲对峙了起来。

夏小菲被气得脸色发白，她指着对面那双虽然瞪得溜圆但眼神却越来越心虚的弟弟摇着头说道：“我原本以为你最多只是不太懂事儿，没想到你竟然真是只吃完连嘴儿都不带抹的白眼狼！”

就在夏小菲准备借这个机会好好教训一下这个除了女朋友谁都不认的家伙时，忽然看见妈妈走过来劈手揪住了儿子，抄起了扫炕笤帚就是一通猛抡。她一边打还一边用气得变了调儿的声音骂道：“你看你还像个人吗？你姐刚回来你就变着法儿地气她，只有畜生才会这样！”

夏小菲的爸爸更绝，一把拦住了准备夺门逃窜的儿子数落道：“告诉你，这个家里谁也不欠你的，不愿意好好待着就给我滚蛋！”

眼见着老两口儿把自己的宝贝儿子揍得哇哇乱叫，夏小菲实在看不下去了。她伸手从妈妈手里抢过了笤帚，叹了口气说道：“爸，妈！你们都别跟老二生气了，是我打乱了家里的生活。”

她妈一听这话，不禁又想起了那个负心汉黄德骥，当即跺着脚骂道：“黄德骥，你个天杀的！你可把我们家给害苦了！”

不过这时候的黄德骥根本没料到有人在可劲儿地骂他，甚至连个喷嚏都没打。此时此刻，他正处在十分紧张的状态中——他已经下决心要办那件事了。这段时间，他已经完成了所有的准备工作，就等着这个瓜熟蒂落的时候。

带着必胜的信念，黄德骥走出了自己临时充作卧室的书房，穿过走廊，径直走到了被王茜霸占的主卧室门前。稍微犹豫了一下之后，他推开门走了进去。在那张他当初特意为夏小菲买回来的大床前，黄德骥看到了仍在沉睡的王茜。在这张舒适的大床上，王茜露着两条大白腿，四仰八叉地躺在床上睡得正熟，对已经走到了面前的黄德骥没有一点儿觉察。

黄德骥低头看了看睡相很不雅观的王茜，不自觉地皱了皱眉头，伸出手使劲儿地推了推她轻声地叫道：“王茜，醒醒儿，赶快醒醒儿……”

被扰了美梦的王茜睁开惺忪的睡眼看了看他，带着一脸不情愿的表情含糊不清地咕哝道：“什么事儿呀？连个囫囵觉也不让睡，真是的。”

黄德骥盯着她用不容置疑的口吻说道：“咱们上回说的那件事已经到了非办不可的紧要关头了，你怎么还有心思睡懒觉？”

听了这句话，王茜虽然表面上保持着镇定，但心里却不由得一阵狂喜。她知道，如果一切顺利的话，打今天下午开始，她就将不再是现在的她了。但为了表示自己的淡定，王茜没有动，仍旧保持着原来的姿势。

其实，这时候王茜的心里已经开始了紧张的心理活动，迅速地进入了临战前的状态。要知道，越是大事儿变数越大，往往眼看着就要开天辟地，结果却落得个粉身碎骨。想到这里，王茜情不自禁地打了个冷战，翻身坐了起来。望着站在自己面前的黄德骥，王茜忽然感到一阵莫名的心悸。她用充满怀疑的目光打量着黄德骥用充满怀疑的口吻说道：“我怎么总觉得这件事儿不大对劲儿，你该不会是想要设计我吧？”

黄德骥冷笑一声，讥讽地看着她回答说：“你要是非这么想我也没办法，但你不觉得我拿两千多万骗你很不值得吗？”

王茜恼怒地叫道：“你说这句话什么意思？”

“什么意思？咱们都是外面儿上混的人，你应该知道这笔钱能勾搭多少个你这样的人吧？”黄德骥面不改色地说道。

王茜知道他说的的确是不争的事实，因此马上转移了话题有些愠怒地说道：“难道你压根儿不想娶我，只是耍着我玩儿，是不是？”

黄德骥好像听到了一个最不可笑的笑话那样，带着根本不值得一驳的神情望着王茜说道：“耍你？王茜，你觉得这话是不是由我来说才更合适呢？”

王茜被戳到了痛处，果然哑口无言了。因为她比谁都清楚，自己在这件事情里扮演的角色。

黄德骥完全无视王茜的尴尬，望着她用缓和了一些的语气对她说道：“你放心！我黄某人说话算数儿，不就是结个婚吗？结就结呗，这有什么难的？”

一听黄德骥这话，王茜的心里顿时有了底儿，连忙换作另外一副嘴脸摆出一副一往情深的样子对黄德骥说道：“老公，你必须知道一点，我离开你就没法儿活。”说完又装得跟被拐骗了的少女面对凶恶的人贩子求对方开恩放过自己那样，忽闪着眼睛望着黄德骥问道：“老公，你说咱们真的有必要这么干吗？”

黄德骥伸出手来回抚摸着王茜那滑不留手的胳膊，很洋派儿地耸了耸肩，用教训中带着无可奈何的口吻对心神不定，正在进行着激烈的思想斗争的王茜说道：“我说王茜，你好歹也是演过几部戏的角色，这点儿道理你不会听不懂吧？咱们要是不这么干，大笔的财产就要落到夏小菲的手里，你愿意吗？”

王茜当然不愿意，马上发着狠把牙一咬，点头说道：“好了，我信你！你就说我下一步该怎么做吧！”

黄德骥一听，露出了一个暧昧的笑容，伸手在王茜的脸蛋儿上拧了一把说：“当然是先去新公司就任董事长……”

王茜忽然感到这个问题严重地超出了她的智力，低下头有些歇斯底里地使劲儿抓挠着自己的头发，一副心神紊乱、狂躁的状态。看到王茜仍旧有些犹豫，黄德骥赶忙伸手揽住了她的肩膀儿安慰道：“你在新公司是法人，你一上任咱们马上就签订电视连续剧《暗斗》的转让合同，这样说你该放心了吧？”

王茜带着疯狂的眼神儿望着黄德骥叫道：“不，我不放心！”

黄德骥也有些恼火，但很快就克制住了自己心里那蠢蠢欲动的魔鬼，心平气和地问道：“那你要怎样才能放心？”

王茜想了半天仍旧是不得要领，忧心忡忡地说道：“我总有种预感，你会撇下我再和夏小菲和好……”

黄德骥听了忽然爆发出了一阵大笑，在笑得捂着肚子哎哟起来之后，才止住笑声，用揶揄的眼神儿望着王茜，不无讥讽地说：“亏你还有这样的想法儿！你是真不了解夏小菲，她绝不会再回头了……”说着说着，刚才还在大笑不止的黄德骥声音竟然越来越小，脸上的表情也开始慢慢地呈现出痛苦的样子。王茜偷眼一看，顿时相信了大半儿。因为，这种表情是根本装不出来的。她决心赌上一把，推了推沉浸在痛苦中的黄德骥，小声说道：“我答应你……”

第四十三章 果报

钱的确是个很让人纠结的东西。就在黄德骥和王茜的密谋谈妥，决定进一步采取行动的时候，在离这里很远的1502摄影工作室里，李银爱也因为钱的事儿主动来找叶三儿了。

李银爱到1502摄影工作室的时候，叶三儿已经给今天最后一个预定的客户照完了相，笑着对那个意犹未尽的小伙子说道："哥们儿，五天之后你就过来挑照片儿吧，准保你满意！"

那个小伙子点着头回答说："我来之前见过您给我一哥们儿照的相，那效果、那质量，绝对没的说！"夸完了叶三儿之后，那小伙子又不好意思地望着叶三儿，用央求的语气说道："我刚才说的那个您再考虑一下，就再给我照一张那海盗的算是个搭头儿有什么不行？麻烦您了……"

叶三儿笑着回答说："兄弟，不是哥哥我不开面儿。只是我这行儿的规矩不能坏，今儿您加一张海盗，明儿他加一张国王，那咱这买卖就没法儿做了，您说是不是？"

望着那个小伙子脸上露出了失望的神色，叶三儿把脚一跺，压低了声音对他说道："这么着吧，我也不能让您白张一回嘴，等挑照片儿的时候，我免费让您多挑一张……”

一边说着，叶三儿一边把这个小伙子送出了摄影室。他一抬头突然看见了正在那里和林晓丽聊天儿的李银爱，马上笑着走过来打起了招呼：“银爱姐，您怎么来了！”

李银爱笑着说道：“我就是来看看你叶三儿叶老板是怎么做生意的，不行吗？”

叶三儿笑道：“怎么不行？太行了！”

李银爱微笑着打量着叶三儿，点头称赞道：“不错，挺像样儿的！这当了老板，气质果然不同了。”

闲聊了几句之后，李银爱和叶三儿面对面地坐了下来。李银爱望着叶三儿说道：“我来了已经有一会儿了，看见你一直在忙，真是挺辛苦啊。自己当老板不容易，可是身体是自己的，不能太透支了。”

叶三儿笑着摇了摇头回答说：“没事儿，您放心，我自小儿筋骨就打熬得结实，累不坏！再说，我还欠了您那么多钱，累坏了不就等于变相儿赖账了吗？”说完这句话，李银爱和叶三儿互相对视了一眼，紧接着便哈哈大笑了起来。

李银爱笑着瞪了叶三儿一眼说道：“哎哟，你可笑死我了！我看你是活过来了，没想到你如今变得这么逗了，哈哈……”

笑够之后，李银爱端起茶杯喝了一口稳了稳神儿，这才望着叶三儿说道：“我今儿来找你还真不是光想看看你怎么做生意，还有个新想法儿要跟你商量商量。”

叶三儿一看李银爱的郑重劲儿，知道她肯定有重要的事儿要跟自己说，赶紧换了一副严肃的样子：“银爱姐，你说吧，我这儿听着呢。”

李银爱说道：“今儿我们公司的会计告诉我，你这个月又还了不少钱。”说到这里，李银爱的脸上已经满是关切和心疼的神色。她看着叶三儿继续说道：“我知道你这样一个工作室再挣钱也挣不到哪儿去，我早就告诉你了，我不急着用钱，你不用这么玩儿命，更不用从牙缝儿里省着给我。”

叶三儿憨厚地一笑，随即正色答道：“银爱姐，我知道您是真心心疼我这个兄弟，但是我的个性您知道，欠着债睡觉都不踏实啊。现在趁着工作室生意好，我多还您点心里高兴。”

李银爱嗔怪地瞪了他一眼，说道：“欠我的用得着这样吗？还睡不踏实了，真是的！”说到这里，李银爱叹了口气，用质问的口气说：“你们每个月还账还总是打两笔，一笔是还我这次借给你开摄影工作室的，另一笔是还我当初那五十万的，对不对？那笔钱不是你借的，我从来没打算让你还。”

叶三儿仰起头，用眼睛正面儿盯着李银爱说道：“姐，我是怎么回事儿您最清楚，您越是对我好，我就觉得这份儿人情沉重。不管您是怎么想的，反正我是不能亏着心过日子。”

李银爱的目光迎着叶三儿的目光望去，她发现叶三儿变了，变得成熟了许多，以前还略嫌稚气的脸如今已经棱角分明。她诚恳地对叶三儿提出了一个建议：“我看不如这样吧，你们现在的业绩不错，干脆由我们公司收购了你的1502摄影工作室，你我之间的债务就一笔勾销，你再也不欠我的了。除了还账我还能再给你一笔钱，这样你没账了，我也拓展了业务，你看怎么样？这样一来，也省得你总是压力这么大了，你考虑一下吧？”

叶三儿听了十分感动，动情地望着李银爱说道：“银爱姐，您为我考虑得真周到。要是我叶三儿有个亲姐姐，她也绝对做不到您这个份儿上！”

李银爱不好意思一笑，摇着头幽幽地说道：“我跟你只是特别投缘，哪有你说得那么好。”

两人沉默了几秒钟之后，李银爱不好意思地笑了笑，打破了两人之间出现的静默，说：“难怪别人总说谈买卖的时候最好不盘道、不谈交情呢，你看咱们这样一来把正事儿都耽误了。”说到这里，她看着对面儿叶三儿的那张充满了感情色彩的脸，笑着问道：“那咱们这件事儿就算谈好了？”

叶三儿望着李银爱慢慢地但坚决地摇了摇头，回答说：“银爱姐，这件事我不能同意。”

李银爱听了先是一愣，继而马上用诧异的目光望着叶三儿失声问道：“为什么？”

叶三儿回答说："银爱姐，您之所以提出这样一个建议，完全是想要帮着兄弟我早些站起来，我真的永远忘不了您的这份儿心意，真的，永远也忘不了！但我还不能接受这个提议。我既然是个爷们儿，就得有个爷们儿的样子，我一定要亲手把我的摄影工作室做好做大，就算不能重新把夏小菲娶回来我也得遵守对她的承诺——活得像个人样儿，不枉她曾经和我真正地爱过一场！"

听了叶三儿的这番话，李银爱长长地叹了口气，苦笑着对他说道："看来姐还是对你了解得不够深啊。你是个汉子，但你真不是个生意人。不过既然你心里存了这样一份儿心思，我也就不勉强你了。今儿我给你撂下一句话，有什么需要尽管开口。"

叶三儿听了也释然一笑："忘不了，谁让我叶三儿运气好，摊上个大款姐姐呢。"

李银爱又被他逗笑了："大款倒不敢说，不过真是善恶终有报。你说寸不寸？当初那个害咱们的林福生得了报应，成了植物人。现在他的生意不能做了，公司也不开了，一些老客户又来找我了。那些客户现在也都有了发展，除了之前的生意还帮我拓展了不少业务。最近姐姐确实不太缺钱。"

叶三儿听了李银爱的话，不易察觉地向林晓丽的方向看了看，说道："是啊，害人终害己。像姐姐你这么好的人品肯定能活儿得比别人强。"

说着话，叶三儿亲自把李银爱送出了楼外，看着她开着车开出了小区，这才回转身准备回去。在回头的一刹那，叶三儿呆住了——自己朝思暮想的夏小菲竟然出现在他的面前。

叶三儿简直不敢相信眼前的情景，他先是抬头看了看头上静静的夜空，在深蓝色穹窿上，满是闪光发亮的繁星，几朵云彩因为月亮淡淡的银辉变得像轻纱一样轻薄、透明，就好像当初他跟夏小菲表白的场景。满眼童话般不真实的情景，让叶三儿更加怀疑自己产生了错觉。

"真的是你吗？夏小菲，你这个让我魂牵梦萦热血涌动的姑娘。"带着梦呓一样的神情，叶三儿一边痴痴地看着眼前的人，一边喃喃自语道。

夏小菲望着突然出现在自己面前的叶三儿也愣住了，这还是两人在历尽了沧桑之后的第一次直接对视。

叶三儿最终确定了出现在面前的不是一个美丽的梦而是实实在在的情景后，顿时感到心跳加速、热血沸腾，简直无法把持自己想要冲上去把夏小菲揽入怀中的冲动。夏小菲这时候其实何尝不是这样，终于见到了这个世界上真正爱自己的人，她在这一瞬间也产生了一种由于激动而产生的晕眩般的感觉。在这种奇妙的感觉中，两人情不自禁地越走越近。

就在此时，理智的闸门终于及时关闭，挡住了呼之欲出的感情潮水。在清冷的月色下，夏小菲望着叶三儿率先开口说道："三儿，你还好吗？"

叶三儿听着夏小菲那银铃般的声音，马上陶醉其中，傻乎乎地望着夏小菲说道："不……不怎么好……"

夏小菲望着叶三儿说道："我刚才去了 1502，见到了林晓丽，才知道这个工作室是你开的，祝贺你叶三儿！"

叶三儿诧异地问道："你刚才去了 1502？"

夏小菲肯定地点头说道："没错儿，我是作为房东去查看一下，看看我的房客究竟是干什么的。"

叶三儿这时已经平静了许多，微微一笑，望着夏小菲又问："林晓丽都跟你说了些什么？"

夏小菲"扑哧"一笑，眼睛里明显多出了一种让叶三儿感到十分熟悉的光彩。夏小菲回答说："她告诉我，你一直在为一个已经不值得你再去爱的女人努力呢。"

叶三儿忽然很失态地对着夏小菲叫道："不！这个女人是最值得我爱的，我不能失去她，不能！"

夏小菲那张俊俏的脸庞依然是当年那样的美丽，使夜色中的叶三儿痴痴地看着不肯离开，但他也吃惊地发现，这种美丽不再是昔日那种充满了活力甚至还带有些许野性的青春之美，虽然分别的时间不长，但夏小菲的眼角眉梢儿也依稀显出些沧桑，一种淡淡的哀愁笼罩在她过去的骄傲的脸庞上，看上去更加使人怜爱，让叶三儿的心中生出了一种想要呵护她的感觉。

夏小菲慢慢地转过身，背对着叶三儿幽怨地说："既然今天见到了你，就让我对你说声对不起吧，当初是我误会了你。"

叶三儿一见夏小菲转身要走，一下子急了。他伸手拉住了夏小菲的手，急切地说道："夏小菲，今儿是老天爷让我再见到你的，我绝不会让你再从眼前消失。"

夏小菲听了浑身一震，好想马上就转身投入叶三儿的怀抱。但她还是咬着牙生生地使自己打消了这个念头。夏小菲回过头给了叶三儿一个凄绝哀婉的笑，同时也坚决地推开了叶三儿拽着自己的手。她望着仿佛是在燃烧着的叶三儿说道："过去的毕竟已经过去了，有些事情不是想挽回就能挽回的，你还是忘了我吧！"

叶三儿使劲地摇了摇头，义无反顾地回答："不可能，我绝对做不到！只要你我都在，就什么都没有改变。"

夏小菲扭回头迈开了脚步，叶三正要拔腿去追，却听见夏小菲说道："你要是还肯听我的，就不要追过来，赶紧回去吧！"

叶三儿对这句话充耳不闻，加快了脚步朝夏小菲追了过去。夏小菲低着头一边快步地走，一边用略带责备的口吻问道："你真的还是不肯听我的话吗？"

叶三儿听了像被施了魔法般马上停住了脚步，默默地目送着夏小菲越走越远。就在夏小菲眼看着就要消失在拐角处的时候，叶三儿忽然鼓起勇气大声嚷道："好，我听你的，不跟着你了！我明天一早就去你家正式求亲，你可要等着我啊，夏小菲！"

也不知道夏小菲是不是听见了这句话，只见她高挑的身影越走越远，最终一闪身，消失在通往小区门口的一片绿地附近。

第四十四章 过招

第二天一早，叶三儿就打扮整齐，向着拆迁后还未曾去过的另一个小区走去。夏小菲家如今就住在那里。为了表示诚意，叶三儿很想买些礼物，但因为急于见到夏小菲，也顾不上再等着小区里的超市开门了，就胡乱找了个信封，塞了五千块钱出发了。

夏小菲还是听到了昨晚叶三儿说的最后一句话，竟然起了个绝早儿出去了。她告诉母亲自己要到西城的一个同学家去住几天，也许一周也不一定。母亲看女儿的心情好些了，便高兴地答应了下来。

当叶三儿敲开了门，得知夏小菲出去的消息，意识到她是在有意地躲避自己，失望之余还是感到了一丝安慰。因为夏小菲的父母热情地接待了他。在听过叶三儿详详细细地讲述了他和女儿之间发生的事情以后，两老一少聚在一起唏嘘了一阵。

夏小菲的父亲突然严肃地望着叶三儿问道："你告诉我一句实话，你真的这么爱小菲吗？她可是再也禁不起这方面的打击了啊。"

叶三儿毫不犹豫地回答说："夏叔您放心，我叶三儿是您起小儿看着长大的，是咱南七条土生土长的爷们儿，以前的误会都解释开了。今后我一定不让您失望，绝不会做任何对不起夏小菲的事情！”

夏小菲的父亲听完这话，下定了决心似的对他说道：“孩子，放心吧，等她回来，我一定好好和她谈谈。”

叶三儿满怀着对未来的憧憬，回到1502所在的小区。他放弃了省劲儿的电梯，沿着消防步梯轻快地来到了1502门前，突然看见旁边的1501的门开着，那个曾经帮助叶三儿租下了1502的业务员又在领着人来看房了。

叶三儿走过去亲热地和那个业务员打起了招呼，并顺势递上了一根烟，问道：“怎么着？这房子也要出租？”

那个业务员凑着叶三儿打着的打火机点上了烟，笑着回答说：“不瞒三哥您说，人家这户的业主发了大财，已经在海淀那边儿买了大房子，前天正式托我们帮着把这套房子卖了呢。你要是想买绝没问题，但人家可是绝对不租的。”

在这一瞬间，叶三儿突然激动了起来，心里已经有了想买这套房子的念头。他马上低声问道：“刚才那主儿已经把这房子买了？”

业务员“哼”了一声说道：“没有，他嫌咱们这边片儿人员素质低，看不上！”

叶三儿一听心里有了底儿，马上从兜里摸出三张百元大钞塞到了那个业务员的兜里，小声对他说道：“哥哥我看上这套房子了，但还要考虑一下，你看能不能帮我盯上几天，先别让人再看这房了？”

那业务员也是个爽快的人，想了想就告诉叶三儿：“这样儿吧，三哥，你说的这事儿原本是绝不可能的，你也知道这卖方是个急茬儿。但就凭您这么仗义，兄弟我也不能含糊。我明儿就想办法慎慎，这三天你就抓紧考虑吧。”

黄德骥陪着王茜来到了新注册的丹鼎文化传播公司，殷勤地把她让到了最里边的一间屋里，指着布置得很气派的办公室说道：“请吧，王总儿，这就是您的据点了。”

王茜满意地看了看四周的环境，一屁股坐在了老板台后的皮靠背椅上。还没容她开口说话，就有一个穿着职业装的小姑娘走了过来，恭恭敬敬地把一杯茶放在了她的面前说道："王总您好，我是您的秘书小陈，你有事儿尽管找我。"说着，那女孩又把茶杯往王茜面前推了推，谄媚地说道："王总请用茶，要没什么事儿我就先出去了。"

从来没享受过这种待遇的王茜被秘书几句甜甜的王总叫得骨头都酥了，她很有气派地向小陈一挥手说："你先去忙吧，有事儿我会叫你的！"

小陈听了恭顺地点了点头，悄悄地退了出去。黄德骥适时地问道："怎么样？还满意吗？"

王茜极力掩饰着心中的得意，故意面无表情地说道："勉强还可以吧。"

黄德骥笑着说道："那好，咱们就抓紧办正事儿吧……"

王茜亲眼看着黄德骥在那份电视连续剧《暗斗》的转让合同上签了字，一颗心终于放回了肚子里。就在她伸手想要把那份合同拿过来的时候，黄德骥却用手按住了合同，把早就放在面前的一份文件推到了她的面前说道："咱们还差一步呢？"

王茜拿过那份儿文件仔细地看了一遍，用不安的眼神儿看着黄德骥说道："老公，你让我签的这个东西，我怎么越看越像是认罪书啊……"

黄德骥把嘴一撇说："怎么会呢？这就是拿去糊弄一下夏小菲，堵堵她的嘴罢了。我这么大的财权都给你了，你有什么不能相信的？"

王茜迟疑地拿起笔，就在笔尖儿已经碰到了纸上的时候，她又问黄德骥说："好几天了我一直想问你，这么甜的活儿你为什么不让自己的公司干，却非要再另外搞个新公司？"

黄德骥笑着骂道："傻呀你！我公司好几个股东呢？把利润一分还不如给夏小菲一半家产呢！"

王茜听了觉得很有道理，终于在那份文件上签了字，递给了黄德骥。拿到这份文件之后，黄德骥马上把手里的那份儿合同扔给了王茜，把王茜签好的文件收进了自己的包里。

王茜拿着手里的那份合同问黄德骥："对方什么时候能把款给我打过来？"

黄德骥很世故地一笑说："急什么？这样的事一般在一个月到一个半月，再说你还有许多事儿没有落实呢，到时候你什么准备都没做，人家不跟你翻脸才怪！”

王茜听了马上为难地望着黄德骥说道：“老公，你可要多帮我呀！”

黄德骥微微一笑回答说：“你尽管放心，咱们共产党和八路军根本就是一家。帮你就等于帮我自己，你说呢？”

王茜故作媚态地朝黄德骥飞了个媚眼儿，嗲声嗲气地说道：“放心，你是我老公，我有什么可不放心的？”

黄德骥笑得跟花儿一样，他望着王茜嘱咐道：“现在是万事俱备，只欠东风了。下午的事儿……”说到这里，他故意打住话头儿拖起了长声儿。

心情大好的王茜笑着说道：“放心吧，下午我会跟律师承认，之前的一切都是为了追你才那么说的。”

黄德骥笑模笑样儿地恭维道：“王茜啊，我发现你越来越有才了！”

中午，黄德骥跟王茜一起去了国贸附近的粤海阁，要了一间环境优雅的包间儿，点了好几道色香味俱全的大菜，还特意开了一瓶粉红色的低泡沫儿香槟。包间儿四周翠竹环抱，脚下的玻璃板下还有小溪潺潺流过，王茜望着殷勤得不得了的黄德骥问道：“老公，下午那律师不会问一些难为情的事情吧？”

黄德骥想了想说：“不会，不会！他们也就是例行公事罢了。再说，你说的都是实话，怕什么？”

王茜笑着点了点头说道：“好，我就说我诬陷我老公是为了嫁给他，现在我已经看不上他了，对不对？”

黄德骥摇着头教训她说道：“不要说我老公！”

王茜问道：“那我该怎么说？”

“你就说黄德骥那个王八蛋！”黄德骥好像很解气地说道。

当天下午，果然有两名律师被小陈领进了办公室。看着小陈上完茶，退了出去，王茜笑眯眯地问道：“二位律师找我有什么事情吗？”

那位年长的律师看着身边年轻的助手已经做好了记录的准备，便清了清嗓子回答说：“我们是受了我的当事人委托，想向您询问一下关于黄德骥先生在他和夏小菲女士的婚姻中是否属于过错一方的事情。”

王茜一听马上拨浪鼓似的摇着头说：“没有，他根本没有错儿！”

律师继续问道：“您凭什么这样说？据说在黄德骥和夏小菲的婚姻关系存续期间，正是由于您和黄德骥之间的关系才导致他们婚姻破裂的，是这样吗？”

王茜说道：“我们是曾经有过交往，但那是发生在他们结婚以前，这跟他们离婚没有关系！”

律师点了点头，沉吟了一下又继续发问：“据说您曾经当面指责黄德骥曾经对您进行过性侵犯，并导致您怀了他的孩子，是吗？”

王茜尽管脸皮上的功夫老到，但面对这样的问题还是脸上一红，垂下了眼睑回答说：“没这回事儿，那是我为了逼迫他跟夏小菲离婚才这样说的。”说着话，她还站起来扭了扭腰对律师说道：“您看，我像有了孩子的吗？”

律师突然问道：“这些事情既然都不存在，那您当时为什么要这么说呢？”

王茜说道：“因为我当时很爱黄德骥啊。女人嘛，为了爱情什么事都做得出来！”

谈话到这里便结束了，律师客气地请王茜在记录上签了字，便要起身告辞。王茜突然感到很不踏实，不安地望着即将离开的律师问道：“我在这份记录上签了字，不会有人告我吧？”

律师停住脚步望着她笑了笑说：“我们只是要证实黄德骥在他与夏小菲离婚的这件事上不是过错一方，没有主观上的故意，而是由于婚前的不检点行为，仅此而已！”

王茜放心了，笑着做了个请的手势高声说道：“小陈，送两位律师出去！”

第四十五章 错乱

叶三儿一心想要买下1501，而此时又到处找不到夏小菲，不由得发起了愁来。因为在经过不断地反思之后，叶三儿明白了一个道理，那就是要办和夏小菲有关的事情，就一定要在事先征得她的同意。但夏小菲什么时候才能回家呢?

偏偏就在这个时候，房屋中介的那个业务员给他打来了电话。在电话里，他对叶三儿说道："三哥，我明天可就得好好上班了，实在没法再拖了，你要尽早拿主意啊。"

叶三儿只得敷衍道："放心吧，兄弟！我要找的人这一半天准回来，明天准给你回信儿！"

挂断了业务员的电话，叶三儿的手机忽然铃声大作，又有电话打了进来。叶三儿拿起来一看，竟然是夏小菲父亲的电话，马上接听了。夏小菲的父亲在电话里高兴地告诉他："三儿，我家小菲昨天晚上就回来了……"

叶三一听大喜过望，马上一迭声地说道："我马上过去！"

谁知，夏小菲的父亲却笑着告诉他："你先不用来了，她刚才又出去了……"

叶三儿问道："您知道她去哪儿了吗？"

夏小菲的爸爸回答道："看把你急的，我这不是趁她出去赶紧给你打电话呢嘛。我就是想告诉你，我看见她穿着你们过去练跑酷的衣服走的，估计是去了练跑酷的场子，你去那儿看看吧！"

叶三儿挂上电话，马上进到了屋里，打开自己的衣橱，把里边的衣物一股脑儿的扒拉出来，拼命地翻找起自己过去跑酷的衣服来。正巧林晓丽走了过来，看见他慌慌张张的样子和满地的衣服，不解地望着他问道："叶思安，你干什么坏事了？要跑路吗？"

叶三儿已经如愿以偿地找到了自己那套最精致的跑酷服，于是笑嘻嘻地对林晓丽说道："跑什么路？我是要去跑酷！"说着话，他朝林晓丽做了个鬼脸儿，随手关上了门。

最多两分钟以后，叶三儿便精神抖擞地出现在目瞪口呆的林晓丽面前。他一边做着热身的动作，一边对她说道："家里拜托你多多操心，今儿我必须要去练跑酷！"

林晓丽不满地咕哝了两句，又冲着叶三儿嚷道："叶思安你是不是疯了？放着生意不做，跑什么酷？有人给你钱吗？"

叶三儿一本正经地对她说道："你不知道，今儿去练跑酷比什么都重要，关系到我一生的幸福！你说值多少钱？"说着话，叶三儿已经小跑着出了门。楼道里的消防步行梯方向很快便传来了一阵急促的脚步声。性急的叶三来不及等电梯，已经一溜烟儿地跑了下去。

林晓丽听着叶三儿远去的声音，忽然如有所悟地自言自语道："我有点儿明白了……"

叶三儿的内部情报果然准确，夏小菲的确正在跑酷场上拼命地练习着。已经荣升了南七条跑酷队总教头的亮子如今显得十分神气，他脖子上挂了个哨儿，站在场边儿指着夏小菲得意扬扬地对身后几十个徒弟大吹着法螺："看见没有？这个美女就是我师姑，当年咱们南七条最拔份的主儿！"

徒弟们看着夏小菲那一个个优美的动作，啧啧地称赞着。一个在亮子跟前儿比较得宠的徒弟大声问道："师父，听说咱师爷有一手绝活儿叫'浮光掠影'，不知道我们什么时候能有机会见识一下？"

"切！"亮子说着扭头看着他说道："我师父那可是著名的南城跑酷王，你说的那'浮光掠影'就跟他一样，都是传说中的事情了，我估计你是看不着了……"说到这里，亮子的脸上满是痛惜和遗憾交织的表情。

就在这时，一阵吉他声中，小庆儿也带着一大群大孩子出现在了跑酷场的另一头。他找了个石头板凳儿坐下，便扒拉着琴弦吟唱了起来。亮子知道，自大拆迁之后，过去的南七条就剩下了这么一片空地儿，也懒得过去说他，只得带着讥讽的眼神朝小庆儿瞟了一眼，回头对徒弟们说道："这回倒好，练跑酷也带上现场伴奏了。你们都小心点儿，别碰着咱们歌星。"

夏小菲出现在她和叶三儿他们当年练习跑酷的地方，拼命地练习着各种高难的动作。她之所以这样做，一来是想要利用这样的高强度活动来消耗身体内多余的热量和排解心中的烦恼。二来是她总觉得自己的根就在这里，只有回到这里并融入其中才能忘记或是回味一些如同旧相片般的记忆。

夏小菲做了一个难度系数很高的"大飞"，赢得了那些场外观众的一阵喝彩声。在这种熟悉的声音里，夏小菲忽然感到四周的景物显得格外的不真实，就如同摄影棚里那些看起来总也不是太逼真的布景一样。原本那些狭小逼仄的平房全都不见了，一排排因为种植不久显得十分稚嫩但却生机盎然的绿色植物，以及它们身后那些红白相间的新楼房在眼前不断闪过。

夏小菲几乎进入了古代先贤庄子梦蝶般的境地，除了天上明晃晃的太阳和衬托着它的蓝天白云，别的地方儿全都显得十分陌生。可耳边的声音、心底的感觉却又是如此的熟悉

夏小菲真的不知道自己现在到底是处在改建后的南七条旧址上练习跑酷，还是像从前的旧时光那样，因为先一步到达了这里，便率先投入了练习。以往，她要等一向不迟到的叶三儿第二个到来。因为她喜欢看他脸上每逢这个时候都会出现的那种表情。那是一种复合表情——先是带着自己又落在了她身后的自责，然后便是看到夏小菲之后那种难以隐藏的欣赏和暗暗的眷恋。再次想到了

叶三儿，夏小菲的心里顿时像针扎一般的痛。这种感觉尽管这两年来频频出现，但只有这一次让夏小菲找到了答案——自己仍深爱着这个叫叶三儿的人，这个同时也是最爱自己的人。

从叶三儿那儿，夏小菲忽然意识到，这里其实还缺一个人，那个人就是曾经为了自己远赴南方的黄德骥，那个曾经年少单纯的黄德骥。他虽然没有叶三儿那样执着和深沉，但也慷慨悲壮，丝毫不输爷们儿气概！但就是这样一个人，后来却因为一个女人爆出他们之间不检点的关系后，如同得了恶性的传染病般癫狂了起来，在毁了自己的幸福的同时，也毁了她的青春和信念。夏小菲禁不住想：那个女人现在还在苦苦地逼迫纠缠着他吗？

此时的黄德骥终于到了决战开始前的最后一刻了。舅舅洪剑生已经亲自赶回来给自己助阵了，有他在，天底下就没有解决不了的问题。

黄德骥知道王茜那个仓促成立起的公司一定乱成了一锅粥。他的预料惊人地准确，巨大的危机正在慢慢地逼近正处在志得意满状态里的王茜。而她却丝毫也没有意识到这点，仍在努力地构想着自己无比光辉的未来。

就在这时，王茜的秘书小陈敲门进来，彬彬有礼地对她说道："王总您好，电视连续剧《暗斗》的投资方听说咱们已经接手了这部片子，他们的总经理来了，您看？"

王茜一听顿时大喜过望，她觉得自己正想着钱呢，财神爷就已经降临了，马上吩咐道："快请，快请啊！"

"不用请了，我已经来了……"随着一个略显沙哑的嗓音，一个气度非凡的年轻人带着一位老者和一个举止斯文的男子走了进来。不等王茜让座儿，那个气度非凡的年轻人就开门见山地自我介绍说："我叫罗永延，我想这个名字你应该不陌生吧？"

这个名字对王茜来说自然是如雷贯耳。倒不是因为这个年轻人如何声名远播，而是因为他就是那份合同上指明的投资人，也就是电视剧《暗斗》的出资方。这几天，王茜天天看着这个名字幻想着未来。现在他们终于面对面了，虽然王茜敏感地意识到对方的态度不怎么友好，心里咯噔了一下，但她转念一想，如今是买方市场，投资人不牛谁牛？想通了这一点，她马上冲着罗永延很妩媚地一笑说：“真想不到您今天大驾光临，我实在是感到万分的荣幸……”

不想，罗永延却毫不买账地看着王茜问道：“我想问问，你既然接手了《暗斗》的摄制、发行等任务，到底准备什么时候正式启动这个项目啊？”

王茜赔着笑脸回答说：“我也很急，当然是越快越好了呗！”

罗永延听了微微一笑，露出了今天进屋后的第一个笑脸儿，点了点头说：“看来你已经完全准备好了，那就请你把关于场地、演员、外景、道具制作的团队等相关合同拿出来让我们过过目吧……”

王茜以前只在剧组里演过配角儿，从来没有管过具体事儿，她一下子慌了神儿，只好笑着说了声“稍等”，便急急忙忙地走出了自己的办公室，挥手把秘书小陈叫了过来，神情紧张地问道：“不对呀，小陈！怎么投资方一来就找我要什么场地、道具什么的一大堆合同，这些不是该他先把钱打过来，咱们再张罗吗？”

小陈听了皱着眉头想了想，回答说：“这事儿您应该问咱们公司的法务，我也不大清楚。”

王茜听了很不高兴地拉下脸对她说道：“那还愣着干什么？赶紧去把法务叫来呀！”

小陈听了为难地说道：“现在恐怕叫不来。”

王茜心里一惊，急忙低声问道：“为什么？”

小陈回答说：“咱们公司现在只有这个职位，也面试了几个，但现在还没正式招聘呢。”

王茜怒道：“为什么不请？”

小陈为难地回答说：“您不下令谁敢私自做主啊？”

就在这个时候，罗永延从办公室里探出头不满地朝王茜叫道：“王总，您什么时候过来？到底有没有诚意啊？”

王茜只得用比哭还难看的笑脸望着罗永延说道：“真不好意思，我们公司的好些员工今天去体检了，这会儿什么文件也拿不到。您看是不是先……”

罗永延脸色不善地打量着王茜，用讥笑的口吻说道：“王总，我真怀疑黄德骥那小子为什么跟你签合同。你们公司看起来根本就不像实拍过电视剧的成熟公司，倒是像一个临时凑起来的草台班子！开什么玩笑！”说完，朝身后的那个文质彬彬的年轻人问道：“孙律师，你看该怎么办？”

孙律师走到近前，笑着对已经变得六神无主的王茜说道：“王总，我看不如这样，你和你们公司的法律顾问商量一下，赶紧把准备好的合同等一系列文件拿到我们公司法务部去，今天我们就先走一步了。”

王茜一看面前几位脾气不大好的财神真的要走，连忙拉住了孙律师问道：“孙律师，我有些地方不懂，想请教一下可以吗？”

孙律师笑着点了点头和善地说道：“您说吧。”

王茜说道：“咱们之间不是有合同吗？你们答应把原来投给黄德骥他们公司的资金转投我们公司，现在怎么又来问我要这要那？你们不把钱打过来，我怎么能去办这些事情呢？”

孙律师一听，顿时瞪大了眼睛，就像见了鬼似的上上下下打量着王茜说道：“看来你是真是不懂这里边的事情啊，您这个问题不是一句两句就能解释清楚的，我建议你赶紧去找个律师给您详细讲讲咱们之间的合同再说吧！”说完这句话，孙律师再也不理王茜，紧走几步追上了已经走到了电梯间的罗永延等人，跟着他们一起坐电梯下楼去了。

王茜望着他们的背影消失在公司门口儿，她感到自己真的崩溃了。一瞬间，失落、被骗、羞辱、无助……一系列不良的预感像搅在一起的合金铁水砸在王茜的头上，砸得她晕头转向、焦头烂额，原本就不高的智商一点儿作用也不起了。

就在王茜不知道该如何是好，急得像热锅上的蚂蚁一样的时候，小陈在一旁期期艾艾地向她建议道：“我看你还是按照人家孙律师的建议，赶紧带着合同去找个律师问问吧。”

第四十六章 轮回

原本属于南七条的新建小区边上的跑酷场上，夏小菲回想着当初和叶三儿在一起时的情景，正神游在过去的时光里。冷不防突然被一阵喝彩声猛然一惊，她才回到了原本属于她的这个世界上。四周巍巍的高楼还是实实在在地矗立在那里，那些为了美化环境特意种植的绿色植物也正在微风中轻轻地摇曳。夏小菲叹了口气，心里知道当年的情景永远不会再现了。就在这时，她身边那些下一番儿小青年们的喝彩声突然又猛地高了许多，不难听出其中还掺杂着狂热的成分。夏小菲循声一看，整个人不觉一下子惊呆了。

原来，又一个新的幻象出现在她的眼前。只见蓝天白云下边，叶三儿带着微笑向她挥了挥手，然后慢慢地走到了起跑线上，做起了热身运动。夏小菲不由自主地擦了擦自己的眼睛，那人果然是叶三儿。他脸上依然带着当年的那股自信，身上也穿着当年那套跑酷的行头。还没等夏小菲缓过劲儿来，叶三儿已经带着从前那种傲气从她身边一掠而过，让那些活在南城跑酷王传说中的小青年目睹了他的身姿。在惊呼声中，一个独创的“浮光掠影”竟然被他轻松地完成了。不知道是谁喊了一声：“跑酷王回来了。”

在狂热到了极致的喝彩声中，夏小菲也不由自主地跑动起来，向着这个自己从来没有单独完成过的动作发起了挑战。结果并不出乎意料，她和当年一样，眼看整个儿“浮光掠影”就要成功地完成时，她又在落地的时候发生了失误。也和当年一样，一个人轻快地飞身上前抱住了她，让她不会被摔伤，当然这个人也只能是叶三儿。

原本已经脱离了危险的夏小菲应该很快被叶三儿轻轻地一推，继续回到跑酷场上。但这一回毕竟是真实地发生在若干年后，不是当年情景的再现。此时的叶三儿紧紧地搂着夏小菲，丝毫没有放手的意思。

夏小菲忽然感到叶三儿的怀抱十分温暖，这种似曾相识的安全感是那样的让人迷恋。但面对着周围数十名热情的观众，夏小菲只得微弱地抵抗道：“叶三儿，赶紧放开我！”

叶三儿固执地摇了摇头，沉声回答说：“我不放！”

夏小菲有些愠怒地质问道：“为什么？”

叶三儿反而增加了手臂的力量，把她搂得更紧。他用那双闪动着异样光彩的眼睛直视着夏小菲的眼睛，大声地回答说：“因为我怕再失去你！”

夏小菲羞得满面通红，愈发显得娇媚不可方物，就像是一朵天边的彩霞，遥远而真实。她用她那双勾魂摄魄的大眼睛望着一脸固执和深情的叶三儿，轻轻地叹了口气，放弃了最后的抵抗。

叶三儿更加不肯放手，像紧紧抱着失而复得的珍宝那样抱着夏小菲，郑重地向她提出：“夏小菲，咱们复婚吧。”

夏小菲听了这句话，刚刚恢复了颜色的脸上又一次变得绯红。她没有作声，只是静静地望着叶三儿不肯开口。

按照“皇上不急太监急”这条古已有之的金科玉律，场外的那些观众也全都发生了变化，一个个紧紧地闭上了嘴。大家屏住了呼吸，静静地望着如同在探戈表演到高潮时突然定格的叶三儿和夏小菲，等待着接下来就要上演的、最最感人的一幕。

在众人瞩目之下，夏小菲终于点头说道：“我答应你，赶紧放我下来！”

叶三儿看见，夏小菲说这句话的时候已经是泪流满面，轻轻地抽泣了起来。

他赶忙放下夏小菲，扶着她站到了自己的对面儿。

夏小菲泪眼婆娑地望着叶三说道："刚才答应你的时候，我同时还想向你说一句道歉的话，可我……"

叶三儿仿佛心灵相通般地用一个眼神制止了夏小菲将要出口的话，再次俯身抱起了夏小菲，抱着她大步地走向了自己来时的路，他轻声对夏小菲说道："走吧，去看看我们的1502。"

叶三儿抱着夏小菲旁若无人地朝前走着，身后的众人全都激动地叫起了好来。在喝彩的人群中，不知谁激情澎湃地喊了一句："长大了真过瘾！"

叶三儿和夏小菲终于抛弃了心中的一切桎梏，找回了本应该属于他们的幸福。此时的黄德骥也终于费尽心机重新获得了自由。

王茜拿着那份合同仔细地询问过律师之后，才知道自己上了黄德骥的弥天大当。因为那份合同上明确规定的几个很难发觉的小条款，彻底打破了她心中的发财梦。这份由黄德骥的舅舅洪剑生手下的得力助手、总经理罗永延亲自撰写的合同上明确地阐述了一个不争的事实：凡是接手这个项目的单位，必须独立垫资完成相关的准备工作。就是这么一句话，注定了王茜以失败告终的结局。别说王茜，就是一般的影视公司，也垫支不出这样庞大的资金。

王茜本来还想要去告黄德骥，就算不能最终使他锒铛入狱，至少也要让他身败名裂。但当她咨询的律师听完了她所有的讲述之后，终于带着哭笑不得的表情望着她说道："姑娘，好好地面对生活吧！要知道害人终害己。你这话里到处都是漏洞，再加上你说的那份律师的记录，真不知道你告的到底是谁？闹不好还成了诽谤呢。"

王茜终于明白了过来，她知道自己耍心眼儿绝不是黄德骥的对手，只得垂头丧气地离开了律师事务所那幢写字楼，重新回到了大街上。王茜面对都市那汹涌的人潮，正不知道该往何处去的时候，一辆奔驰越野车突然停在了她的面前。车门儿一开，黄德骥出现在车里。王茜惊恐地看着气定神闲的黄德骥问道："你这是来找我出气，还是要羞辱我一番……"

黄德骥摇了摇头冷冷地说道："虽然我今天赢得有些不够光明正大，但用来对付你卑鄙、无耻的行为却丝毫也不过分。不过我今天不是来跟你吵架的，我是想告诉你，害人终害己。”说到这里，黄德骥顿了顿又补充道：“就像我当年曾经上过你的床一样。”

王茜听了恶狠狠地骂道：“黄德骥，算你狠！”说着，她掏出车钥匙就朝着自己那辆红色跑车走去。

黄德骥跟在她背后慢悠悠地说道：“别那么说我，跟你比我其实一点儿也不狠……”说着，他用手指轻轻地摩挲着那辆跑车的烤漆说道：“你可能忘了，当初买这辆车的时候咱们还没有过户，其实我随随便便就能收回这辆车的……”

王茜带着绝望的神情看着黄德骥，一句狠话也不敢说了。犹豫了一下，她才怯生生地说道：“你想把它要回去给夏小菲吗？”

黄德骥看着她那囧样儿，笑着耸了耸肩说道：“你不了解夏小菲，不管是我还是这辆车，她都不会再多看上一眼了！你确实比我狠多了。”叹了口气之后，黄德骥迅速地补充道：“三天之内，把车办到你自己的名下，来找我要身份证复印件的时候，正好可以把你留在我那儿的东西拉走……”

叶三儿拨通了李银爱的电话，直截了当地问道：“银爱姐，我想再跟你借一笔钱行吗？”

李银爱听了呵呵一笑，回答说：“三儿，不是姐姐我说你，前两天我哭着喊着要送钱给你，你却不肯接，怎么如今又想要借钱了，是不是遇上了什么为难的事儿？”

叶三儿回答说：“不，恰恰相反，我是遇上了高兴的事儿，所以想借钱。”

李银爱沉吟了片刻，突然提高了声音说道：“难道是你跟夏小菲和好了？”

叶三儿回答道：“没错儿，我们又在一起了！”紧接着，他便把自己和夏小菲如何在跑酷场上重归于好、自己在这个时候发现旁边的 1501 正想要出售的事情，原原本本地对李银爱说了一遍。

李银爱一听，马上笑着说道：“好哇，你下午就到公司来找我吧，买房的钱，我各处凑凑，准误不了你的事儿！”

叶三儿不好意思地道了谢，紧接着又对李银爱说道："这样吧，姐姐，我把我的 1502 摄影工作室抵押给你，你看怎么样？"

李银爱笑道："咱们之间那还用得着这个？你真是小看姐姐的魄力了！"

叶三儿一本正经地回答说："其实我这样请求您，还是为了我自己，您还是答应了吧！"

李银爱奇怪地问道："怎么是为了你？"

叶三儿答道："你就让我再多一份压力吧，好让我鼓励自己加倍地努力呀！"

李银爱想了想笑着说道："你呀！那好吧……"

急于出售的 1501 终于没有什么悬念就被叶三儿买到了。经过一番劝说，夏小菲也同意暂时搬进去住。因为叶三儿提出的理由确实很充分，他说在这里能看着他们的 1502。现在，这四个数字对他们而言早已不仅仅是一个幸运数字那么简单，它包含的东西实在是太多太多了。

第四十七章 破镜重圆

这一天，夏小菲和叶三儿又一次来到了故宫的护城河边儿上。他们望着巍峨的皇家宫阙，在这个梦开始的地方漫步。当走到了那段拐弯儿的地方时，两人就像是早有了默契，深深地对视了一眼。

叶三儿率先打破了沉闷的气氛笑道：“你看我干什么？”

夏小菲淡淡地一笑：“你要不看我，怎么知道我看你？”说完这句话，夏小菲也没等叶三儿开口，随即扬起了头看着头上的天空若有所思地说道：“我忽然在想，要是当初咱们就一直在一起多好啊。”

叶三儿笑着摇了摇头回答说：“这都是老天的安排呀……这九九八十一难，就是用来考验我的。”

夏小菲听了正色道：“三儿，我必须要对你说一句对不起，我真的是害苦你了！”

叶三儿一本正经地对夏小菲说：“能有今天这么个结局我就很满意了，毕竟是老天待我不薄！我真的不需要你跟我说抱歉的话。”说着话，他仰起头感受着天空中静静地散发着光热的太阳。叶三儿看见，这时候的白云看起来笑眉笑眼儿的，于是他对夏小菲说道：“信不信在太阳上住着神佛？”

夏小菲也仰起头顺着叶三儿的目光朝着太阳的方向望去，但很快就被阳光刺得低下头直揉眼睛。她亲昵地捶了叶三儿一下，娇嗔地说：“开什么玩笑，让人家看什么太阳啊，怪刺眼的。哪路神佛会住到那儿去，真是爱幻想。”

叶三儿却用一种近似庄严的口吻回答道：“不，我真的没开玩笑。我在失去你的那段日子里只要失去了勇气就能看见他，并从他那里得到勇气。”

夏小菲听了先是看了一眼严肃到了十二分的叶三儿，紧接着又把目光投向了固执地散发着光热的太阳。过了一会儿，她闭上了眼睛幽幽地答道：“我好像也看见了……”

叶三儿听了，一把把夏小菲揽进了怀中，冲着太阳高声叫道：“谢谢你！我终于找到了幸福！”

就在两人紧紧地把自己跳动的心脏贴在一起的时候，两个人的手机也几乎在同一时间里响了起来。在不依不饶的手机铃声里，夏小菲和叶三儿相视一笑，才恋恋不舍地分开。

叶三儿拿起电话一看，是李银爱打来的，马上苦笑着说了句：“我这姐姐可真会挑时候……”

说这句话的时候，他看见夏小菲望着自己的手机已经微微地皱起了眉头，带着明显的厌恶和疑问咕哝道：“他给我打电话干什么？”

从夏小菲的表情上，叶三儿已经猜出了十之七八：这个打电话的人很可能是终于没有最终赢得那场赌局的黄德骥。叶三儿正要开口询问，但手上的手机却仍旧固执地响个不停。他只得接了问道：“银爱姐，什么事儿啊？”

夏小菲却已经干脆地挂断了自己的手机，不满地对叶三儿说道：“是黄德骥，我不想再接他的电话了！”

叶三儿点了点头，却听见电话里的李银爱仍旧絮絮叨叨地说道：“三儿，你听见我的话了吗？”

叶三儿只好随口敷衍道：“刚才信号不好，你再说一遍吧！”

李银爱忽然猛然醒悟了什么似的笑道：“我看不是手机信号不好，八成儿是你的信号不好吧，呵呵……”说到这里，李银爱又笑着追问道：“是不是和夏小菲在一起呢？”

叶三儿嘿嘿地傻笑着回答说：“您猜得可真准。”

李银爱带着欣慰的口吻说道：“我可真是罪过儿！你们真的有太多的话该说了，偏偏又让我打扰了。”李银爱想了想又说：“这样吧，反正我也没什么正事儿，咱们回头再聊吧！今晚六点半，我请你们吃晚饭，可不许推辞啊。”

叶三儿挂上了李银爱的电话，笑着对夏小菲说道：“得，咱们晚上有饭辙了。”

夏小菲听了温柔地一笑说：“太好了，我也正想见见她呢。但是这顿饭应该咱们请她。”刚说到这里，夏小菲的手机又一次响了起来。

夏小菲拿起电话一看，马上愠怒地说道：“又是黄德骥，真讨厌！”说着就要挂断。

叶三儿伸手拦住夏小菲，叹了口气说道：“听听他说什么吧，好歹是一块儿长大的发小儿。”

夏小菲这才接了电话，只听见黄德骥在电话里心急火燎地说道：“夏小菲，我已经把王茜给打发走了。我真的知道我错了。你能不能原谅我一次？就一次，求求你了……”

夏小菲冷冷地说道：“黄德骥，你什么也别说了，刚才要不是叶三儿劝我看在发小儿的情面上，我根本就不打算再接你的电话。咱们俩都到了这个份儿上了，你觉得我还会原谅你吗？”

黄德骥一听叶三儿也在，心里顿时明白了。他换作绝望的声音说道：“叶三儿？……”

沉默了一会儿，他才用更绝望的声音说道：“明白了，看来你一辈子都不会再原谅我了……都是王茜那个婊子……”

夏小菲再也不想听他说下去了，当即打断了他的话，用严厉的口气对电话那头的黄德骥说：“告诉你吧，黄德骥！这件事里要负主要责任的就是你本人，别把责任推到别人的头上。你好好想想吧！一个为了自己连妻子都不敢保护的男人，真的是太可悲了！”

黄德骥听了一时语塞，过了几秒钟才唉声叹气地回答道："你说得没错儿，我是该好好想想了……"

夏小菲轻蔑地撇嘴冷笑道："那行，你先慢慢地想着吧！我要挂电话了啊。"

电话那头的黄德骥却猛然间叫道："求求你先别挂！"

夏小菲回答道："你还有什么要说的？"

黄德骥用人之将死、鸟之将亡的口气说道："夏小菲，你不知道今天我打这个电话下了多大的决心，鼓了多少勇气。其实这样的结果我也想到了。我活该落个这样的结局……"

尽管是在电话里，但黄德骥悔恨交集的样子还是出现在了夏小菲的脑海里。她轻轻地叹了口气说："黄德骥，其实你也不必这样儿，尽管这件事情你做得很值得深思，但我和叶三儿还是把你当朋友看的，你今后好自为之吧！"

黄德骥也跟着叹了口气回答说："那是你们大人大量，我不值得你们这样了……"停了停，黄德骥又继续说道："刚才我让律师评估了一下我的全部财产，我决定分出一半儿给你，要不我会内疚一辈子的。"

夏小菲听完斩钉截铁地说道："谢谢你的好意，我已经决心和叶三儿复婚了，我相信只要我们一起奋斗，绝不至于饿肚子的！"夏小菲看了叶三儿一眼，又迅速地补充道："至于如何医治你心里的内疚，我真的是无能为力了！"

黄德骥还想再说什么，但夏小菲已经决然地挂断了电话，并顺手关了机。

叶三儿望着好像一下子变得很轻松的夏小菲，发誓般地说道："放心吧，夏小菲！我一定会加倍努力，让你过上好日子！"

不想，夏小菲却伸手捂住了他的嘴，没有让他把话说完。

叶三儿望着脸上的表情突然严肃起来的夏小菲怯生生地问道："我是不是哪句话说错了？"

夏小菲展颜一笑，回答说："不是你加倍努力，而是我们！"

当天晚上，李银爱把晚餐安排到了一间外国人开的西餐厅里。由于这里的口味儿完全按照俄国人的习惯烹制，侍应生也大多由外籍人员充任，国内的客人很少光顾这里。这间餐厅大堂里的灯全部没开，每个桌上都放置着银制的烛台，点着淡黄色的蜡烛。那摇曳的水晶玻璃杯子和雪亮的刀叉再配上那些外国人各色各样的头发，看上去宛如一幅文艺复兴时期的油画，一股梦境般的幻觉扑面而来。

坐下来以后，夏小菲笑着问李银爱："李姐，这个地儿你怎么发现的？坐在这儿怎么跟演好莱坞大片儿似的？"

李银爱笑道："我这几年不是在搞本土节目输出和国外节目引进吗？认识的外国朋友多了，去的地方儿也就杂了。这里还是俄罗斯大使馆的一个朋友带我来的，你看周围的几乎都是俄罗斯人。自打来过以后，我就喜欢上了这个地方儿，觉得它很温馨、很浪漫，而且很温暖。"

在陆陆续续地向夏小菲和叶三儿介绍了上桌的俄式菜品之后，李银爱端起了面前的酒杯对夏小菲说道："来，我敬你俩一杯！既为你们重新找回了属于自己的爱情表示祝贺，也为我当初办的那糊涂事儿郑重地道歉！"

在蜡烛温暖的光线下，李银爱无比诚恳地举着酒杯，等待着自己面前这对儿恋人的酒杯。但叶三儿和夏小菲手中那原本要伸到跟前的酒杯却不约而同地停住了。

夏小菲目光炯炯地望着李银爱说道："李姐千万别这样说，该说感激的也许是我才对。"

李银爱一听，不由自主地放下了端起的酒杯，用询问的眼光望向夏小菲。

夏小菲微笑着说道："我感谢你绝对有理由。一是，你让我从叶三儿身上看到了真正爱我的人是什么样子！二是，告诉我一个深刻的道理，就是今后应该如何学会去理解自己的爱人。"

听到这里，叶三儿也把手里端着的酒杯往前凑了凑，很憨厚地一笑说："我这人嘴笨，夏小菲说的那些话，正是我要对您说的！"

望着自己面前那两双真诚的眼睛，李银爱笑着摇了摇头。她伸手端起了酒杯和他们的酒杯轻轻地碰了一下，无比真诚地说道："既然话说到了这儿，我也必须要告诉你们，通过你们的事情我也学会了很多东西。你们让我知道应该如何去爱，如何才能当好一个女人……"

第四十八章 回归

也就是半年多一点儿的工夫儿，叶三儿的 1502 摄影工作室即将离开南七条改建后的小区了。

如今的南七条小区，虽然已经不再有胡同了，但住在这里的人们的生活习惯却没有太多的改变。每天的茶余饭后，依然会有不少的民间聚会，只不过把聚会的地点从胡同儿里的某一段儿搬到了小区门口儿而已。这些业余时间充裕的人们，除了下棋、锻炼的“专业团体”，更多的人会聚在一起聊天儿。

这几天，1502 摄影工作室要搬家的消息自然成了民间聚会讨论组的重头戏。对于搬家的原因大家众说纷纭，劲头儿一点不亚于对当初这居民楼出了买卖家儿所显示的大惊小怪。最后，还是街道积极分子赵奶奶很权威地对身边一大堆胡乱猜测的人们说道：“别在这儿瞎唧唧了，人家叶三儿和夏小菲如今买卖做大了，听说嫌这住宅地方小，搬到公园里去搞了个什么，什么大棚……”

犯了一辈子糊涂的小庆儿听见，不满地把嘴一撇反驳道：“人家那是搬到了艺术园区，搞成摄影棚了。什么公园呀，大棚的！还耍猴儿呢……”

周围的人听了小庆儿的评论冲着赵奶奶大笑了起来，气得赵奶奶冲着小庆儿骂道：“这会儿你倒是挺清楚的，平时都干什么去了？有本事找个媳妇儿给我们看看，真是的！”

不想小庆儿却一本正经地回答说：“不是找不着，是不想找！我琢磨着万一哪天我成了大歌星，到时候是要她还是不要她？自找麻烦！”

小庆儿的情报千真万确，叶三儿和夏小菲真的把1502摄影工作室搬去了大郊亭附近的一处艺术园区。需要说明的是，此时他们的摄影工作室再不是原来那个专门儿靠着拍假景儿小套系的作坊了，已经成了在京城里有些知名度的摄影机构了。不光是北京四九城的人趋之若鹜，就连天津跟河北一些地方的人也跟着凑热闹儿，提前半个月就跑来预约，生意红火得不得了。由于预约的客户太多，现在就是有关系也别想在三天之内加塞儿让叶三儿操刀了。

负责对外事务联络的经理林晓丽好几次向叶三儿和夏小菲建议，干脆取消了网上预约的业务。但每回都是叶三儿把眼一瞪堵住了她的嘴：“咱们在南七条1502那阵儿比较清闲，你要是觉得太忙，要不咱们还搬回去那儿干算了？”

别看面对面的时候斗嘴，林晓丽在背后提到叶三儿的时候总是跟员工们说：“好好干吧，你看咱们叶总，才几年的工夫儿就把事业干到了这个份儿上。这不是奇迹，是实干的结果！”

夏小菲和叶三儿终于迎来了事业的成功，他们特意举办了一次隆重的复婚典礼，这在改建后的南七条社区又一次引起了轰动。

那天早上，叶三儿和夏小菲没开着他们新买的帕萨特，而是戴着新郎和新娘的胸花儿来到了小区中间的跑酷场，一边殷勤地给大家敬烟、散糖，一边走到了跑酷场上临时搭起的小台子上，向应邀前来的老街坊们发表了一番声情并茂的演说。就算时隔很久，还有不少老街坊记着他当时的那番话。

叶三儿说道：“各位老街坊，大爷大妈、叔叔婶子们，今儿是我和夏小菲复婚的日子，感谢大家前来捧场！我们都是在咱们南七条长起来的孩子，什么秘密也瞒不了咱们老街坊。我就想说：不管今后混得如何，我们的根儿永远都扎在南七条，跟大家在一起！”

叶三儿和夏小菲复婚后才算真正地过起了婚姻生活。因为曾经的经历，他们都知道珍惜彼此，婚后的生活很是美满，小两口儿总是出双入对儿的很让人羡慕。

两年的时间过去，他们的儿子已经蹒跚学步。据南七条的有关人士透露，他们亲眼看见夏小菲和叶三儿那两口子在1502的阳台上给儿子撅胳膊弄腿儿的，说是要先给他把筋骨活动开了，准备将来让他继续家传的跑酷绝招儿——浮光掠影。

已经成为南七条跑酷队资深总教头的亮子听到了这个传闻后，把嘴一撇说："我说我师父当初为啥不把这个绝招儿传给我呢，原来是给我小师弟留着呢……"

在这件事情里，几乎所有人都有了一个完美的结局。

唯一有点悲剧色彩的人物儿恐怕就要数黄德骥了。他的失败倒不是在于事业，他至今仍是一个成功的制片人，事业上向着顶峰不断地攀升。但夏小菲却成了他心中永远的痛。每当他在遇到了烦恼，或者是取得了什么重大的成功之后，总是会把自己一个人单独关进别墅里，已经成了一种规矩。每逢这时，他就会给雇来照料家里生活起居的保姆发些额外的奖金，并放上一天假。然后默默地回到屋里，一个人坐在一把躺椅上默默地闭着眼睛流泪。

对于他经常会隔三岔五地躲进别墅里，饭不吃、水不喝地待上一天，周围的人始终不知道是什么缘故。有的说他是在进行一种左道旁门儿的招财大法的修炼，有的说他也许是为了保持体形在进行秘密的减肥，说法不一而足。

直到有一天黄德骥的秘书小邓一语道破了天机。小邓在一次公司的年会上喝高了，她压低了声音对身边几位关系不错的同事说道："知道吗？谁心里都有过不去的坎儿。咱们黄总儿心里就对他的前妻夏小菲念念不忘，有一次我给他送急件的时候，正赶上他把自己关在家里不吃不喝，正念念叨叨地叫着人家的名字。唉，谁说有钱人没有解不开的疙瘩呀……"

但最近发生了一件事儿，让我们的黄总儿在家里着着实实地待了好一阵子，再也不用一天一天的零崩了。

那是前不久，黄德骥刚刚报批的一部电视剧还没出手就成了热门儿，好几个投资人竞相降低身价，等着要给他打钱呢。黄德骥为这件事儿纠结着，不知道该要谁的钱才好的时候，他舅舅洪剑生打来了一个电话，极力将一个肯出天价的港资公司介绍给了他。黄德骥几乎是在梦游般的状态下驱车赶往那家港资公司，并以很快的速度签下了合同。在坐着车回公司的路上，公司的会计就打来电话报告说，那笔刚刚才签订了合同的钱已经到账了。

黄德骥放下电话之后就对司机说道："先不去公司了，送我回家！"司机一边答应着，一边在已经遥遥在望的公司前边掉了头，拉着他向别墅区驶去。

到了别墅前，司机固执地认为黄总儿肯定又要给自己放假回去入定了，正暗暗窃喜的时候，又听见黄德骥吩咐道："等我一下，我去换套衣服……"

时间不长，黄德骥便身穿全套跑酷服装回到了车里。他望着用一种异样的眼光不停地打量着自己的司机说道："怎么？你不认识我了？想去练练跑酷而已，有什么好大惊小怪的？想当初，我可是行里的高手。"

受了抢白的司机不敢再看忽然间模样儿变得有些怪怪的黄德骥，只得讪讪地回答说："黄总儿您别见怪，我是看您一下子年轻了好多。"

黄德骥把头靠在舒适的真皮椅背儿上，慢慢地闭上了眼睛，用不耐烦的口吻说道："你真不会说话，乍一听还以为我平时多老呢？别废话了，开车吧。"

这一回司机真的不敢再废话了，他先是沿着别墅区里的路开到了街上，然后才小心翼翼地问道："黄总，咱们往哪儿开呀？"

黄德骥仍旧紧紧地闭着眼睛回答说："南七条！"

今天，黄德骥特别想到南七条去练练跑酷，绝不仅仅是因为想起了自己当年和叶三儿还有那个在他生命中留下了深深烙印的夏小菲的往事，也不全是为了重温自己生活中消失不见的那种虽然清贫但却充实的生活，而是出于另一个不足与外人道的原因。他怎么也想不通，自己现在虽然谈不上呼风唤雨，但也完全具备了瞬间改变某人或是某一批人命运的能力，为什么总是生活在苦闷中？他知道自己现在的能力，几乎可以把夏小菲所看过的任何一本童话或是做过的任何一个梦变为现实，但怎么就永远得不到她的原谅呢？是自己伤害得她太深，还是自己其实是输在了起跑线上，压根儿就不如曾经号称"南城跑酷王"的叶三儿？

带着各种各样的疑问，黄德骥来到了跑酷场上。亮子看到他，因为吃惊张着嘴巴合不拢了。他呆呆地望着因为换上了当年那套跑酷服装而显得有些不伦不类的黄德骥，好半天才蹦出一句："您不是发了吗？这是……"

黄德骥笑着骂了一句："发了？豆芽菜也发过！你师叔我就不兴来练练跑酷？"

亮子这时候才反应了过来，转过身去对那些正在练习着基本动作的徒弟高声叫道："师叔来了！赶紧把地儿让开！"

随着这一声命令，徒弟们闻风而动，只剩下一两个刚加入进来的新人仍旧不知所措地站在那里，亮子马上皱着眉头喊道："琢磨什么呢？赶紧起开呀？"

黄德骥终于站在了障碍台前。他仿佛又回到了从前：明晃晃的太阳底下，一群汗津津的半大小子带着由衷的钦佩拍手给自己叫着好儿，这种感觉竟然就是他一直在寻找但是却始终想不起来丢在哪里的那种东西。

"要是叶三儿的话，这时候准会先抬头望望天……"想到这里，黄德骥也抬起头仰望起天空来。他看见，蓝蓝的天空上飘浮着几朵白云，刺眼而温暖的太阳懒懒地挂着，一切仿佛一如从前。想到了从前，黄德骥忽然在心中萌生出了一个十二分强烈的愿望——他愿意用自己今天所拥有的一切换回当年的一切。哪怕是豪华的别墅变成自己当年那颇有些优越感的临建小平房儿，每天不得不面对的山珍海味变成经常能吃到的地地道道的炸酱面。当然最好是夏小菲请客时在老孙家吃的那种刀削面，旁边儿还有那个和自己不停地拌着嘴但心里却很拿自己当兄弟的叶三儿……

但穿越不可能发生，过去的毕竟无法挽回。在现实里，黄德骥就是再增加几倍甚至几十倍的财富也不能换回自己想要的东西，换不回叶三儿的友谊，也换不回夏小菲的爱情。

黄德骥一面认真地做着热身，一面收回了遐想。他吩咐站在旁边儿傻看着的司机："赶紧去旁边的小卖部买几箱饮料来，让大伙儿解解渴！"说完之后，他便在一片来自那些小徒弟们不知是出于对饮料的认可还是对他的慷慨表示欢迎的欢呼声中开始助跑，冲向了障碍台。一个猩猩跳成功之后，他又接连做了好几个当年自己最拿手的动作。

随着动作难度的不断增加，黄德骥心里的野心也开始慢慢地膨胀。为了印证一下自己丝毫也不比叶三儿差，他又一次开始了助跑，并大声地宣布道：“瞧我也来一招儿浮光掠影，这就成啦！”

随着耳边轰然响起的掌声和喝彩声，黄德骥带着十足的信心进行了一次最坚决的挑战。他先是按住了跑酷台合身跃起，紧接着猛一收腹，挑战起这个动作最难也是最关键的部分……

结果也一如当年，他在半空中又失去了控制，一样表演着黄氏狗刨儿失手了。尽管这时候有两个人冲上来想要扶他，但他却已经重复着当年那句表示极度震惊的话——“你大爷的，哎哟！”——然后重重地摔在了地上。

在巨大的痛苦袭来的同时，黄德骥看到了两张俯下身带着痛惜和关切表情的脸。他忽然感到，尽管自己这次摔得着实不轻，但无论如何却因此找回了一部分自己最想要的东西——叶三儿和夏小菲的原谅。

临时赶来的叶三儿慢慢地扶起黄德骥，一如当年那样儿皱着眉骂道：“你丫真行，没事儿逞什么能啊？”

夏小菲也一边检查着他身上所遭受的创伤，一边随口说道：“真是活该！”那口气和那声音让黄德骥真想挣扎起来再摔一次。因为他从夏小菲的话里已经听不到怨怼，而跟小时候他曾经几次光荣负伤时夏小菲所表现的一模儿一样，她责备的话里带着心痛。想到这里，一向在人前很强势的黄德骥竟然闭上眼睛呜呜地哭了起来。

叶三儿和夏小菲对视了一眼，彼此交换了一个无可奈何的眼神儿。叶三儿对黄德骥安慰道：“亮子已经去叫救护车了，你再忍忍疼吧。”

黄德骥却哭喊着争辩道：“什么他妈疼啊？我是后悔输了那场打赌，呜呜……”

夏小菲一听，马上站起来指着他叫道：“你怎么永远吐不出象牙来啊，再提这茬儿甭打算我今后再搭理你。”

黄德骥听了竟然带着极大的满足回答道：“不提了，你还是理我吧，哎哟，哎哟……”

黄德骥的愿望果然变成了现实。在他住院期间，叶三儿和夏小菲特意带着孩子去看望了他，把个黄德骥给感动得一塌糊涂。黄德骥的嘴一撇又想要哭，多亏被夏小菲一嗓子给吼了回去，夏小菲吼道：“干什么？你想吓着我孩子是不是？”看到黄德骥的眼泪硬是压了回去，在半分钟内又变成了笑脸儿，夏小菲揶揄地说道：“你可真是个搞影视的！”

正巧，黄德骥的病房的护士给他送来了今天的报纸。夏小菲无意中溜了一眼，忽然被报上的一条儿新闻给吸引住了——报上赫然登着“昔日影星王茜，因吸毒并参与贩毒被警方拘捕”的大标题。在下边的照片上，正在出庭受审的王茜深深地低着头，一副悔恨交集的样子。

黄德骥默默地接过夏小菲递过来的报纸，飞快地看了两眼，叹了口气说道：“前不久我还听影视圈儿里一些朋友说，如今王茜正在为出不了大名而发愁呢！这回成了，她绝对成了北京四九城妇孺皆知的名人了……”

第四十九章 离别

这一天，叶三儿和夏小菲刚刚从摄影棚回到了自己家里，突然接到了李银爱的电话，说要过来坐坐。叶三儿连忙让夏小菲把孩子抱到姥姥家，顺便出去采购些东西，准备在家里接待李银爱。

夏小菲是个利索人儿，没花多长时间，就鼓捣出了一桌像样的饭菜。李银爱进门以后，马上夸张地叫道："太好了，今儿正好赶上饭了！"

李银爱如今成了叶三儿夫妇最好的朋友，叶三儿也不跟她过多地客套，笑着替她倒了一杯茶，开玩笑地说："姐，您这是哪儿的话？如今您这样的大人物，换别人儿八抬大轿还不一定请得到呢。"

李银爱笑着说道："想不到我兄弟越来越会说话了。肯定是照相的时候老夸人家女顾客长得漂亮练的。"

叶三儿笑着回答说："瞧您说的，我那儿不光给女的照，还净是大老爷们儿呢。"

正说着话，夏小菲已经带着围裙从厨房走了过来，她嗔怪地瞪了叶三儿一眼说道："别光跟姐耍贫嘴啊！菜都上桌了，还不招呼着！"

三个人乐呵呵地坐到了饭桌前，李银爱笑着对夏小菲说道："难怪当初叶三儿非得死了活了地追你，你真是里里外外一把手，不光是现在帮着叶三儿把生意做大了，这菜也做得好，光看着就解馋！”

夏小菲笑道：“我们要是跟姐姐比哪儿能算大生意啊。姐，您现在不光把生意做到了国外，连手下主管一级的也都混到了有车有房，我们可比不了！”

李银爱笑得跟花儿一样，说道：“看来我还少说了一条儿：夏小菲你这嘴比叶三儿还甜！”

叶三儿听了挤眉弄眼地插嘴道：“她是给男的照相的时候练的。”说到这里，三个人全都哈哈大笑了起来。

饭吃到一半儿的时候，李银爱忽然间轻轻地叹了口气，略显伤感地说道：“我准备离开北京了。恐怕今后咱们见面儿的机会就要少了。我这一走下次再来你们家蹭饭不知道会是什么时候了。”

叶三儿不解地问道：“姐，你这是要去哪儿？”

夏小菲也瞪大了眼睛说道：“眼下您的生意越做越火，为什么突然就要离开了呢？”

李银爱微微一笑，说：“你们也知道，我现在干的事儿主要就是专门把国内的经典节目介绍到国外。由于这两年儿海外市场不错，我偶尔也进行点投资，在海外有了点儿房产。我眼瞅着这一块有点要大发的架势，干脆下决心在加拿大开了个公司，准备移民过去，一边炒炒地产，一边在那儿继续搞演艺事业。国内的事儿我也留了些人手，帮我继续发掘国内市场。”

夏小菲刚要搭话儿，叶三儿却忽然问道：“您大约什么时间走？”

李银爱听了皱起了眉头望着他说：“我知道你为什么这么着急问我这个问题。三儿，我今儿特地跑到你家里来告别，就是为了告诉你一件事儿——你欠我的钱已经还清了，听明白了吗？”

夏小菲听了插嘴说道：“叶三儿昨天还跟我念叨呢，他办摄影工作室的钱倒是还清了，可买1501那套房的钱还差您三四十万呢……”

李银爱笑着摆了摆手说道：“你要再这么说我就真不高兴了！那账应该这么算，叶三儿从台湾那个老板手里买影楼的钱和买那套1501的钱已经全部还给我了。你们所说的欠我三四十万其实就是当初我救叶三儿的那五十万。你们要是还准备认我这个姐姐，就别再跟我提这笔钱了！”

叶三儿和夏小菲听了都没再说什么，他们知道现在的李银爱绝对不会在乎这笔钱，她在乎的是这半路拥有的亲情。夏小菲想了想说：“行，姐，我们听你的。你只要知道不管你到了哪儿，在北京还有这么个家，还有这几个亲人惦记着你呢。”

李银爱听了点点头。叶三儿突然看着她问道：“姐，你还恨那个林福生吗？”

李银爱默默地说：“以前恨过。不过现在不恨了。要不是他，我可能还不会想起来做国外交流的生意呢。”

叶三儿沉默了一会儿，继续说道：“是啊。他当初害惨了咱们，就为了点儿钱，他不惜断送了别人的前途。可是后来他却把自己给完完全全地断送了。”

李银爱突然抬起头来：“听说他最后成了植物人儿？”

叶三儿说道：“其实他本来已经恢复了一部分功能，可以坐着轮椅到处去了。不过后来又发现肺癌晚期，实在是没法儿治了。”

听到这里，李银爱和夏小菲都不禁集中了注意力。叶三儿继续说道：“临死之前他来找过我，说快死了才发现自己突然很怕下地狱。他觉得很对不起你，就托我把那些老客户给你找回来。林福生说如果有一天你不恨他了，他也就能重新超生了。”

李银爱举起杯来：“人这一辈子，老天爷给的都是一定的。如果从别人那儿抢来的，就还得还回去，对谁都一样。这下子林福生应该安心了，他抢走的都还清了。”

就在这顿饭快要吃完的时候，夏小菲突然提出要给李银爱举行一个送别仪式，地点就选在他们的1502影棚。李银爱想了想，很高兴地接受了这个提议。她深深地看着夏小菲说道：“夏小菲，妹妹！我真不知道该对你说些什么才好。咱们刚认识的时候原本注定是死对头，后来竟然成了真正的好姐妹。我实在是……”

说到这里，平时不管遇到多大的事儿也不肯轻易低头的李银爱竟然淌下了一行清泪。叶三儿见状急忙递过一张纸巾，低声劝道："姐，你可千万不能掉泪。你在我们心里一直是个支柱一样的人。你要真是再哭上两声儿，我可就真该忍不住了……"

说这句话的时候，李银爱和夏小菲全都发现，叶三儿的眼睛里充盈着泪水，只要再稍微受点儿刺激，就真的是要哭出来了。

夏小菲极力控制着自己的情绪，用一个很明媚的笑容望着这两个已经到了唏嘘边缘的人说道："看你们姐弟俩，怎么了这是？银爱姐去国外发展是件值得庆祝的好事啊，怎么还哭上了。"说着话，夏小菲再次拿起了自己面前的茶杯说道："我提议，为我们的银爱姐扬威海外、再创佳绩，咱们以茶代酒敬她一杯！"

夏小菲努力地想要改变这种有些哀伤的气氛，但这山雨欲来般的伤感，却终于在李银爱告别的时候全面崩溃了。和李银爱握手告别的时候，夏小菲叫了一声"银爱姐"，眼泪就再也难以抑制，顺着脸颊滚滚而下。李银爱也受到了这一情景的感染，干脆抱住夏小菲，再一次陪着她流起了泪来。

后记 领悟

随着南七条二期工程的竣工，南七条已经完全失去了过去的原貌，永远地从北京的地图上消失了。取而代之的是一大片高档的商业建筑和写字楼，还有一座立交桥，以很大的跨度把好几条主路接引到了原来南七条的旧址上。

有懂行的人看到了这座立交桥高兴地宣布，这样一来南七条的地势变了，立交桥无疑是把北京的龙脉引到了这里，把这里变成了风水呱呱叫的好地界了。

一年多以后，以南七条的回迁老居民为主的南七条社区终于全面建成，变成了一个高档的社区。最让那些祖祖辈辈住在这里的人们感到欣慰的是，“南七条”这个包含着太多人喜怒哀乐和珍贵记忆的地名儿被保存了下来。住在那里的人们很为这片自已祖宗根系所在地方的可喜变化而骄傲。

虽然这里变成了高楼大厦组成的现代化社区，但仍然保留着南七条近百年来固有的习俗。老年人仍然时常聚在社区门前聊天儿，小青年们仍然继续着由于叶三儿当年获奖而兴起的跑酷活动。

在叶三儿和夏小菲专门儿给李银爱准备的欢送仪式上，康复后的黄德骥也怀着受宠若惊的心态赶来了。李银爱责备了他几句之后，又为他们之间的友谊能保持下去而欣喜不已。

在精心安排的酒宴开始之前，夏小菲笑吟吟地把一张纸交给了李银爱。李银爱展开一看，原来是一份1502摄影机构的股权证明。叶三儿看了看夏小菲，才开口说道："我们两口子在这儿郑重的向您承诺，1502永远有您的一份儿。"

李银爱极力克制着已经开始在眼眶里打转儿的眼泪，笑着说道："谢谢你们，这是我一生中得到过的最珍贵的礼物！"

参加过李银爱的欢送大会之后，黄德骥整个人变得开朗了起来。在一次私人会所聚会时，黄德骥看见一个人正在向众人吹嘘着自己刚从美国买回来的一部山寨版手机，兴高采烈之时却因为手机突然出现的故障而跌了份儿。

黄德骥对身边的朋友笑了笑，由衷地低声感叹道："看见没有，手机还是原装的好，再怎么吹也没用。我算是悟出来了，好好珍惜原装的一切吧！不管是婚姻还是友谊，都是一个道理。……"